클린
세탁소

김종일 소설집

어문학사

클린 세탁소

김종일 지음

차
례

클린 세탁소

'클린 세탁소'

상호와 달리 나의 인생은 클린하지 않았다.

내 인생은 태어날 때부터 클린과는 거리가 멀었다. 내가 태어나 네 살이 되었을 때, 아버지는 세상을 하직하였다. 나의 인생은 그때부터 꼬이기 시작하였다.

엄마는 아버지를 잃음으로서 모든 것을 잃었다. 내가 보기에는 그랬다. 엄마는 남편을 잃은 것을 보상이라도 하려는 듯 곧 재혼을 하였다. 엄마가 재혼할 당시 우리 형제는 삼 남매나 되었다.

아버지를 잃은 엄마는 삼 남매를 먹여 살릴 능력이 되지 못하였다. 그래서 엄마는 자식새끼들 배를 곯리지는 않아야겠다는 생각으로 재혼을 하였다. 그런데 재혼을 한 상대자는 그런 엄마의 기대를 송두리째 날려 버렸다. 의부에게는 전답이 조금 있기는 하였다. 하지만 그걸로 우리 삼 남매와 엄마를 부양하기에는 턱없이 부족하였다. 그러나 그건 문제가 안 되었다. 가난하더라도 사람이 똑똑하고 성실하고 부지런하면 살 수는 있었다. 그러나 의부라는 자는 그런 것과는 상관없이 무능력할 뿐만 아니라 술주정뱅이였다. 그리고 술만 마셨다 하면 술주정을 하였고 폭행을 일삼았다. 우리 삼 남매 역시 의부의 술주정과 폭행의 대상이 되었다. 의부는 또한 술을 안 마신 날은 우리 삼 남매를 구박하였다. 결국 우리 삼 남매는 의부의 주정과 폭행, 구박을 견디지 못하고 뿔뿔이 흩어져야만 했다. 누나는 일찍이 남의 집 식모살이로 집을 떠나갔다. 그때 누나 나이 17살이었다. 막내 여동생은 나이가 어려 남의 집에 수양딸로 보내졌다.

문제는 나인데 나 역시 초등학교만 간신히 졸업하고 취직을 해야 했다. 말이 취직이지 남의 집 종살이나 마찬가지로 양복점의 시다로 들어간 것이다. 그곳에서 나는 기술자들의 잔심부름과 양복점의 잔일을 하며 간신히 밥만 얻어먹었다.

어린 나이에도 어려움을 겪으면 철이 일찍 드나 보았다. 나는 양복점의 고된 시다 생활을 하면서도 양복 기술을 배우려 부단히 노력하였다. 그러나 양복 기술자들은 나에게 여간해서 기술을 가르쳐주지 않았다. 틈이 나는 시간을 이용하여 내가 자투리 옷감을 가지고 옷감 자르는 연습이라도 할라치면 욕설과 함께 주먹이 날아오기 일쑤였다. 그래도 주먹은 나은 편이었다. 잣대와 가위가 여지없이 날아왔다. 재봉가위의 육중한 손잡이로 머리통이라도 맞으면 정말 별이 핑핑 날아다닐 정도로 아팠다. 아픈 건 둘째 치고 대가리가 안 깨지면 다행이었다. 그래도 나는 그 자리에서 눈물을 보이지 않았다. 작업장을 나와 허름한 창고 안에 들어가 남몰래 펑펑 울었다.

그러다가 아무렇지 않은 척 작업장에 들어가 일을 하였다. 그러나 내 속은 아무렇지 않은 것이 아니었다. 폭행을 당한 날은 별별 생각이 다 들었다. 내 또래의 아이들은 교복을 입고 중학교를 다니는데 나는 어째서 이곳에서 매를 맞으며 일을 해야하나, 나는 왜 이렇게 비참하게 살아야 하나 하는 신세한탄이 절로 들었다. 그러면서 모든 것이 슬프기만 하였다. 심지어 예쁜 꽃을 봐도 아름답다는 생각보다는 슬프다는 생각이 들었다.

양복점 시다 생활을 5년 하다 보니 내 나이 스물두 살이 되었다. 그때부터 나는 조금씩 바느질을 하고 단추 다는 일을 하였다. 간신히 시다 자리를 면한 꼴이었다. 그러나 기술자가 되려면 아직 멀고도 그 길은 험난했다. 당시만 해도 양복 기술은 좋은 기술에 속하여 기술만 배웠다 하면 밥 먹고 사는 일은 어렵지 않던 시절이었다. 그래서 집안이 어려운 아이들은 진학을 하는 대신 나처럼 일찌감치 기술을 배우려 공장에 들어갔다.

징집영장이 날아와 군대에 들어가 3년여를 보내고 다시 양복점에 복귀하였다. 군대까지 다녀온 나는 이제 예전의 꼬마 시다가 아니었다. 어엿한 준 기술자 대열에 들어선 것이다. 그러나 준 기술자라고 해서 월급이 많지는 않았다. 간신히 자취를 하며 먹고살 만한 정도였다. 양복점 일은 퇴근 시간이 일정치 않았다. 일이 많고 밀린 날은 밤 11시, 자정까지도 하였다. 그렇게 하루 종일 서서 일하다 보면 다리가 몹시 아팠다. 현기증도 일었다. 제대로 먹지는 못하고 장시간 노동에 시달리다보니 내 몸이 견뎌 내지를 못하는 것이었다. 그래도 나는 이를 악물고 그야말로 죽어라고 일을 하였다.

여자도 만났다. 내가 원체 열심히 일하고 술, 담배도 안 하고 착실해 보이니까 선배가 소개를 한 것이다. 이영숙, 그녀는 양장점에서 일했다. 그녀 역시 시골에서 올라와 양장점 시다로 들어가 갖은 궂은 일을 다 하고 있었다. 나나 그녀나 같은 처지다 보니 동병상련을 느껴 우리는 쉽게 가까워졌다. 어떻게 보면 잘 어울리는 짝이었다. 영숙이는 언니네 집에 얹혀 지내고 있었다. 우리는 만난 지 두 달 만에 동거를 하였다. 누가 먼저 같이 살자고 했는지는 모르지만 자연스럽게 동거를 시작하였다. 나중에 알았지만 영숙이가 동거를 더 원했다고 했다. 다 큰 처녀가 언니네 집에 얹혀사는 것도 부담스러웠지만 형부라는 작자가 영숙이를 느끼한 눈길로 바라보더라는 것이다.

　우리는 알뜰하게 살았다. 영숙이도 알뜰살뜰 살림을 잘하였다. 아이도 생겼다. 또 3년 지나니 둘째 아이가 생겼다. 영숙이는 양장점을 그만 두었다. 두 아이를 키우는데 일을 할 수는 없었다. 당시 내 벌이로도 가족을 충분히 부양할 수 있었다. 그러나 여기까지였다. 기성복이 쏟아져 나왔다. 대기업이나 중소기업에서 맞춤보다 더 편리하고 멋진 기성복을 왕창 쏟아 냈다. 사람들은 굳이 번거롭고 값비싼 양복을 맞춰 입으려하지 않았다. 양복점은 문을 닫았다. 기술자들은 잘렸다. 어디 가서 양복 기술로 밥을 벌어먹고 살길이 없었다. 기성복 만드는 작은 중소기업에 취업을 하거나 그러지 않은 사람들은 수선집이나 세탁소를 차렸다. 나 역시 작은 수선집이나 차리려 하였으니 이도 여의치 않았다. 마누라가 다단계에 빠져 있는 돈 없는 돈 다 날리고 말았기 때문이었다.

　목구멍이 포도청이라는 말이 있듯이 당장 새끼들하고 살아야했다. 나는 거처를 조그만 소읍으로 옮기고 세탁소에 일자리를 얻었다. 클린 세탁소였다. 이곳에서 나는 수선과 다림질, 세탁 모든 일을 다 하여야 했다. 사장은 여자였다. 나이는 40대 중반인데 수단이 좋아 이곳저곳을 뚫어 일감이 많았다. 심지어는 군부대까지 뚫어 군인들 세탁이나 수선일도 가져왔다. 내 나이도 어언 50대 중반을 넘어 60을 바라보았다. 머리도 빠져

대머리가 되어가고 움직이지 않고 세탁과 수선 일만 하다 보니 팍삭 늙어 나이보다 10년은 더 들어보였다.

마누라는 다단계 일로 재산상의 손실을 입히자 딴에는 미안했는지 놈팡이 놈과 눈이 맞았는지 어쨌는지 가출을 해버렸다. 자식 둘을 두고 말이다. 나는 마누라를 찾지 않았다. 찾아볼 생각도 하였으나 자식까지 두고 나간 여자라면 돌아올 리가 없었다. 헛수고만 할 뿐이었다.

그렇게 또 세월이 흘렀다. 큰 아이가 딸인데 이놈이 대학을 들어갔다. 작은 놈은 아들인데 다니던 학교를 그만두고 놀고 있다. 하루 종일 컴퓨터에만 빠져 살았다. 그래서 내 애간장을 태우고 있지만 어쩔 수가 없었다. 아무리 말리고 타이르고 혼을 내도 소용이 없었다. 그래서 포기했다. 안 되는 것은 일찍 포기하는 것도 방법이었다. 나는 일찌감치 그걸 터득했다. 어차피 자기 인생 자기가 살 것이기에 잘 살아도 자기 팔자, 못 살아도 자기 팔자였다. 사실 내 인생도 벅찼다. 그저 하루하루 죽지 못해 살뿐이었다.

내가 없이 사니까 형제들도 발길을 끊었다. 어릴 때부터 일만 했으니 친구도 없었다. 늦은 시간에 클린 세탁소에서 클린하지 않게 퇴근하고 나면 허탈하고 허전했다. 사는 것이 아무 재미가 없었다. 사람이 희망이 있어야 살아갈 힘이 생기고 따뜻한 가정이라도 있어야 살맛이 나는 법이었다. 그런데 그러지 못하니 아무런 의욕이 안 생겼다.

　내가 일하는 공간은 도로변에 위치한 건물의 반지하였다. 일하는 작업대 바로 앞에 밖을 내다볼 수 있는 작은 창문이 있었다. 일하면서 밖을 내다볼 수 있는 유일한 곳이기도 하였지만, 신나와 벤젠 냄새가 진동하는 이곳에서 창문은 신선한 공기를 맡을 수 있는 유일한 통로이기도 하였다. 뿐만 아니라 이곳을 통하여 길가는 사람들을 볼 수 있기도 하였다. 창문 앞으로는 작은 길이 나 있었다. 건너편은 이곳 작은 소읍에서 유일한 아파트 단지가 있었다. 사람들은 작은 창문 앞을 무심하게 지나치거나 내가 일하는 모습을 힐끗힐끗 보며 지나갔다.

　그런 어느 날이었다. 창문 밖에서 한 여학생이 호기심 어린 눈길로 내가 일하는 모습을 지켜보았다. 나는 학생을 의식하고도 아무런 내색 않고 다림질만 하였다. 상대가 어른이든 아이든 나는 사람들을 마주 보기가 어색하고 겁이 났다. 이런 소심증은 어디서 생긴 것인지 모르겠다.

　한참 동안 내가 일하는 모습을 관찰하듯 바라보던 학생이 가방을 뒤적거리더니 담배를 꺼내 물었다. 곧이어 불을 붙여 아주 능숙하게 연기를 빨아들였다. 순간 나는 당황하였다. 아직까지 내 도덕적 관습에는 학생이 담배를 피워서는 안 된다는 생각이 지배적이었다. 그건 나뿐만이 아니라 대부분 어른들의 생각이 그러할 것이었다. 그런데 바로 내 눈앞에서 그것도 아직 어린 여학생이 서슴없이 담배를 피우고 있었다. 그렇다고 달리 내가 나서서 담배 피우는 것을 제지할 수도 없었다. 나는 고개를 숙여 내 하는 일만 묵묵히 하였다.

"아저씨.... 아저씨."

나를 부르는 소리에 고개를 들어 창문 밖을 보았다. 조금 전까지 담배를 피우고 있던 학생이 내 앞에 와 있었다. 여학생은 조금 전에 내 앞에서 담배를 피운 학생인가 의심이 갈 정도로 아무렇지 않은 표정을 하고 있었다.

"나, 나를 불렀어요?"

내가 순간 당황하여 학생을 올려다보았다.

"네."

"무슨 일인데요?"

나는 깍듯하게 존댓말을 하며 학생에게 물었다.

"이거 줄일 수 있죠?"

학생은 내게 쇼핑 봉지 하나를 내밀었다. 학생은 중2나 3쯤 되어보였다. 그러나 학생답지 않게 입술에 빨간 루즈를 바르고 화장을 짙게 하였다. 아니, 이 말도 정정하여야 하는지 모르겠다. 학생답지 않다는 말은 내 관점에서 보고 말하는 것이니 말이다.

요즘 학생들의 정서나 생활 방식은 예전과 달랐다. 예전 내가 생각하던 학생의 이미지로 현재 학생들을 바라볼 수는 없었다. 그러나 학생은 학생이었다. 더군다나 중학생이라면 얼굴에 굳이 화장을 하지 않더라도 맨 얼굴 그 자체만이라도 예쁠 것이었다.

"네. 됩니다. 그런데 이게 무슨 옷이지요?"

내가 학생이 내민 쇼핑 봉지를 받아들며 공손하게 물었다.

"교복."

학생이 짧게 대답했다. 나는 '교복이요'라는 대답을 듣고 싶었다.

"아, 교복이요?"

내가 대신 대답한 꼴이 되고 말았다.

"스커트는 길이하고 품 좀 줄여 주고요, 상의는 내 몸에 꽉 죄게 줄여요."

학생이 명령에 가까운 어투로 말했다. 나는 그걸 의식 했으나 크게 개의치 않았다. 그는 어쨌든 고객이고 고객은 나이가 많든 적든 왕이었다.

"그럼 몸을 재야하는데...."

내가 학생을 바라보며 말했다.

"아, 씨.... 자, 재세요."

학생이 내 말에 불만스런 표정으로 눈살을 찌푸렸다. 그러나 할 수 없다는 듯 학생은 곧 내게 몸을 맡겼다. 학생이 자기 몸을 재라고 하며 두 팔을 벌리자 나는 괜히 가슴이 두근거렸다. 알 수 없는 일이었다. 나도 모르게 한숨이 나왔다. 학생은 내 마음의 동요는 전혀 눈치 채지 못하고 팔을 벌렸다. 나는 호흡을 고르며 조심스럽게 줄자를 이용해 몸의 치수를 재었다.

"헐! 아, 냄새! 정말 존나 쩐다, 쩔어. 아저씨, 빨리 재세요."

학생이 손으로 코를 가리며 눈을 찡그렸다. 나는 학생의 말에 긴장이 되며 위축이 되었다. 그래서 될 수 있으면 내쉬는 숨결이 학생 앞에 안 미치기 위해 호흡을 멈추며 치수를 재었다. 그러다 보니 식은땀이 삐질삐질 나왔다.

"아저씨, 다른 데로 가려다가 아저씨가 잘 줄일 수 있을 것 같아 여기로 온 거에요. 정말 클린하게 줄여주세요."

학생은 끝까지 당돌하게 굴었다. 치수를 다 재었다고 하자 학생은 까딱 고개를 숙여 인사를 하는 건지 마는 건지하며 세탁소를 나갔다. 교복을 줄이러 오는 학생이 이 학생뿐만은 아니었다. 요즘 여학생들은 교복을 사면 누구나 할 것 없이 몸에 꽉 조이고 넓적다리가 다 드러나도록 짧게 줄여 입었다. 이런 풍조가 과연 옳은가 그른가는 둘째 치고, 새 학기만 되면 세탁소와 수선집은 여학생들의 교복 줄이기로 바빴다.

"요즘 애들 정말 못 말려. 박씨, 쟤네들 옷 신경 써서 줄이세요. 은근히 까다로운 애들이니까요."

안쪽에서 장부에 뭔가를 기록하던 사장이 학생이 나간 문을 흘겨보며 말했다. 나는 사장의 말에 아무 대꾸도 안하고 묵묵히 하던 일을 계속하였다.

"아빠, 저 아빠한테 드릴 말씀이 있어요."

저녁 늦게 집으로 돌아오자 아들 녀석이 쭈뼛대며 나에게 다가왔다. 다른 때 같았으면 형식적으로 방문을 삐쭉 열고 하나마나 한 인사를 하고 방문을 닫았을 녀석이었다.

"그래, 뭔데?"

내가 무거운 엉덩이를 소파에 걸치며 아들 녀석을 바라보았다. 녀석은 오늘도 자기 방에서 하루 종일 컴퓨터를 하고 있었을 것이다. 딸애는 아르바이트를 하러 가서 집에 없었다. 저녁이나 먹었는지 나는 힐끗 주방을 둘러보았다. 개수대에 설거지할 그릇들이 쌓여 있었다. 녀석은 밥은 먹지 않고 빵조각이나 라면으로 배를 채웠을 것이다. 저렇게 생활을 하고서야 이다음에 뭐가 되려는지 걱정과 함께 나도 모르게 한숨이 나왔다.

"검정고시 준비하려고요."

"검정고시?"

내가 아들 녀석을 올려다보며 물었다.

"네. 그래서 말인데요…. 학원비 좀 대주세요."

아들 녀석이 제 딴에는 어려운 말을 꺼냈다는 듯 뜸을 들이며 말했다. 아들놈도 집안 형편이 어렵다는 것을 누구보다 잘 알고 있었다. 그러니 돈 얘기 꺼내는 것은 쉽지 않았을 것이었다.

"알았다."

나는 짧게 대답을 하였다. 그래도 지 딴에 무슨 심경의 변화가 있었는 지는 모르나 공부를 하겠다는데 안 된다고 할 수는 없었다. 일단 대답을 하고 방법을 찾아봐야 했다. 그러나 방법이 따로 있을 리가 없었다. 내 수입은 뻔했다. 한 달 내내 일해야 고정된 월급이 내 수입의 전부였다. 사장은 몇 년이 지나도 월급을 올려주지 않았다. 그렇다고 내가 주변머리가 있어 사장에게 내 월급 좀 올려주시오라는 말도 하지 못하였다.

세탁소 일은 해도 해도 끝이 없었다. 다림질과 수선, 세탁물을 분류해 넣고 기계를 돌리고 정신없이 돌아갔다. 이 정도 물량의 일이라면 직원을 한 사람 더 써야하건만 사장은 전혀 그럴 생각이 없었다. 외부에 나가 일을 보지 않는 날도 사장은 일을 돕지 않았다. 그저 어디다 전화를 하는지 전화통을 잡고 수다를 떨거나 스마트폰에서 눈을 떼지 못하였다.

오늘도 나는 아침을 거르고 출근을 하였다. 날마다 거의 아침을 먹지 않지만 일이 고돼서 그런지 10시만 되면 허기가 져가는 허리가 더 구부러졌다. 나는 믹스커피 두 봉을 한번에 타서 마셨다. 이놈의 믹스커피는 하루에 몇 잔이나 마시는지 몰랐다. 세어보지는 않았지만 한 열 잔은 마시는 것 같았다.

사장은 다른 것은 인색해도 믹스커피 마시는 것에는 인색하지 않았다. 피로해서 마시는 박카스는 하루 딱 두 병으로 제한하였다. 더 마시고 싶어도 마실 수가 없었다. 사장은 내가 더 마실까봐 냉장고에 넣어두고 열쇠로 딱 잠가버렸다. 정말 치사하였다.

세탁물을 기계에 넣고 돌렸다. 세탁이 되는 동안 다림질을 하였다. 내가 다림질을 하다가 잠시 눈을 들어 창문 밖을 언뜻 내다보았다. 그런데 며칠 전 교복을 맡긴 학생이 친구 서너 명과 모여 잡담을 하며 담배를 피우는 모습이 눈에 들어왔다. 학생들은 담배를 피우며 침을 아무 데나 찍찍 내갈겼다. 옷을 맡긴 학생이 담배 연기를 내뿜다가 고개를 든 나와 눈길이 마주쳤다. 그러자 학생이 나를 향해 손을 흔들어 보였다. 아무튼 당돌한 계집애였다.

"야, 저 꼰대 몇 살이나 먹었냐?"

옆에서 키득거리던 남학생이 나 있는 쪽을 힐끗 돌아보며 여학생에게 물었다.

"씨발, 내가 그걸 어떻게 알아. 근데 그건 왜 물어?"

여학생이 욕설을 하며 질문을 한 남학생에게 되물었다.

"왜 욕을 하고 지랄이야? 저 인생도 참 더럽게 따분하다는 생각이 들어서 물었다. 나이도 우리 아빠보다 훨씬 많은 거 같은데. 허구한 날 저기서 저러는 걸 보면 저 인간 인생도 참 엿같다."

"지랄하고 자빠졌네. 누가 누구 생각하고 있는 거야 지금? 고양이가 쥐 생각 하냐? 글구 네 인생은 뭐 잘난 거 있냐? 남 인생 걱정하지 말고 니 인생이나 걱정해라, 좆같은 새끼야."

여학생이 상대 남학생에게 욕설을 퍼부으며 어깨를 내려쳤다.

"아, 씨발. 왜 때리고 지랄이야?"

맞은 남학생이 인상을 험하게 쓰며 대들었다. 한참을 서로 거친 욕설을 해가며 떠들던 학생들이 갑자기 조용해졌다. 새로운 담배를 꺼내 다들 불을 붙이고 있었다. 나는 그런 그들을 무덤덤하게 바라보며 내 할 일만 하였다. 어른이 어른 행세를 할 수 없는 시대였다. 학생들은 그런 어른들을 의식치도 않았다. 그렇다고 그 애들을 탓할 수도 없었다. 다들 미쳐 돌아가는 시대에 누가 누구를 탓할 수 있단 말인가.

"아저씨."

창문으로 얼굴을 삐죽 들이밀며 옷을 맡긴 학생이 나를 불렀다.

"어, 어...."

나는 대답도 아니고 신음소리도 아닌 어설픈 소리를 내며 창문을 통하여 학생을 보았다.

"내 옷 다 줄였어요?"

"네, 네. 다 줄였어요."

나는 허둥대며 대답을 하고 학생의 옷을 찾았다.

"여기서 입어 봐도 되죠?"

학생이 어느새 계단을 내려와 내가 찾아온 옷을 받아들고 물었다.

"아, 그럼요. 그럼요."

내가 필요 이상 당황하며 대답하였다.

"그럼 저기서 입어볼게요."

학생이 세탁물을 걸어놓은 행거를 가리키며 말했다.

"네, 네. 그러세요."

내가 순순히 대답했다. 그러자 학생은 내 대답이 끝나자마자 내가 찾아준 옷을 들고 행거 쪽으로 갔다. 잠시 후 부시럭 부시럭 학생이 옷을 갈아입는 옷 스치는 소리가 들려왔다. 그 소리를 듣자 괜히 내 입의 침이 말랐다.

나는 다림질을 하다가 나도 모르게 옷 갈아입는 쪽을 힐끗 돌아보았다. 그러자 학생의 반나체의 몸이 내 눈에 들어왔다. 흰색 팬티와 흰색 브라자로 가린 몸이었다. 하지만 몸의 윤곽이 또렷하게 내 시야에 들어왔다. 어린 학생의 몸이었지만 성인의 몸과 다름없이 윤곽이 잡혀 있었다. 적당하게 볼륨감도 있었다.

나는 순간 자괴감이 들어 얼른 시선을 돌렸다. 학생은 옷을 입었다 벗었다 거울에 자기 몸을 비춰보며 갖은 포즈를 다 취했다. 내가 옆에 있어도 전혀 신경을 쓰는 눈치가 아니었다. 나는 마른 침을 삼키며 다시금 나도 모르게 학생 쪽으로 머리를 돌렸다. 그때였다. 학생이 내 시선을 느꼈는지 갑자기 욕설을 퍼부었다.

"아, 씨발! 왜 몰래 내 몸을 쳐다보고 지랄이야! 아, 짱나! 꼰대가 나이는 들었어도 수컷이라고 내 몸을 은근슬쩍 훔쳐보고 자빠졌네."

나는 학생의 호통 소리에 혼이 다 빠져버릴 듯한 충격을 받았다. 그리고 심히 당황하였다. 학생은 거침없이 내게 욕설을 퍼부었다. 여학생의 눈에는 내가 어른으로 보이지 않는 모양이었다. 아니, 이런 데서 일하는 사람이니 함부로 대해도 되는 사람으로 아는 모양이었다. 나는 심한 모욕감을 느꼈다. 일찍 결혼 했으면 손녀뻘밖에 되지 않는 아이였다. 그런 애한테 이런 심한 모욕을 당하다니 기가 막힐 일이었다.

"아, 아, 아니, 아니에요."

그러나 그런 생각도 잠깐, 나는 심하게 말을 더듬거리며 머리를 저었다.

"아니긴 뭐가 아니에요? 내 몸을 힐끗힐끗 훔쳐봤잖아. 아이, 씨발! 성폭력으로 고발 할까 보다."

학생의 입에서 '성폭력'과 '고발'이라는 단어가 나오자 갑자기 내 머리가 하얘지는 것 같았다. 이제까지 불미스런 일로 경찰서 한 번 드나들지 않았던 나였다. 그런 내가 학생의 입에서

'성폭력'과 '고발'이라는 단어가 나오자 겁이 덜컥 났다.

"저, 학생. 이러지 마. 나 절대 일부러 학생 쪽을 본 거 아니야. 그러니 제발...."

나는 나도 모르게 학생에게 애원을 하고 있었다. 근래 어린이나 청소년에 대한 성폭력 범죄에 대한 뉴스를 본 적이 있었다. 그리고 이런 범죄에 대한 사회의 지탄과 형벌에 대해서도 알고 있었다. 설마 내가 그런 파렴치한 범죄에 연루되는 것이라면 - 상상도 하기 싫은 일이었다.

"학생, 옷은 어떻게 마음에 들게 줄였나요? 마음에 안 들면 다시 손 봐 줄게."

나는 학생의 비위를 맞추려 정도 이상으로 비굴하게 굴었다. 이런 내가 싫었지만 이런 상황에서는 어쩔 수가 없었다. 어떻게 하던 이 상황에서 벗어나야 하였다. 귀에 걸면 귀고리 코에 걸면 코걸이가 되는 세상이기 때문이었다.

"뭐, 이 정도면 괜찮긴 한데...."

학생이 조금 전과 달리 수그러진 태도로 옷을 이리저리 살펴보며 심드렁하게 말했다.

"아, 그래요? 그럼 내가 특별히 이번에는 돈 안 받고 무료로 해줄게요."

"아, 정말요?"

무료라는 말에 학생의 얼굴이 금세 밝아지며 야릇한 미소까지 지었다.

"옷 이리주세요. 내가 봉지에 넣어 드릴 테니까."

학생은 내 말에 들고 있던 옷을 얼른 내밀었다. 나는 옷을 개어 쇼핑 봉지에 넣어 학생에게 내밀었다. 그러자 학생은 다시한번 나를 향해 야릇한 미소를 지었다. 그러더니 고맙다는 말도 없이 쇼핑 봉지를 들고 휭하니 사라졌다. 학생이 내 눈앞에서 사라지자 그제서야 나는 안도의 한숨을 길게 내쉬었다. 그러나 한편으로는 살아가는 길이 매번 살얼음판을 걷는 것 같아서러웠다.

학생과의 일이 악몽처럼 지나갔다. 그 일을 겪고 나자 길거리에서 학생들을 봐도 의기소침해지고 두려웠다. 학생뿐만이 아니라 모든 사람들이 두려웠다. 나는 땅속의 두더지처럼 반지하 일터에서 두문불출 일에만 몰두했다. 군소리 없이 묵묵히 일만 하자 사장은 좋아했다. 물론 다른 때도 나는 말없이 묵묵히 일만 했다. 어떤 때는 말 한마디 안하고 하루 종일 지낼 때도 있었다. 수선과 세탁일은 사장이 거의 주문을 받았다. 따라서 나는 고객과 대면할 일이 거의 없었다. 그런 내가 어쩌다가 여학생에게 얽혀 수모 아닌 수모, 곤욕을 치렀다. 그 일이 있고 난 후 나는 의욕이 저하 되었다. 그러나 일을 안 할 수는 없었다. 날마다 쏟아져 들어오는 다림질과 세탁, 수선일은 나를 잠시도 놓아주지 않았기 때문이었다.

여학생과의 불미스런 일이 있은 후로 나는 될 수 있으면 학생들 일감은 내가 직접 받지 않고 사장이 받도록 하였다. 그러나 그게 말처럼 쉬운 일이 아니었다. 사장이 자리를 비웠을 때 손님이 찾아오면 싫어도 내가 주문을 받아야 했다. 그리고 일의 특성상 수선일은 내가 직접 받아야 만이 손님으로부터 어디를 어떻게 수선해 달라는 설명을 들을 수 있기 때문이기도 하였다.

까다로운 손님도 많았다. 기껏 바짓단을 줄여 놓으면 바짓단을 짧게 줄였다고 트집을 부리는가 하면, 손이 벨 정도로 칼날처럼 옷을 다려놔도 왜 옷을 이 따위로 다렸냐며 생떼를 쓰는 사람도 있었다. 사람이 많다 보니 별별 사람이 다 있었다. 그러나 나는 성격이 꼼꼼하여 여간해서 실수하는 법이 없었다. 그러나 시비를 걸려하는 사람에게는 당해내는 재주가 없었다. 심한 경우에는 바짓단을 짧게 줄였다는 이유로 바지 값을 물어준 적도 있었다. 이런 경우 사장은 손실 처리를 하지 않고 내 월급에서 바지 값을 공제하였다.

겨우 입에 풀칠을 할 정도의 월급을 받는 나에게 바지 값 공제는 큰 부담이었다. 그러나 나는 사장에게 달리 말을 할 수가 없었다. 잘못 말했다가는 그나마 이 일마저도 못하게 될 터이니 말이다. 내 나이 60이 내일 모레인데 이제 이 나이에 여기에서나마 잘리면 어디에서 일자리를 구할 수 있겠는가. 그저 억울함과 부당함을 감내할 수밖에 없었다.

능소화가 비바람에 뚝뚝 떨어졌다. 장엄하게 떨어지는 꽃을 보자 우리 인생도 능소화 같다는 생각이 문득 들었다. 나 역시 능소화처럼 어느 순간에 뚝하고 삶의 숨길을 놓아버릴 것이었다. 그러자 비장감이 들었다. 살 때까지는 살아야지 하며 나는 애꿎은 믹스커피 한 잔을 타 천천히 마셨다. 이 시간만은 나의 유일한 휴식시간이며 내가 살아있다는 것을 실감하는 시간이었다. 비록 재봉틀 의자 위에 앉아 마시는 커피 한 잔이지만, 이마저도 없었다면 나의 팍팍한 삶의 여정이 더욱 고달팠을 것이었다.

삶은 늘 반복되었다. 그 삶이 싫거나 좋거나 간에 반복되는 삶이라도 살아야 하는 것이 인생이었다. 나는 숙명처럼 나의 삶을 받아들여야 한다. 내가 그 삶을 받아들이지 않는다면 나는 이 세상에 속하여 살 수 없을 것이다.

능소화가 떨어진 담 밑에 며칠 보이지 않던 학생이 보였다. 이번에는 여학생 혼자였다. 여느 때와 같이 여학생은 담배를 피웠다. 학생은 담배를 피우면서 때때로 내 쪽으로 담배 연기를 날려 보내는 여유까지 보였다. 여학생이 눈에 띄자 나도 모르게 긴장이 되었다. 나는 의식적으로 여학생이 있는 쪽을 외면하며 다림질을 하였다. 스팀다리미에서 나오는 수증기가 내

시야를 뿌옇게 흐려놓는 것이 다행이다 싶었다. 그 정도로 여학생이 안 보이기를 바랐다.

칙칙 스팀다리미에서 나오는 수증기에 내 얼굴은 땀으로 흠뻑 젖었다. 옆에 있는 수건으로 얼굴의 땀을 닦고 창밖을 힐끔 보았다. 여학생이 안 보였다. 간 모양이로구나 하고 한숨을 돌리려는데 간 줄 알았던 학생이 계단을 내려오며 나를 불렀다.

"아저씨, 아쩌씨!"

학생이 나를 부르는데 첫 번째 부름은 아저씨였고 두 번째 부름은 아쩌씨라고 불렀다. 아저씨를 아쩌씨라고 부르는 저의는 무엇일까. 나를 놀리려는 것일까. 아니면 요즘 사람들 대부분이 단어 사용을 된소리와 거센소리를 많이 사용하는데 그런 예일까. 시대의 반영인지 모르겠으나 특히 청소년들이나 젊은 층들 사이에서 사용하는 말들 중에는 된소리와 거센소리의 말들이 많았다. 짜장면의 원래 표준어는 자장면이다. 그런데 사람들이 표준어인 자장면을 쓰지 않고 짜장면으로 많이 쓰다 보니 아예 짜장면이 표준어로 인정이 되어버렸다.

"아쩌씨."

여학생이 계단 끝까지 내려와 우뚝 서서 다시 나를 불렀다. 나는 하던 다림질을 잠시 멈추고 여학생을 돌아보았다. 참 염치도 없고 뻔뻔한 학생이었다. 며칠 전 나에게 수모를 안겨주었던 학생이 무슨 낯으로 또 와서 나를 찾는단 말인가. 그야말로 후안무치 얼굴에 철판을 깐 학생이었다.

"왜 무슨 볼일 있어요?"

나는 대수롭지 않은 표정으로 학생에게 물었다. 그러나 나의 말투는 나도 모르게 퉁명스러웠다. 학생은 나의 그런 태도에도 아랑곳 않고 살살 웃으며 능청을 떨었다.

"아저씨, 지난번에는 조금 미안했어요. 하지만 아저씨가 내 몸을 훔쳐본 건 사실이잖아요."

"허, 참....."

나는 말이 안 나왔다. 그래서 어쩌자는 것인가. 나는 학생과 또 다시 어떤 일로든 얽히고 싶지가 않았다.

"학생, 나 바빠요. 일을 해야 하니까 볼일이 없으면 어서 가요."

내가 다리미의 스팀을 조절하며 말했다.

"잠깐, 잠깐요."

학생이 나를 제지하며 백팩에서 봉지 하나를 꺼냈다.

"이거 내 블라우스인데 품 좀 줄여주세요."

학생이 봉지에서 꺼낸 옷은 레이스가 달리고 목이 깊게 패인 베이지색 블라우스였다. 그러나 나는 전에 교복 건으로 혼이 난 적이 있어 학생의 주문을 받고 싶지 않았다.

"학생, 미안하지만 이건 다른 데서 줄이세요. 이거 아니라도 내가 할 일이 너무 많거든요. 요 밑에 내려가면 또 다른 수선집이 있어요. 거기 가서 하세요."

나는 학생이 기분 나쁘지 않게 딴에는 정중하게 거절을 하였다.

"아, 짱나! 내가 지난번 일로 미안해서 일부러 여기로 왔는데 이러기에요?"

학생이 눈을 치뜨며 따지듯 대들었다. 나는 학생의 태도에 어이가 없었다. 아무리 세상이 말세라지만 이럴 수가 없었다. 어린 계집애가 당돌하기가 하늘을 뚫을 정도였다. 도대체 이런 애의 부모는 어떤 족속인지 한번 보고 싶었다.

"박씨, 무슨 일이에요?"

마침 일을 보러 밖에 나갔다 들어오던 사장이 나와 학생의 실랑이를 목격하고 물었다.

"아, 예. 지...."

"뭐야? 지난번 박씨를 골탕 먹였던 학생 아냐?"

내가 말을 하기 전에 사장이 학생을 알아보고 학생을 째려보았다.

"무슨 말을 그렇게 해요? 내가 무슨 아저씨를 골탕 먹였다는 거야?"

학생이 이번에는 사장을 보고 무슨 상관이냐는 듯 천연덕스럽게 반말을 섞어가며 말했다.

"참 나, 이 학생 좀 보게. 학생 때문에 박씨가 그럼 골탕을 먹지 않았다는 거야 뭐야? 학생 옷 줄여주고 수선비 받지 못한 건 뭐고, 잘못 했으면 학생에게 성폭력범으로 고발당할 뻔 했잖아? 그러고도 어떻게 뻔뻔하게 다시 우리 가게를 찾아오누. 참 어이가 없다."

사장이 어이가 없다는 듯 눈을 치뜨고 화를 삭이려 숨을 골랐다.

"아, 씨발. 짱나네. 수선을 맡겨도 시비야, 시비가. 여기 아니면 맡길 데가 없나. 아, 존나 짱나."

학생이 어른 앞이든 말든 상관없이 욕설을 해대며 불만을 터뜨렸다.

"어머, 어머, 쟤 말하는 것 좀 봐."

사장이 어이가 없는지 벌린 입을 다물지 못했다.

"학생, 그러지 말고 어서 나가요. 이러다 싸움 나겠다."

내가 나서며 학생을 말렸다. 그러자 학생은 블라우스가 든 봉지를 거칠게 다림판 위에서 채뜨려갔다.

"아, 씨발! 정말 존나 짱나네."

학생이 나가면서까지 끝까지 욕설을 해대며 사라지자, 사장은 학생이 사라진 뒤에 대고 분풀이를 하듯이 발악적으로 욕설을 해댔다.

"저런저런 한심 초저녁같은 년을 봤나. 저년이 학생이야? 아휴, 저런 년이 이다음에 자라서 뭐가 될지 훤히 보인다 보여.

정말 한심하기 짝이 없는 년이다. 내 머리털 나고 저런 무식하고 막 돼 먹은 년은 처음 보네. 허, 참 내. 기가 막혀서.”

가뜩이나 피곤한 몸이 낮의 일로 더 피곤하였다. 집 안은 아무도 없어 여름인데도 한기가 돌았다. 나는 낡은 침대에 고목이 쓰러지듯 몸을 뉘였다. 그러다가 나도 모르게 까무룩히 잠속으로 빠져들었다. 꿈속에서 계속 악몽을 꾸었다. 일어나야겠다는 의식을 하는데도 불구하고 눈이 떠지지를 않았다. 식은땀이 흘러 옷이 흥건했다. 집 안의 습기와 더위, 땀으로 말미암아 내 몸은 물을 뒤집어 쓴 듯 젖었다.

“아빠, 아빠아 ~”

멀리서 아주 멀리서 아득하게 나를 부르는 소리가 들려왔다. 꿈속인지 현실인지 알 수가 없었다. 그러다가 내 몸을 마구 흔드는 손길에 눈을 번쩍 떴다. 희미하게 딸아이의 얼굴이 보였다.

“아빠, 어서 일어나세요. 어휴, 이 땀 좀 봐.”

딸내미가 걱정스런 얼굴로 나를 내려다보았다. 딸내미는 아르바이트를 끝내고 막 집에 도착한 모양이었다. 아들 녀석은지 누나보다 더 늦는 모양인지 기척이 없었다.

“아빠, 저녁도 안 드셨지요? 아빠, 그런데 아빠 얼굴이 너무 핼쑥해요. 어디 아프신 거 아니에요?”

딸내미가 자기가 보기에도 내 몰골이 안 되어 보였는지 걱정스런 표정을 지으며 물었다.

"아니다. 아니야. 너도 저녁을 안 먹었지? 배고프겠구나."

부모 잘못 만나 고생하는 딸이 안쓰러워 내가 말했다.

"아니에요. 제가 빨리 저녁을 지을게요. 아빠는 좀 씻고 쉬시고 계세요."

딸이 나를 안심시키려는 듯 아무렇지 않은 표정을 지으며 자기 방으로 들어갔다.

아들 녀석은 자정이 다 되어서 들어왔다. 자기 딴에 검정고시를 준비한다고 학원에 다니겠다니 기특하다는 생각이 들어 없는 돈에 학원비를 마련하여 학원에 등록을 시켰다. 뒤늦게라도 중단한 공부를 하겠다니 다행이고 고마웠다.

사소한 악연의 끈이 나를 옭아맬 줄은 몰랐다. 내가 평상시와 같이 출근을 하여 믹스커피 한 잔을 타 마시고 일할 준비를 하려고 하였다. 일 시작하기 전과 격무 와중에 마시는 믹스커피는 내가 유일하게 이곳에서 여유를 가져보는 시간이며 휴식 시간이었다.

"박씨, 나하고 얘기 좀 합시다."

사장이 평상시에 안 하던 진지한 표정을 지으며 나에게 말했다. 사장의 말에 나는 불길한 예감이 들어 가슴이 서늘해졌다.

"예, 무슨 일이라도...."

내가 조심스럽게 사장의 눈치를 살피며 조심스럽게 입을 떼었다.

"며칠 전 학생 일 때문에 그러는데...."

사장이 말끝을 맺지 못하고 나를 쳐다보았다.

"아, 예.... 학생...."

나 역시 학생의 일과 관련된 거라는 말에 말끝을 맺지 못하고 사장의 다음 말을 기다렸다. 사장은 다음 말을 꺼내기가 곤란하다는 듯 침을 삼켰다. 그러다가 주머니에서 담배를 꺼냈다. 담배를 꺼낸 사장은 능숙한 솜씨로 담배 한 개비를 뽑아 불을 붙여 연기를 깊게 빨아들였다가 내뱉었다. 나는 담배 연기가 싫어 나도 모르게 고개를 돌렸다.

"저, 박씨, 내가 이런 말 한다고 서운하게 생각하지 말아요. 내가 박씨를 한 두 해 겪어본 것도 아니고. 나는 박씨를 믿어요. 그래서 하는 말인데...."

사장이 무슨 말을 하려는지 뜸을 들였다. 나는 그럴수록 더 초조해지고 가슴이 벌렁거렸다. 그러면서 딸과 아들 녀석이 생각났다.

"박씨, 정말 박씨가 학생 몸을 훔쳐보지는 않았지요?"

질문을 하고 사장은 다시 담배 연기를 길게 빨아서 내 앞으로 내뱉었다.

빌어먹을, 사장은 담배 연기를 다른 방향으로 뱉을 것이지 꼭 내 쪽으로 뱉는지 모르겠다. 나는 연기로 인해 마른기침을 한참 하였다.

"무슨 말씀을 하시는지 모르겠는데요. 내가, 내가, 그럴 리가 있습니까?"

기침을 멈추고 사장에게 다급하게 말했다. 내 말에 사장은 고개를 끄덕였다.

"그렇지요. 박씨가 그럴 리가 없지요. 그런데 어느새 소문이 그렇게 났으니 어쩌면 좋지...."

사장은 내가 그러지 않았을 것이라고 말하면서도 미심쩍은 표정으로 나를 바라보았다. 나는 정말 환장할 노릇이었다. 인생 살면서 별별 일을 다 겪는다지만 이건 정말 아니었다. 내가 어린 학생의 몸을 훔쳐본 추행범의 누명을 쓰다니. 그리고 소문이 그렇게 나다니. 내 인생은 여기서 끝나는가. 별별 생각이 다 들었다. 정말 세상 살고 싶지 않았다.

이제까지 없이 살았지만 남한테 손가락질 당할 일은 한 번도 한 적이 없이 살았다. 정말 자식새끼들하고 살기 위해서 죽어라고 일한 죄밖에 없는 나였다. 그런데 말년에 이게 무슨 청천벽력같은 일이란 말인가. 정말 황당하고 어처구니가 없었다.

"학생의 엄마가 박씨가 자기 딸 몸을 훔쳐봤다고 소문을 내고 돌아다니고 있대요. 사실 관계를 모르는 사람들은 그 말을 그대로 믿고 말이에요. 이거 이러다 우리 클린 세탁소 이미지가 땅에 떨어지고 손님들도 발길을 끊을 테니 어쩌면 좋냐구요."

사장이 울상을 지으며 말했다. 나는 사장의 말에 더 이상 대꾸할 말이 없었다. 사장은 내가 그런 사실이 없을 거라고 말하면서도 소문은 사실과 정반대로 들리고 그로 인해 클린 세탁소의 이미지가 실추 되어 손님이 떨어지는 것을 걱정하고 있었다. 그러면 문제는 간단했다. 내가 그만두면 되는 것이다.

사장도 매정하게 그만 두라는 말은 못하지만 내가 그러기를 내심 바랄 것이었다. 아, 정말 세상이 무섭구나. 내 인생이 여기에서 이렇게 비참하게 끝나야 하는 것인가. 정말 모든 것이 원망스러웠다. 그러나 누굴 탓하랴. 이게 내 운명이고 팔자인 것을.

"사장님, 죄송합니다. 그런 소문을 나게 해 세탁소의 이미지를 떨어뜨려..... 제가 그만 두겠습니다. 용서 하십시오."

나는 사죄의 말을 하며 눈물을 떨구었다. 나도 모르게 눈물이 나왔다. 이게 무슨 추태란 말인가. 이 나이에 눈물을 보이다니. 그러나 나이와 상관없이 억울하고 슬프고 막막해지면서 눈물이 나왔다.

"박씨, 내 박씨 마음을 잘 알아요. 박씨처럼 성실하게 일한 사람도 이제껏 없었어요. 소문이 가라앉을 때까지 집에서 잠시만 쉬고 계세요. 그동안 쉬지 않고 몸이 부셔져라 일했잖아요. 그러니 이번 기회에 좀 쉰다 생각하고 쉬란 말이에요."

사장이 나를 생각하는 척 위로의 말을 하였다. 그러나 나는 그런 사장의 말이 귀에 들어오지 않았다. 나는 알고 있다. 사장은 말만 그렇게 하는 것이지 나를 부르지 않을 것이다. 일할 사람은 얼마든지 있었다. 더군다나 나보다 젊은 사람들이.

나는 그날 일을 마치고 짐을 챙겼다. 짐이라고 해 봤자 옷가지 몇 벌과 양복점에서 일할 때부터 쓰던 가위와 자가 전부였다. 사장은 내 월급을 정산해주고 두 달치 월급을 퇴직금 명목으로 더 얹어주었다. 10년 가까이 일한 대가로는 두 달치 월급은 적었지만 그거라도 챙겨주는 것에 감지덕지 하여야 했다.

나는 클린 세탁소를 나왔다. 상호와 달리 나는 이곳에서 클린하지 못하였다. 결론적으로 내 인생에서 클린 세탁소는 내 인생을 클린하게 해주지 못하였다. 어찌 보면 클린이 아니라 오점을 남긴 더티 세탁소가 아니었는지 모르겠다.

내 하찮은 인생

'개천에서 용 난다'는 말은 이제 아무짝에도 소용없는 사어(死語)가 되어버렸다. 사실 이 말은 비록 흙수저로 태어났어도 자신의 노력 여하에 따라 얼마든지 용으로 승천할 수 있다는 희망을 갖게끔 해준 흙수저 출신들에게는 금과옥조와 같은 말이었다. 그러나 이제 이 말은 이 시대엔 통용되지 않는 구시대의 유물이 된지 오래 되었을 뿐만 아니라, 흙수저로 태어난 많은 사람들에게 절망의 한계치를 보여주는 말이 되어버렸다.

이 시대에 흙수저로 태어난 사람은 아무리 노력을 해도 용은 커녕 지렁이가 되기도 어려웠고, 이런 사실은 숨길 수 없는 냉혹한 현실이기도 하였다. 따라서 흙수저로 태어난 나에게도 예외는 아니었다.

이런 넘을 수 없는 신분 상승의 한계에 대해 나는 그걸 생각할 때마다 얼마나 참담하고 절망스러운지 몰랐다. 그러나 나는 그런 것에 개의치 않았다. '운명아, 와라. 내가 간다.' 하는 약간은 유치한 말이 있듯이 그렇게 운명을 개척하며 살겠다는 오기도 있었다. 그러나 현실은 역시 녹록치 않았다. 내 의지와는 상관없이 현재 내 삶은 기대치에 크게 못 미치고 있기 때문이다. 따라서 내 처지가 여간 한심스럽지 않았으며 흙수저 출신의 한계를 절실하게 실감하면서 살아가고 있다는 것이 솔직한 나의 표현이었다.

지방에 소재한 대학이긴 하나 난 명색이 국립대학을 졸업 하였다. 그러나 국립대학이면 뭐하고 소위 일류대학이면 뭐할 것인가. 대학을 졸업하고 7년이 다 되어가지만 번듯한 회사에 취업을 하지 못하고 입시학원에서 꼴통 중딩들 수학을 가르치는 강사 신분을 못 면하고 있으니 말이었다.

내 나이 벌써 서른 둘. 친구들 중엔 결혼을 해서 자식이 둘이나 되는 놈도 있었다. 그런데 나는 결혼은커녕 내 한 몸 건사하기에도 벅찼다. 나는 88년도에 태어났다. 내가 태어나던 해인 88년은 서울 올림픽이 개최되어 나라 전체가 올림픽에 열광을 하고 있는 해이기도 하였다. 나는 3월에 태어났고 올림픽은 9월에 개최되었다. 그해 내가 태어났으니 올림픽을 하는지 뭐를 하는지 난 알 수가 없었다. 나중에 내가 성장하여 알고 보니 세계 160개국이 참가한 올림픽에서 우리나라가 당당히 4위를 차지하는 성적을 보였다. 이에 국민들은 열광을 하였고 그해 따라 경기도 좋아서 국민들 모두가 올림픽 특수에 흥청거렸다고 하였다.

당시 집권을 한 정부는 쿠데타로 정권을 잡은 군부였다. 군사 정권은 국민들의 소요를 잠재우고 시선과 관심을 국내 정치가 아니라 밖으로 돌릴 필요를 절실히 느끼고 있었다. 당시 군사 정권은 정통성이 없는 터라 국민들의 비난과 저항, 학생들의 끊이지 않는 시위에 골머리를 앓고 있었다. 따라서 그들은 국민들의 눈과 관심을 다른 데로 돌리려고 골몰하였고 그러려면 그에 따른 획기적인 이벤트가 있어야 하였다. 그 이벤트가 바로 올림픽이었다.

정권의 의도대로 국민들은 올림픽에 열광하여 국내 정치는 잠시 관심 밖으로 밀려나 있었다. 더군다나 당시는 실물경제도 좋았다. 현재도 일부 국민들 중에는 그때가 좋았다고 하는 사람들이 있었다. 군인들이 정권을 잡고 지랄을 하든 말든 내 배부르고 등 따뜻하면 장땡이라고 하는 국민들이 많았으니 세상은 요지경이었다.

시대는 그런 시대였으나 내 인생의 시작은 정말 하찮은 시작, 별 볼일 없이 시작되었다. 그야말로 흙수저 인생의 출발이었다. 경기가 좋고 나쁘고를 떠나서 우리 아버지라는 위인은 백수였다. 한 가정의 가장이 직업이 없다는 것은 벌써 개천이라는 조건을 갖춘 것이라고 볼 수 있었다. 원래도 똥구멍이 찢어지게 가난한 집안에서 태어나 가진 것은 불알 두 쪽(아버지에게 불경스런 표현이지만)밖에 없던 아버지였다. 하지만 여자 꼬시는 재주는 있었는지 어쨌는지 어떻게 엄마를 꼬셔서 결혼을 하고 가정을 꾸려 나를 낳았다.

가정을 꾸리고 처자식이 생겼으면 가장으로서 처자식을 먹여 살려야 하는 것은 대부분 가장들의 당연한 의무이고 책임이었다. 그러나 아버지라는 위인은 그런 기본적인 의무와 책임과는 거리가 멀었다. 때문에 생활의 대부분은 엄마의 몫이 될 수밖에 없었다. 아버지가 그렇다고 하릴없이 빈둥빈둥 노는 것만은 아니었다. 아버지는 아버지 나름대로 하는 일이 있었다. 아버지는 책을 참 많이 읽었다. 할 수 있는 일이 책 읽는 일 외에는 없다는 듯 밤늦도록 책을 읽었다. 하긴 술과 계집질로 세월을 보내거나 도박으로 재산을 탕진하는 작자들보다는 훨씬 고상하기는 하였다. 그러면서 아버지는 틈틈이 누런 갱지 원고지에 뭔가를 썼다. 나중에 알고 보니 그건 소설이라는 것이었다. 그렇다고 아버지가 소설가로 등단을 한 정식 소설가는 아니었다.

아버지와 달리 엄마는 번듯한 직장을 다니고 있었다. 중학교 국어교사였다. 요즘 여자 직업 선호도 1위의 직장인 셈이었다. 그러나 한 집안의 가장은 엄마가 아니라 아버지였다. 엄마가 직장에 다니기는 하였지만 엄마 혼자의 수입으로 가정을 꾸려 간다는 것은 태생적으로 불안전한 가정의 구조를 지녔다고 할 수 있었다. 그렇다면 엄마라도 생활력이 강하고 긍정적이고 적극적이고 가정에 헌신적이었더라면 사정은 달라졌을 것이다. 그러나 엄마는 그런 엄마가 못되었다. 엄마는 가정과 직장 생활을 조화롭게 병행을 하지 못하였다. 더군다나 억척스럽게 생활력이 강한 분도 아니었다. 정신적으로나 육체적으로도 건강치가 못했다.

엄마는 술과 담배를 일찌감치 하였고 아버지와 만나기 전에도 여러 남자들을 섭렵한 과거 전력도 있었다. 거기에다 심한 우울증과 정서불안, 히스테리 증세가 있었으며 감정의 기복도 심하였다. 아버지 말로는 나를 임신하고 있을 때에도 담배를 피우고 술을 마셨다고 하였다. 자식이라고 나를 낳았지만 엄마는 자식 양육에도 크게 관심이 없었다. 그래서 나의 양육은 전적으로 아버지와 할머니가 도맡았다.

그런 불안하고 불안정한 두 분의 결혼 생활도 내가 다섯 살이 될 즈음에 종막을 고하고 말았다. 엄마가 아버지에게 이혼을 요구하였다는 것이다. 아버지는 엄마의 이혼 요구를 나 때문에 반대하였다고 한다. 그러나 그 명분은 아빠의 명분(?)일 뿐 아버지는 남편의 역할과 능력 - 성적인 역할과 능력이 아니라 경제적 역할을 말한다. 남편으로서 경제적 역할을 못하는 것 때문에 엄마의 이혼 제의를 거절하지 못하고 이혼했다고 하셨다. 그런 걸 보면 아버지는 기본적인 양심은 있으신 분이다.

나중에 아버지에게 들은 말이지만 아버지는 진심으로 엄마를 사랑했다고 하셨다. 어떻게 해서 아버지가 엄마를 만나 결혼에까지 이르렀는지는 모르겠다. 아버지는 엄마와 이혼을 한 후에도 오랫동안 괴로워하셨다. 가끔 밤하늘을 쳐다보며 깊은 한숨을 쉬시며 우수에 젖어 있는 아버지의 모습을 보면 그 정도는 알 수 있었다.

두 분이 같이 사시는 동안에도 엄마와 아버지는 자주 다투셨다. 다툼은 일방적으로 엄마에 의해 일어났다. 아버지는 남편의 도리를 다하지 못하는 죄책감으로 늘 괴로워하는 분이셨으므로 엄마에게 늘 미안한 마음을 가지고 계셨다. 그래서 일방적인 엄마의 시비에도 화를 내지 않으셨고 맞대응을 하지 않으셨다. 또 원체 성정이 선하고 온유하신 분이라 먼저 싸움을 거는 경우도 없었다. 반면에 엄마는 매사 짜증을 잘 내셨고 아버지의 자존심을 건드리는 말을 자주 하셨다. 그런 것이 원인이 되어 싸움이 시작되었으나 사실 진짜 원인은 엄마의 잦은 음주와 흡연이었다. 그밖에도 두 분 사이는 다툴 수밖에 없는 조건들이 너무 많았다. 그러니 싸울 수밖에 없었고 잦은 충돌의 결과 결국 이혼이라는 극단적인 선택을 하게 된 것이다.

이런 가정환경과 분위기들이 나에게는 고스란히 상처가 되었다. 당연히 내 성격 형성에도 영향을 미쳤을 것이다. 내가 자존감이 낮으면서 냉소적이고 매사 부정적인 것도 이런 가정환경 탓일 것이다. 나는 성장하면서 의지하고 마음 줄 사람이 없었다. 할머니가 살아 계실 적에는 할머니에게 마음을 주고 의지하였다. 하지만 할머니는 내가 고등학교 2학년이 될 즈음에 돌아가셨다. 할머니가 돌아가셨을 때 나는 울지 않았다. 안 울려고 해서 안 운 것이 아니라 울려고 해도 눈물이 나오지를 않았다. 장사를 지내고 나 혼자 덩그러니 있을 때 그때서야 눈물이 나왔다.

나는 할머니가 살아 계실 때 할머니 속을 무던히도 썩여 드렸다. 학교 갔다 와서 내가 신고 벗었던 양말 한 짝 빨아 신지 않았다. 밥 먹고 설거지 한 번 하지 않았다. 이런 것들이 생각나면서 나도 모르게 눈물이 줄줄 흘렀다. 모든 것은 지난 다음에 후회가 밀려왔다. 아무 소용없는 일이었지만 그랬다. 그래서 살아있을 때 잘하라는 말이 있는 것이겠지만 말이다.

나는 지금 입시 학원의 강사로 불안한 밥벌이를 하고 있다. 입시학원 강사 전에 취업을 안 했던 것은 아니었다. 대학 졸업 전 지방에 있는 중소기업에 조기 취업을 하였다. 기숙사에 들어가는 조건과 초봉 연봉이 2,800만 원이라는 그런대로 괜찮은 회사였다. 회사에 들어가기 전에 소위 말해 일류 대기업에 이력서를 넣고 면접도 보았다. 그러나 보는 족족 떨어졌다. 한 두 번 떨어졌을 때는 그럴 수도 있겠구나 하였다. 그러나 서너 번 떨어지자 자존심도 상하고 자신감도 상실이 되었다. 그래 이럴 바에는 대기업만 바라보지 말고 지방에 있는 중소기업으로 눈을 돌려보자 하는 생각으로 서류를 넣었다. 그랬더니 이틀 만에 면접을 보러 오라는 연락이 왔다. 면접을 보러 지방까지 내려갔다. 면접에서 떨어지면 차비가 아깝겠다는 생각을 내려가면서 하였다. 그런데 합격이 되었다.

회사 생활은 평탄치가 않았다. 업무는 빡센 편이었으나 젊으니 버틸 수가 있었다. 그러나 차장 직위의 상사의 전횡은 견딜 수가 없었다. 이 작자는 서울 명문 사립대학 출신이었다. 이 작자는 차장 직위가 뭐 대단한 벼슬이라도 되는 듯이 지방 국립대 출신의 나를 업신여겼다. 그리고 별거 아닌 업무 실수에 대해 여러 직원들 앞에서 노골적으로 면박을 주었다.

다른 건 참을 수 있어도 인격 모독은 참을 수가 없었다. 그래서 어느 날 회식 자리에서 이 작자가 또 나를 거명하며 면박을 주기에 술잔을 그 작자의 면상에다 던져버리고 사표를 쓰고 나와 버렸다.

어머니는 아버지와 이혼과 동시에 지방의 학교로 전근을 가 버렸다. 살던 집을 빼서 어머니가 지방으로 가버리자 아버지는 나와 함께 할머니 집으로 주거를 옮기었다. 그런 나와 아버지를 할머니는 묵묵히 아무 말도 않으시고 받아들였다. 당시 할머니는 시골집에서 혼자 사시고 계셨다. 아버지의 형제들은 다 나가서 살았다. 아버지는 할머니 집에 들어가자 밭일도 거들었고 글도 열심히 쓰셨다. 그런 아버지를 보고 할머니는 혀를 차며 핀잔을 하셨다.

"글쟁이 해가지고는 조석거리도 못 마련한다. 이놈아. 밥 굶기 딱이여."

나는 할머니 집에서 고등학교까지 다녔다. 내가 입학하는 대학에는 기숙사가 있었다. 학비도 일반대학보다 저렴했다. 기성회비만 일부 납부했는데 그것마저도 장학금으로 충당하였다. 그러니 흙수저 출신 치고는 대학생활을 원만하게 한 셈이었다. 요즘 흙수저들은 대학 등록금 마련 알바를 하느라 공부는 뒷전이었다. 이게 또 악순환의 고리가 되어 흙수저들의 고통이 되었다. 공부에 전념 하여야 학점이 나오고 학점이 잘 나와야 취업에 유리한 것이다. 그런데 알바 하느라 공부는 뒷전이었으니 학점이 잘 나올 리가 없었다.

따라서 흙수저들은 금수저에 비해 취업에 있어서도 경쟁이 되지 못하였다. 그뿐만이 아니었다. 흙수저들은 대학 등록금을 알바로 번 돈으로 충당할 수가 없어 장학 재단에서 학자금 대출을 받아야 했다. 그런데 대출금을 받는 것까지는 좋았으나 대출금 갚는 일이 난감하였다. 대출금을 갚으려면 취업을 하여 월급을 받아야 갚을 수 있었다. 그런데 취업을 못하고 있으니 대출금을 제때 갚을 수가 없다. 그리하여 대출금은 연체가 되어 종국에는 신용불량자 딱지가 붙게 되는 것이다.

이런 흙수저들에 비하면 나는 형편이 양호한 편인 셈이다. 등록금 걱정 없이 학업을 마쳤고 비록 번듯한 기업에 취업은 못하였지만 입시 학원에서 밥벌이를 하고 있으니 말이다. 나 정도의 형편이라면 흙수저가 아니고 최소한 은수저 정도는 될 거라고 해도 항변을 할 이유가 생기지 않는다. 여기에서 항변을 했다가는 배부른 놈이라는 말을 들을 것이다.

내가 생활하는 거처는 처음 고시원으로 시작하여 원룸텔, 원룸으로 이어졌다. 현재 나는 7평의 작은 원룸에서 살고 있다. 예전 고시원과 원룸텔에 비하면 궁궐이나 다름없다. 나는 이곳에서 밥을 먹고 잠을 잔다. 이곳에 갖추어진 나의 물건들은 노트북 컴퓨터와 책 그리고 침대와 옷 간단한 식기들이다. 나는 이곳에서 하루 세끼 중 두 끼를 해결한다. 아침은 간단하게 우유 한 잔과 과일, 점심은 외식, 저녁은 내가 밥을 해서 먹는다. 요즘 반찬가게들이 여러 군데 있어서 돈만 있으면 얼마든지 내 입맛에 맞는 반찬을 사서 밥을 먹을 수가 있었다. 사람은 평상시에 무엇을 먹느냐에 따라 성격에도 영향을 미친다. 과일과 채소를 즐겨먹는 사람은 온순하고 차분하고 이성적이다. 반대로 육식을 즐겨 먹는 사람은 성질이 급하고 사납다고 한다. 하긴 덜 익어서 핏물이 베여 나오는 스테이크를 썰어 질겅질겅 씹어 먹는 사람이 성격이 온순할 것 같아 보이지는 않는다.

동물들을 봐도 육식동물들은 사납고 포악하다. 반대로 초식동물들은 온순하다. 인간이든 동물이든 무엇을 먹느냐에 따라 특성과 성질을 구분할 수가 있다. 이런 분석들은 일견 타당성이 있는 분석이다. 그러나 아무리 좋은 음식이라도 과하게 섭취하면 좋지 않다. 골고루 적당하게 알맞게 먹으면 되는 것이다. 과유불급. 그야말로 과유불급이 문제가 되는 것이리라.

나이 서른 둘이면 혈기 왕성한 나이다. 사람이 의식주가 해결되면 생각나는 것이 있다. 인간이라는 동물이 갖고 있는 성적인 본능이다. 나 역시 신체 건강하고 사지 육신 멀쩡한데 여자 생각이 안 난다면 거짓말이다. 또한 인구의 절반이 여자였다. 마음만 먹으면 얼마든지 여자를 꼬셔 성적 욕망을 충족할 수도 있다. 그런데 여자 얘기가 나와서 하는 말이지만 요즘 여자들 중에는 정말 골빈 여자들이 많이 있다. 겉모습은 성형을 하고 화장을 해서 다들 예뻐 보였다. 그러나 외모는 그럴 듯해 보여도 머리가 텅 비어있고 쓰레기만 잔뜩 들어 있는 애들이 얼마나 많은지 모른다. 이런 애들하고는 말도 통하지 않는다. 애들이 하는 대화 소재란 맨 연예인 얘기다. 연예인들 얘기를 해서 뭘 어쩌겠다는 건지 모르겠다. 지가 연예인하고 무슨 상관이 있으며 그런 연예인들이 자기한테 밥을 한 그릇 사줬어, 커피 한 잔을 사줬는가. 그런데도 입만 열면 어떤 연예인이 어쨌느니 저쨌느니 하며 쬑고 까불었다. 정말 할 말이 어지간히 없는 애들이었다. 이런 골빈 여자들 꼬시는 일은 일도 아니었다.

빕스 같은데 가서 스테이크 사주고 스타벅스나 탐앤탐스 가서 카페라테 한 잔 사주면서 꼬시면 열이면 여덟은 넘어왔다. 이런 애들은 하룻밤 섹스 파트너 그 이상도 이하도 아닌 애들이다. 한 서너 번 음식 먹고 커피 마시고 맥주 마시고 모텔에 데려가 섹스하면 끝이다. 더 이상 이런 애들한테 미련을 둘 하등의 이유가 없었다. 여자들도 이렇게 하는 걸 쿨 하다고 하면서 오히려 반기는 눈치였다. 사랑이 어쩌고 순정이 어쩌고 하는 말은 조선시대에나 있을 법한 일이었다.

나 또한 섹스가 하고 싶을 때는 이런 애들을 꼬셔서 부담 없이 섹스를 했다. 그런데 솔직히 말해 이런 애들 하고 섹스를 하고나면 뒷맛이 개운치는 않았다. 그래서 쓸 만한 여자를 꼬셔야 하겠다고 마음먹고 찾아보았지만 그런 애는 없었다. 그래서 친구에게 괜찮은 여자애 한 명만 소개해 달라고 부탁을 하였다. 그랬더니 친구는 나더러 교회에 다니라고 하였다. 교회 다니는 애들 중에 괜찮은 여자들이 있다는 것이었다. 그러나 나는 교회 다니는 애들은 또 밥맛이었다. 전에 교회 다니는 여자를 잠깐 사귄 적이 있었다. 애들은 자기가 뭐 특별한 사람이라도 되는 듯 가리는 것이 많았다. 그 중 하나가 주일을 지켜야 한다며 일요일에는 만날 약속을 하지 않는 것이다. 그러면서 일체 일요일에는 다른 일을 못하게 하였다. 그리고 쥐뿔이나 자기가 무슨 요조숙녀라도 되는 듯 손목도 못 잡게 하였다. 기회를 봐서 손이라도 잡을라치면 하나님의 뜻에 어긋나는 일이라며 펄쩍 뛰었다. 그 외에도 꼴불견은 많았다. 특히 식당에서 음식이 나오면 남이 보거나 말거나 기도를 하는 것이었다. 소위 말해 식 기도라는 것이었는데, 일용할 양식을 주신 하나님께 먼저 감사기도를 한 후 먹어야 한다는 것이었다. 일용할 양식에 고마움을 표하는 것은 교회를 다니지 않더라도 해야 할 일이었다. 우리가 하루 세 끼 먹는 밥이 얼마나 고마운 밥인가. 내 입에 들어오기 전까지 농부들의 수고로움을 알고 기도는 아닐지언정 고마움을 표하는 것은 권장할 만한 일이다. 이런 것까지는 얼마든지 좋았다. 이런 생활 속의 작은 일들은 자기의 신앙과 교리에 따른 것이니 시비하고 나무랄 이유가 없었다. 문제는 그들의 그런 행위가 자연스럽고 자유스러워야 하는데 율법주의자의 교범처럼 구속과 속박처럼 보인다는 것이었다.

내가 아는 성경의 진리는 사람을 옭아매고 속박하는 것이 아니라 자유하게 하는 것이다. 성경에도 그런 구절이 있다. '진리가 너희를 자유케 하리라' 종교가 개인의 자유를 억압하고 속박하면 그건 이미 종교가 아닐 것이다. 그런데 대부분 신앙인이라 하는 자들이 스스로를 종교의 틀에 매여 스스로를 속박하고 옭아매어 자유를 구속한다. 참으로 어리석기 짝이 없는 노릇이다.

나는 최근 학원에서 중딩들을 가르치는 일 말고도 지인의 소개로 고등학교 여학생 두 명을 소개받아 특별 과외를 하고 있었다. 두 여학생은 친구 사이였다. 그러나 성격은 서로 대조적이다. 그 중 미란이라는 애는 아빠가 직업군인이었다. 그리고 다른 한 아이 혜선이 아빠는 공무원이다. 그러고 보니 두 아이 아빠가 다 공무원이었다. 군인을 아빠로 둔 미란이는 부모와 함께 교회를 다녔고, 공무원 아빠를 둔 혜선이의 부모는 절에 다녔다. 교회를 다니는 미란이는 일요일에는 과외를 하지 않았다. 혜선이는 부모가 절에 다닐 뿐이지 자기는 절에 다니지 않는다고 하였다. 따라서 일요일에 과외를 받을 수 있다고 하였다. 그러나 미란이가 일요일에는 과외를 할 수 없어 혜선이 역시 일요일에 과외를 하지 않았다.

두 여학생은 현재 고2였다. 그래서 내게 수학 과외를 특별히 받는 것이었다. 두 여학생은 학교 공부도 잘하였다. 성적도 상위 그룹에 속하는 아이들이었다. 이 아이들의 실력과 성적이라면 서울 시내 중상위권 대학에 입학하는데 특별한 어려움은 없었다. 국·영·수 세 과목 성적만 조금 더 올린다면 상위권 대학 진학도 충분히 가능하였다.

담임교사와의 상담을 통하여 그런 사실을 안 부모들은 딸의 성적을 더 끌어 올리려 학원도 모자라 나같은 사람에게 특별 과외를 시키는 것이었다. 덕분에 나는 학원 강사료 이외의 부수입을 올릴 수 있어 좋았다. 미란이는 이목구비도 뚜렷하고 제 나이 또래보다도 성숙하였다. 한마디로 예쁜 아이였다. 혜선이는 외모가 미란이보다는 떨어지긴 했지만 묘한 매력이 있는 아이였다. 말도 소리 내어 하는 법이 없고 조신하였다.

공부에 있어서는 혜선이가 미란이보다는 우위였다. 다른 과목은 몰라도 수학에서만은 그랬다. 나중에 알았지만 혜선이는 다른 과목에서도 미란이보다는 우위를 점하고 있었다. 학원에서 중딩들을 가르치는 나에게 미란이와 혜선이는 중딩들과 다른 학습의 흥미를 주는 아이들이었다. 중딩들 수업을 하다 보면 떠들고 산만한 아이들이 있었다. 물론 학교보다는 학원은 정도가 훨씬 덜하기는 하였다. 애초에 공부에 흥미가 없거나 하지 않으려는 아이들은 비싼 학원비 내고 오지를 않으니까 말이다.

요즘은 어느 학교나 주 5일 수업을 하였다. 따라서 나는 두 여학생의 과외를 토요일 13시부터 16시까지 3시간을 하였다. 장소는 미란이네 아파트였다. 두 아이의 과외가 시작되면 미란이 엄마는 공부에 방해가 되지 않으려고 일부러 외출을 하였다. 세 시간을 풀타임으로 집중적으로 하였다. 문제를 내어주고 문제를 풀고, 또한 아이들이 어려워하는 적분과 미적분에 대해 아이들이 이해하기 쉽게 설명하고 같이 문제를 풀다 보면 세 시간이란 시간은 금방 지나갔다.

나는 두 여학생의 과외가 끝나면 곧바로 학원으로 달려가 중딩들 수학을 가르쳤다. 따라서 토요일은 어느 때보다 몸이 바빴다. 몸이 바쁜 만큼 나에게는 수입이 늘어나는 것이니만큼 나쁠 것은 없었다. 그런데 뜻밖의 일로 과외 장소를 바꿔야 할 일이 생겼다. 과외가 시작되면 일부러 자리를 비켜 주던 미란이 엄마가 외출을 하지 않았다. 그것까지는 좋았다. 그런데 어느 날부턴가 미란이 엄마는 수업 중에도 불쑥불쑥 문을 열고 들어왔다. 명분은 간식을 주러 들어오는 것이었으나 그건 빌미에 불과했다. 내가 공부를 잘 가르치나 아이들이 공부를 잘하고 있나 살피러 들어오는 것이었다. 그걸 알자 기분이 나빴다. 이곳에서 과외를 계속 할 수가 없었다. 그래서 나는 미란이 엄마와 두 아이에게 말했다.

"과외 장소를 바꾸겠습니다. 마땅한 장소가 없으면 제 원룸에서 하겠습니다."

통보하듯 말하였다. 그리고 토요일이 되어도 나는 미란네 아파트로 가지 않았다. 아이들도 과외를 하러 원룸으로 오지를 않았다. 그렇게 이 주가 지나갔다. 삼 주째 되는 날 미란이가 학원을 찾아왔다. 혜선이와 오지 않고 혼자였다.

"선생님, 죄송해요."

미란이가 나를 보자마자 죄송하다고 하였다.

"뭐가 죄송해?"

내가 미란이에게 물었다.

"저희 엄마가 선생님에게 잘못해서요. 저 선생님한테 계속 과외받고 싶어요. 그건 혜선이도 마찬가지에요."

"그래? 그럼 다음 주부터 와. 대신 부모님의 허락이 있어야 한다."

내가 미란이에게 말했다. 미란이가 다녀가고 토요일이 다가왔다. 토요일인데도 미란이와 혜선이는 오지 않았다. 나는 애들이 오지 않자 과외를 끊었나보다 생각하였다. 과외는 어느 때고 끊을 수가 있었다. 부수입이 줄어든 건 아쉬웠지만 어쩔 수가 없었다. 학원에서 11시가 다 되어 내 거처인 원룸으로 돌아왔다. 그런데 원룸 현관문 앞에서 미란이가 나를 기다리고 있었다. 늦은 시간에 미란이가 찾아오다니 의외였다.

"선생님, 지금 오세요?"

미란이가 현관문에 기대어 있다가 나를 보고 인사를 했다.

"아니, 미란아. 네가 웬일이니? 늦은 시간에."

내가 놀라서 물었다.

"저, 선생님. 선생님께 드릴 말씀이 있어서 기다리고 있었어요."

미란이가 쭈뼛거리며 말했다.

"무슨 말을? 여기서 이러지 말고 일단 들어가자."

나는 번호 키를 눌러 문을 열고 안으로 들어갔다. 안으로 들어선 미란이가 주위를 둘러보며 말했다.

"선생님, 혼자 계시면서 깨끗하게 해놓고 사시네요. 제 방보다 더 깨끗해요."

"자, 이거 마시고 할 얘기 있으면 빨리 하고 돌아가. 늦었다."

내가 냉장고에서 오렌지 주스를 꺼내 컵에 따라 미란이에게 내밀었다. 그러나 미란이는 주스는 마시지 않고 잔을 만지작거리기만 하였다.

"미란아, 할 말 있다고 했잖아. 빨리 말하고 돌아가. 시간이 늦었어."

내가 재촉을 하였다. 사실 나는 피곤하였다. 머리도 돌아가지 않는 중딩들 수학 강습을 마치고 돌아오면 정말 그대로 침대에 눕고 싶을 정도로 피곤하였다.

"저.... 선생님...."

미란이 조심스럽게 입을 열었다.

"그래. 어서 말해."

내가 미란이를 제촉하였다.

"저 오늘 하룻밤 여기서 자고 가면 안 돼요?"

미란이가 뜬금없는 말을 하였다.

"너 방금 뭐라고 했니?"

나는 미란이가 한 말을 잘못 들었나 하여 반문하였다.

"하룻밤만 재워 주시라구요....."

"뭐라고? 너 그게 말이라고 하니? 안 되는 걸 너도 잘 알잖아. 할 말 없으면 어서 가라. 늦었다."

내가 미란이의 팔을 잡아 일으키며 말했다.

"선생님..... 저 선생님 좋아해요."

내가 미란이의 팔을 잡자 미란이의 입에서 황당한 말이 튀어나왔다. 어이가 없었다. 나는 미란이의 말에 뭐라고 대꾸할 말을 잃고 한동안 미란이를 뚫어지게 쳐다보았다.

"선생님..... 선생님....."

미란이 나를 향해 몸을 기대오며 연거푸 불렀다.

"얘가.... 얘가, 너 정말."

나는 나에게로 몸을 밀착해 오는 미란이의 몸을 막으며 안절부절 하였다. 그러다가 나도 모르게 순간적으로 미란이의 뺨을 호되게 올려 부쳤다.

"정신 차려, 이 자식아!"

느닷없이 뺨을 맞은 미란이 놀란 눈으로 맞은 얼굴을 부여잡고 나를 올려다보았다. 그런 미란이의 얼굴은 하얗게 질려 있었다. 나는 빨리 이 자리를 수습하여야 한다는 생각에 미란이를 달래었다.

"미란아, 미안하다. 나도 모르게 그만.... 이야기는 나중에 하고 오늘은 그만 돌아가. 내가 너희 집 앞까지 바라다 줄게. 알았지?"

나는 미란이를 구슬려 밖으로 나왔다. 밖으로 나오자 미란이도 제정신이 돌아온 듯 머리를 매만지고 옷매무새를 살폈다.

"선생님, 죄송해요. 혼자 갈 테니 들어가세요."

인사를 하고 내가 잡을 사이도 없이 미란이 쏜살같이 골목으로 뛰쳐나갔다. 그 일이 있은 후로 미란이에게서 아무런 연락이 오지 않았다. 혜선이에게서도 연락이 없었다. 나는 그들을 잊고 학원 교습에만 신경을 썼다. 지금 나는 학원가에서 애들에게 강의를 잘한다는 말을 들어야 했다. 그래야만 나의 몸값도 올라갈 수 있을 것이고, 개인 과외 의뢰도 들어올 수 있었다. 내가 언제까지 학원에서 중딩들에게 수학을 강의할지는 모르겠다. 이곳에서 더 경력을 쌓아 이왕이면 한 단계 더 건너 뛰어 입시학원에서 고딩들 수학을 가르쳐야겠다는 생각을 하였다. 그러나 그건 생각뿐이었고, 어느 정도 돈이 모이면 학원 강사직을 때려치우고 공무원 시험을 보려고 하였다. 한 3년 작정하고 시험을 준비한다면 못할 것도 없었다. 나는 자신이 있었다. 아직 내 나이 서른둘이었다. 이 나이면 뭘 해도 가능성이 있을 나이였다. 그리고 내 자신이 남에게 뒤지지 않는 머리를 지녔다고 생각한다.

나는 이공계 출신이지만 공시는 행정직을 보려고 한다. 따라서 거기에 맞는 공부를 틈틈이 하고 가산점을 얻을 수 있는 자격증도 취득하려고 한다. 그 첫 번째가 우선 국사편찬위원회에서 시행하는 한국사 능력검정시험 1급 준비를 하여야겠다. 국사는 학교에 다닐 때에도 흥미가 있었고 암기 과목은 90점 밑으로 내려가 본 적이 없었다. 나는 당장 마음먹은 일을 시행하기 위하여 서점에 들러 한국사 관련 책 두 권과 국어와 논술 관련 책을 샀다. 지금부터라도 틈틈이 공부를 하고 나중에 학원 강사 일을 그만 두면 본격적으로 한 1년 파고들 생각이었다.

미란이가 원룸에 왔다 간지 이 주가 지난 토요일이었다. 나는 미란이와 혜선이가 과외를 완전히 끊은 줄 알았다. 그런데 그게 아니었다. 밤 11시가 조금 넘은 늦은 시간에 미란이로부터 전화가 걸려 왔다. 지금 원룸 앞에서 혜선이와 기다리고 있다는 거였다. 나는 미란이의 전화를 받자마자 택시를 타고 원룸에 도착하였다. 미란이와 혜선이가 택시에서 내리는 나를 보고 손을 흔들었다.

"선생님!"

"어, 그래."

나는 아이들과 함께 가까운 24시 편의점으로 들어갔다. 24시 편의점은 음료수나 삼각 김밥, 즉석라면을 먹을 수 있도록 간이 탁자가 있었다. 미란이와 혜선이는 내가 사준 음료수를 마시며 나에게 과외를 다시 하고 싶다고 말했다. 그러면서 부모님 동의도 받았다고 하였다. 나는 아이들의 말이 고마웠지만 사실 과외를 하고 싶지는 않았다. 아이들은 정신적으로는 미숙할지 몰라도 육체적으로는 성숙한 여학생이었다. 따라서 전에 미란이 일도 있고 해서 다시 이 아이들과 과외를 하고 싶은 생각이 들지 않았다. 그러나 두 아이를 과외하면서 받는 과외비가 아깝다는 생각이 들었다. 두 아이의 과외를 하고 받는 금액이 내 한 달 생활비에 가까웠다. 결국 나는 갈등을 겪다가 다시 과외를 하기로 마음을 바꾸었다.

"선생님, 그럼 이번 주 토요일부터 공부하러 올게요."

미란이 음료수를 홀짝 마시며 말했다.

"저도요. 미란아, 늦었으니 이제 그만 가자."

혜선이 자리에서 일어나며 말했다. 그렇게 해서 토요일 과외를 다시 하게 되었다. 나는 더욱 신경을 써가며 아이들을 가르쳤다. 작년도 입시 분석을 하여 아이들에게 정보를 주고 입시에 나왔던 수학 문제를 구하여 아이들과 같이 문제를 풀었다. 아이들도 나의 가르침을 잘 따라 주었다. 나는 고등학교 수학에는 막히는 것이 없었다. 어렵다는 적분과 미적분도 척척 풀었고, 고등학생이라면 누구나 공부하는 수학의 정석을 텍스트로 하여 차근차근 맥을 짚어가며 가르쳤다. 미란이와 혜선이는 내가 제시하는 어려운 수학 문제도 금방 이해하였고 출제하는 문제들을 잘 풀었다.

그런데 문제가 또 다시 발생하였다. 문제는 수학 문제에서 발생하지 않았고 두 아이들 사이에서 발생하였다. 두 아이 사이에 나를 두고 묘한 기류가 흘렀던 것이다. 여자 아이들 특유의 시샘이랄까 질투랄까 하는 것이었다. 그런데 일반적인 시샘과 질투가 아니었다. 나를 이성으로 대하여 발생하는 시샘과 질투였다. 이러면 문제가 또 달랐다. 이런 일련의 두 아이들 사이에서 일어나는 소소한 것들이 은근히 나의 신경을 자극하였다. 이럴 때 자칫 내가 처신을 잘못 하였다가는 입장이 곤란해지는 것은 두말할 필요도 없었다.

그렇다고 아이들에게 속내를 말 할 수도 없었고 드러낼 수도 없었다. 아이들은 정도 이상으로 나에게 잘하였다. 과외를 하러 올 때마다 무언가를 가져다주었다. 초콜릿이든지 음료수, 과일, 케이크 등 먹을 것을 가져왔다. 미란이가 초콜릿을 가져오면 다음에는 혜선이는 롤 케이크를 가져와 책상 위에 놓아두었다. 가끔이라면 모를까 부담이 될 정도였다. 내가 먹을 것을 가져오지 말라고 하자, 아이들은 이번에는 꽃을 사왔다. 혜선이가 다육이를 창문 앞에 놓아두면 미란이는 장미꽃을 꽃병에 꽂아두었다. 원룸 번호 키를 알려준 뒤로는 자기네 집에서 반찬까지 가져다 냉장고에 넣어두었다.

그러던 어느 날이었다. 혜선이가 집안에 일이 있어 과외에 빠지고 미란이 혼자 과외를 하게 되었다. 혜선이가 없었기에 진도는 나가지 않고 미란이 어려워하는 문제를 풀어가며 지도 하였다. 나와 미란이는 탁자를 사이에 두고 서로 문제를 풀다 보니 자주 이마를 맞닿았다.

"선생님, 조금 쉬었다 하죠. 머리가 조금 아파요."

미란이 이마를 손으로 어루만지며 눈살을 찌푸렸다.

"그럴까. 그럼 조금 쉬었다 하자."

내가 미란이에게 말했다. 그러고는 미란이가 내 눈치 보지 않고 편히 쉴 수 있도록 밖으로 나가려 몸을 일으켰다. 그러자 미란이 그런 나를 붙잡고 호소하듯 말하였다.

"선생님....."

나를 쳐다보는 미란이의 눈은 무수한 갈망이 담겨있었다. 나는 순간 당황하였다. 미란이에게서 시선을 거두며 서둘러 나가려 하였다. 그런데 그새 미란이 나에게 몸을 밀착하여 왔다.

"선생님, 사랑해요. 사랑해요...."

나는 미란이의 돌발적인 행동에 거칠게 미란이를 제지 하였다. 그러나 미란은 계속하여 나를 덮쳐왔다. 나도 모르게 미란이를 끌어안았다. 그러다 순간 안 된다는 생각이 퍼뜩 들었다. 나는 미란이를 힘껏 떠다밀었다. 미란이 벌러덩 나자빠지며 원망스런 눈길로 나를 쳐다보았다.

그 일이 있은 후로 나는 일대일 과외를 완전히 접고 말았다. 며칠 동안 나는 자괴감과 부끄러움으로 학원 강의도 핑계를 대고 나가지 않았다. 수치심과 자괴감이 며칠이 지나도 사라지지 않았다. 나흘째 되는 날 학원에 나가 강사직을 그만 두겠다고 말하였다. 더 이상 아이들을 가르치는 일을 하고 싶지 않았다. 이제 때가 된 것 같았다. 미루었던 공시 준비를 해야겠다는 생각이 들었다. 그래, 독하게 마음먹고 길게 3년을 목표로 공시에 매진하자. 그런 결단을 하자 마음이 편안해졌다. 나는 그 길로 당장 독서실로 달려가 한 달 치 이용권을 끊었다.

달맞이꽃

논바닥의 물은 말라버린 지 이미 오래되었다. 며칠 내로 비가 오지 않으면 그나마 논에 낸 모들은 모두 말라 죽을 판이었다. 오늘도 무심한 하늘은 구름 한 점 없이 맑고 해가 중천에 떠 이글거리고 있었다. 저수지도 물이 말라 바닥을 드러낸 지 오래였고, 농수로에만 강에서 끌어온 물들이 쫄쫄 감질나게 흐르고 있었다. 아침 댓바람부터 옆집 논에는 양수기를 돌려 타들어가는 논에 물을 대고 있었다. 조만간 비가 오지 않으면 우리 논도 양수기 신세를 져야 할 판이었다.

가물다가물다 올봄처럼 가문 봄이 없었다. 지난겨울에도 눈다운 눈 한 번 내리지 않았고 봄 들어서고 비라고는 흉내만 낸 비가 한 두어 차례 왔을 뿐이었다. 그러나 그건 비가 내렸다고 할 수도 없었다. 강수량이 5mm 미만으로 미미하였기 때문이다. 그런 비의 양으로는 바닥을 적시기는커녕 흙먼지조차 가라앉히지 못하였다.

여북 가물었으면 그 질긴 생명력의 잡초들마저도 한낮의 따가운 햇살로 잎이 오그라들고 말라 들어가고 있으니 말해 무엇하겠는가. 참깨밭의 참깨들도 가뭄에 키는 자라지 않고 꽃필 시기는 되어 가녀린 꽃대를 올려 꽃망울을 터뜨리기 시작하였다. 참깨의 그런 모습은 어떠한 악조건 속에서도 종족 본능에 기인한 처절한 몸부림이란 생각이 들어 안쓰러웠다.

귀농하여 3년 차 농사를 짓는 나에게 기상재해는 재앙에 가까웠다. 첫해 농사에서도 일찍 서리가 내려 무, 배추 농사를 망쳐 버렸다. 그때 깨달은 것이 농사의 풍흉에는 날씨의 영향이 절대적이라는 사실이었다. 농사에서만은 농부의 노력에 한계가 있었고, 기후 조건이 받혀주지 않으면 농사는 지을 수가 없었다. 그만큼 농사는 다른 무엇보다도 기후 변화에 민감하였고 날씨가 중요하였다.

"슬기 아빠, 논에 나왔는가? 날이 가물어 큰일이구만. 우리 논도 물이 말라 벼 잎이 누렇게 말라가는 데 큰일이여."

논을 둘러보던 같은 마을 명구 어르신이 나를 보고 푸념을 하였다.

"어르신, 논에 나오셨습니까? 그러게 말입니다. 이놈의 날씨가 언제쯤이나 비가 오려는지 모르겠네요. 저희 논도 바짝 말라가고 있습니다."

"그러쟤. 자네 논이라고 별 수 있을 것인가. 어째 이따 오후에 같이 양수기 한번 안 돌릴랑가? 우리 집에 양수기 있으니께 말이여."

명구 어르신이 나를 보고 말했다.

"그럴까요, 어르신. 양수기는 제가 경운기로 운반 하겠습니다. 어르신 논에 먼저 대고 저의 논에 대면 좋겠습니다."

명구 어르신은 내가 이 마을로 귀농을 왔을 적부터 나에게 음으로 양으로 도움을 주신 분이었다. 나도 그 고마움을 알고 그 집의 농사일을 도왔다. 그 후로도 명구 어르신은 초보 농사꾼인 나에게 농사일에 관하여 많은 가르침과 도움을 주었다.

"그럼 이따 해가 지면 우리 집으로 오시게. 내 준비하고 있을 탱게."

명구 어르신이 이르고 논둑을 휘청휘청 걸어 저쪽 편으로 건너갔다. 군에서나 면에서도 가뭄 극복을 위해 전 군민이 나서자고 가뭄 극복 현수막을 이곳저곳에 게시하였다. 그러면서 행정력을 총동원하여 가뭄 극복을 위하여 애를 썼다. 가동할 수 있는 양수기를 모두 동원하여 가동하기도 하였고, 관정을 팔

수 있는 곳에는 관정을 파기도 하였다. 그러나 워낙 오랫동안 긴 가뭄으로 지하수마저도 고갈 되었는지 물이 잘 나오지를 않았다. 나중에는 소방서나 군의 도움을 받아 차량을 동원하여 물대기를 하였다. 그러나 이런 일련의 일들은 언 발에 오줌 누기 정도였다. 가뭄 극복에 크게 도움이 되지 못하였다. 근본적인 해결은 하늘에서 비가 내리는 것이었으나 요즘 같아서는 언제 비가 내릴지 기약할 수가 없었다. 기상청의 기상예보도 당분간 비 소식이 없다는 말만 하고 있었다.

100여 평 마늘밭의 마늘도 진즉에 잎이 누렇게 말라죽어 버렸다. 따라서 마늘 밑도 들지 않았을 것이다. 감자 역시도 밑도 들지 않고 잎이 누렇게 마른지 오래였다. 감자 밑을 파보니 방울토마토만한 감자알들이 그나마 감자라고 몇 개 뿌리에 붙어 있었다. 고추 역시도 잎들이 축 늘어져 말라가고 있었다. 그런 가운데서도 해충은 기승을 부렸다. 특히 진딧물이 기승을 부렸다. 가뜩이나 진딧물들은 가물어 말라가는 잎의 즙을 빨아 먹어 고추는 점점 더 꼴이 말이 아니었다. 손 놓고 볼 수만 없어 진딧물 방제약을 쳐야 하였다.

고추 농사에 있어 치명적인 병해충이라면 단연 탄저병과 역병이었다. 이런 바이러스성 병해충은 일단 발생이 되면 걷잡을 수 없이 전염이 되어 한 해 고추 농사를 망치게 된다. 그런데 바이러스성 병해충은 가뭄 때가 아니라 주로 장마철 습기가 많을 때에 발생을 하였다. 따라서 요즘처럼 가물 때는 탄저병과 역병이 아니라 가뭄 피해와 진딧물 피해가 가장 컸다.

처음 고추를 심었을 때 나는 병해충의 특성과 방제 방법 시기를 몰라 탄저병으로 고추를 다 망친 적이 있었다. 이제는 이런 것도 경험이 되어 병해충이 발생하기 전 사전에 방제를 하여 병해충으로 인하여 농사를 망치는 경우는 적었다.

그런데 이놈의 가뭄은 모든 농작물에 전방위적으로 피해를 주었다. 어느 한 작물에만 피해를 주는 것이 아니라 모든 작물에 피해를 주는 것이 가뭄과 장마였다. 농사에 있어 물은 필수적이었다. 그런데 이런 물 공급이 벌써 몇 달째 가뭄으로 끊기고 있으니 작물이 온전할 수가 없는 것이다. 그나마 작물이고 나무고 풀이기에 오랜 가뭄을 견디는 것이지, 만물의 영장이라고 하는 인간들이 몇 달째 물을 못 마셨으면 벌써 진즉에 멸종을 하고 말았을 것이다. 그런 면에서 농작물과 풀과 나무의 생명력은 경이롭기까지 하였다.

그런데도 인간들은 자연 앞에 교만하고 오만하며 자연을 함부로 대하고 훼손하고 파괴하였다. 이런 인간들의 오만함과 무지몽매함은 결국 환경 재앙으로 이어져 인간에게 엄청난 피해를 입히는 것이다. 현재 이런 전대미문의 가뭄도 결국은 인간의 환경 파괴로 인한 결과물이라고 하여야 할 것이다. 그런데 문제는 앞으로 이런 환경 재앙이 점점 심해질 것이란 예측이다. 비와 눈이 제때 적절하게 내리지 않으면 당장에 물 부족 현상으로 이어진다. 이런 현상이 오래 지속되면 농사는 둘째 치고 사람이 먹을 물마저도 부족하여 고통을 당할 것이다. 당장 현재 가뭄이 극심한 지역은 제한급수를 하는 것을 우리가 보고 있지 않은가.

아프리카의 몇몇 나라는 몇 년 동안 비다운 비 한 번 내리지 않아 나무는 물론이거니와 풀 한 포기 살 수 없는 황무지가 되어가고 있다. 비가 오지 않아 땅은 점점 사막화 되어가고 황폐해져 가는 아프리카의 참사. 풀 한 포기 살 수 없는 버려진 땅에서 힘겹게 살아가는 동물과 사람들. 이런 아프리카의 비참한 현실이 남의 나라 일이라고 안심하고 수수방관할 수 없는 현실이 우리나라에도 닥칠 수 있다는 것이다. 진즉부터 우리나라도 유엔에서 정한 물 부족 국가로 분류된 나라이다. 우리가 흔히 거침없이 절제하지 않고 돈을 쓸 때 '돈을 물 쓰듯 한다.'라는 말을 한다. 그러나 이제 이 말은 현재에는 통용 되어서는 안 될 말이었다. 돈도 그렇게 써서는 안 되겠지만 물도 그렇게 함부로 아낌없이 쓰는 때는 지났기 때문이다.

해가 졌어도 지열과 복사열, 습기로 말미암아 숨이 턱턱 막혔다. 한낮의 뜨거운 햇빛은 없지마는 여전히 더워서 가만히 있어도 땀이 줄줄 흘렀다. 나는 집에 있는 경운기를 몰고 명구 어르신 댁으로 갔다. 명구 어르신은 양수기를 꺼내놓고 기름칠을 하고 있었다. 명구 어르신의 아내인 덕평댁은 툇마루에서 호박잎 줄기의 껍질을 벗기고 있었다.

"어서 오씨요. 더운데 욕보게 생겼소 잉."

바깥에다 경운기를 세워놓고 마당으로 들어서는 나를 보고 덕평댁이 나를 맞이하였다.

"아, 예. 안녕하셨어요? 저녁에 호박잎 쌈해서 드실 모양입니다."

내가 인사를 하였다.

"아이구, 날씨가 가물어 호박잎도 별로 먹잘 것도 없구만요. 한 움큼 꺾어 봤는디 묵잘 것도 없당게요."

"호박잎 좋지요. 쪄서 된장에다 싸먹으면 정말 맛있잖습니까?"

내가 입맛을 다시며 말했다. 호박잎쌈은 내가 좋아하는 쌈이기도 하였다.

"그러요. 그럼 내가 조금 줄 텐께 가져가서 드셔 보실라우."

"아따, 지금 논바닥이 쩍쩍 갈라져 애가 타 죽겠는디 무슨 먹을 것 타령이여. 준희 아빠 어서 양수기나 갖다 실어."

명구 어르신이 내게 말했다. 나는 재빨리 호스를 비롯하여 장비를 경운기에 실었다. 들판으로 나오자 논 여기저기에서 양수기로 물을 대느라 모터 돌아가는 소리에 귀가 다 멍멍하였다.

"어허, 저렇게 여기저기서 물을 대니 우리 물댈 것이나 있는지 모르겠네이."

"정말 그러네요. 가뜩이나 물도 말라서 얼마 없을 것인데 말입니다."

나는 한편으로 걱정이 되었지만 경운기를 세우고 양수기를 물댈 장소에 갖다놓았다. 농수로에 내려오는 물을 보니 어린아이 오줌줄기만큼 양이 적었다. 그도 그럴 것이 여기저기서 서로들 자기 논에 물을 대려고 양수기를 가동하기 때문이었다.

"저 밑으로 물 흘러가지 않도록 좀 막게나."

명구 어르신이 물 막을 곳을 가리키며 말했다.

"네, 알겠습니다."

나는 삽을 들고 물길을 막기 위해 농수로로 들어갔다. 그러고는 삽으로 농수로 밑바닥을 떠 물이 흘러가지 못하도록 막았다. 물이 풍성하였을 때에는 농수로를 막고 물을 퍼서 고기를 잡기도 하였다. 붕어와 미꾸라지 간혹 메기도 잡히고는 하였었다. 그러나 지금은 그런 일이 언제 적인지 까마득하기만 했다. 물이 있어야 고기도 꼬일 텐데 물이 없으니 물고기들이 자취를 감추고 말았다. 내가 수로를 막는 사이 양수기 돌아가는 소리가 요란하게 들려왔다. 명구 어르신이 양수기를 가동한 것이었다. 오늘 밤새도록 명구 어르신 논에 물을 대면 내일 아침이나 우리 논에 물을 댈 수 있을 것이다. 나와 명구 어르신은 양수기를 가동해 놓고 집으로 돌아왔다.

다음날 나는 새벽같이 논으로 자전거를 타고 나갔다. 양수기는 멈춰져 있었다. 명구 어르신이 밤에 나와 양수기의 가동을 멈추었을 것이다. 논에는 충분하지는 않지만 물이 제법 고여 있었다. 그런데 정작 우리 논에 물을 대려고 보니 심란하였다. 졸졸 내려오던 농수로의 물이 거의 줄어 아이 오줌줄기처럼 쫄쫄 흐르고 있었다. 이런 물줄기라면 하루 종일을 대어도 논에 물이 차지 않을 것이다. 난감하였다. 물을 대자니 물이 부족하였고 그렇다고 안 대자니 논바닥은 하루가 다르게 말라갔다. 그렇다고 누렇게 타들어가는 벼를 내 눈으로 직접 보고 있자니 애가 타서 적은 물이라도 안 댈 수가 없었다. 나는 양수기를 가동하였다. 양수기가 매연을 내뿜으며 힘차게 돌아갔다. 그러나 이내 노인네 해수기침 하듯 쿨럭쿨럭 몇 번 거리더니 종내 멈추고야 말았다. 몇 번을 더 돌렸으나 마찬가지였다. 나는 돌리던 양수기를 멈추고 점검을 하였다. 엔진 오일이 들었는지 확인하고 혹시나 해서 엔진 오일을 오일 투입구에 다시 조금 더 넣어주었다. 그 다음 엔진 스위치를 켜고 엔진 밸브를 on쪽으로 돌리고 악셀레터 레버를 높여 RPM을 높여 주었다. 그 다음 초크레버를 밀어 닫고 리코일 스타터를 힘차게 당겼다. 그러자 '앵' 하는 소리와 함께 엔진이 힘차게 돌아갔다.

양수기가 돌아가자 나는 호스의 흡입구가 막히지 않도록 농수로에 닿은 흡입구 주변의 흙과 풀들을 거둬내었다. 한참을 땀을 뻘뻘 흘리며 양수기와 씨름을 하고 있을 때였다.

"아니 어떤 개새끼가 남의 논에 물도 못 대게 수로를 막고 자기 논에만 물을 대는 거야? 이런 씹할 놈의 경우가 어디 있냐고."

육두문자의 욕을 해대며 내가 있는 곳으로 빠르게 걸어오는 사람이 있었다. 나는 얼른 농수로에서 나와 내가 있는 쪽으로 성큼성큼 걸어오는 사람을 보았다. 욕을 하며 오는 사람은 우리 마을 사람이 아니었다. 옆 마을에 사는 동팔이라는 사내였다. 술 잘 마시고 술만 마셨다하면 아무 사람에게나 시비를 걸어 이 사람만 보면 사람들이 슬슬 피하는 기피 인물이었다. 그런데 오늘 재수 없게도 이 사람과 대면하게 되었으니 나는 긴장이 되었다. 사내의 성격으로 보아 이 사태를 그냥 보아 넘길 사람이 아니었다. 하필 내가 물을 댈 때 사내가 자기 논을 보러 나올 것이 무엇인가. 사내의 논은 우리 논 바로 밑에 있었다. 따라서 내가 농수로를 막고 논에 물을 댄다면 그쪽 논으로는 물이 내려가지를 않아 물을 한 방울도 댈 수가 없었다. 요즘 그렇지 않아도 사람들 모두가 가뭄으로 말미암아 누구나 할 것 없이 신경이 예민해져 있었다. 그야말로 논에 물 대는 걸로 시비가 붙어 살인도 날 판국이었다.

그런 판국에 사내와 조우를 하게 되었으니 긴장이 안 될 수가 없었다. 나는 될 수 있으면 사내의 신경을 건드리지 않기 위해 각별히 조심했다. 그래서 다가오는 사내에게 웃으며 내가 먼저 인사를 하였다.

"안녕하세요? 논에 물 대러 나오셨습니까? 그런데 제가 먼저 물을 대게 되었습니다. 금방 저희 논에 물을 대고 물길을 터놓겠습니다."

나는 비굴하리만치 공손하게 허리를 굽혀 인사를 하였다. 그러나 사내는 그런 나를 거들떠보지도 않고 삿대질을 하며 소리쳤다.

"아니, 이 자식아. 농사는 너만 짓냐? 이 농수로를 네놈이 전세 내었어? 다 같이 이 물 가지고 농사를 짓는데 왜 물을 막고 니네 논에만 대냐 말이야. 이 자식, 정말 형편없는 놈 아냐."

사내가 눈을 부라리며 다짜고짜 욕을 해 대었다. 나는 사내의 막말과 몰상식한 행동에 어이가 없어 잠시 멍하니 서 있었다. 그렇다고 같이 욕설을 해댈 수도 없었다. 여기서 내가 흥분하여 그에게 맞대응하여 욕설을 퍼부었다가는 싸움밖에 일어날 것이 없었다.

"죄송합니다. 제가 이왕 논에 물대든 거 조금만 더 대고 물길을 트겠습니다. 조금만 양해해 주십시오."

"양해? 양해 못하겠어. 지금 당장 저거 트라고. 어디서 온 개뼉다귀가 우리 논에 물도 못되게 혼자 독차지 하고 있어. 당장

수로 막은 거 터!"

사내가 계속 나에게 고압적인 자세를 취하면서 욕설을 해대었다. 참는 것도 분수가 있었다. 내가 그렇게 사정을 하고 저자세로 대했건만 사내는 막무가내였다. 그럼 나도 이에는 이, 눈에는 눈으로 대하여야 할 것인가. 나는 잠시 이 부분에서 망설거렸다. 그러면서 똥이 무서워서 피하냐, 더러워서 피하지라는 생각이 들었다. 그렇다면 이 상황을 피하는 것이 상책일 듯싶었다.

"빨리 둑 막은 거 트란 말이야. 내 말이 말 같지 않아?"

사내가 곧 한 대 칠 듯이 삽을 치켜들었다. 그걸 보자 내 머리가 돌아버렸다.

"이거 정말 너무 하시는 거 아니에요? 내가 그만큼 말을 했고 양해를 구했으면 됐지. 왜 욕을 하고 지랄이야. 그리고 당신이 뭔데 나한테 이래라저래라 반말이야 반말이. 내가 참고 참고 좋은 말로 하니까 벨도 없는 줄 알아?"

내가 드디어 참지를 못하고 사내에게 대들었다. 그러자 사내가 나의 반응에 드디어 폭발을 하고 말았다.

"뭐가 어째? 당신? 야, 이 자식아. 너 몇 살이나 처먹었냐? 그리고 어디서 굴러먹다 온 놈이야? 서울 놈들이 서울에 자빠져 있지 무슨 쥐뿔 났다고 귀농이라고 해서 건방을 떨어. 너 이 자식, 정말 맛 좀 한번 볼래."

사내가 내 멱살을 거칠게 부여잡으며 소리를 쳤다.

"이거 못 봐요! 아니 농촌을 당신네 들이 전세 냈어요. 대한민국 사람이면 어디서든지 살 권리와 자유가 있는데 당신이 뭔데 그런 말을 해."

나 역시도 상대방의 멱살을 잡고 소리를 질렀다. 이왕 엎질러진 물이었다. 결코 사내에게 져서는 안 되었다. 그렇게 둘이 멱살을 잡고 한참 옥신각신 실랑이를 하고 있을 때였다.

"여봐, 자네들 거기서 뭣들 하고 있는 게야? 이 사람들 날씨도 더워 죽겠는데 거기서 뭔 싸움이냐고. 당장 그만들 두게."

명구 어르신이 뒤뚱뒤뚱 논둑을 달려오며 소리쳤다.

"자네들 이게 뭔 짓이여? 요즘 날씨 때문에 다들 정신이 나갔기로 서니 싸움을 해서야 쓰겄어. 어여 그만 두게나. 그리고 동팔이, 자네 물대는 것 때문에 그러는 모양인데 이 사람이 먼저 대고 자네네 논에 대면 되지 그걸 가지고 싸움을 하면 어떻게 하나, 이 사람아."

명구 어르신의 말에 사내가 멱살을 쥐고 있던 손을 슬그머니 놓았다. 나 역시도 멱살 잡았던 손을 거둬들였다.

"아니, 어르신. 논바닥 마르는 것은 누구네 논이나 마찬가지잖아요. 그런데 이 싸가지 없는 자식이 지네 논에만 물을 대려고 수로를 막고 물을 대잖아요. 그런 상태에서 화가 안 날 사람이 누가 있겠어요. 안 그래요?"

사내가 명구 어르신에게 동의를 구했다. 그러자 명구 어르신이 사내의 말에 고개를 끄덕이며 말했다.

"그건 그렇네. 그렇지만 이 사람도 모는 타들어가고 애가 타서 물을 대는 것 아닌가? 그건 자네도 농사를 지으니 충분히 이해해야 할 것이 아닌가. 그런 걸 이해 못하고 막말을 하고 싸워서야 되겠는가 말이야."

명구 어르신이 점잖게 사내를 조곤조곤 타일렀다. 그러자 사내의 시퍼렇던 서슬이 누그러지기 시작하였다.

"그건 그렇습니다...."

"준희 아빠, 이 사람의 행동도 이해 못할 바가 아니니 그만 먼저 사과 하게. 서로 위아래 논을 사이에 두고 농사를 짓는 마당에 물 가지고 싸워서는 안 되지."

명구 어르신이 내게 말했다.

"예. 저 죄송합니다. 제가 잘못했습니다."

내가 사내에게 고개를 숙이며 사과를 하였다. 그러자 나의 사과에 사내가 멋쩍은 듯 먼 하늘을 올려 쳐다보았다.

농업기술센터에서 전화가 걸려 왔다. 가뭄 대비 귀농인 회의가 오전 10시에 열리니 기술센터로 나오라는 것이었다. 내가 귀농한 이 지역에도 귀농 귀촌한 사람들이 협의회를 만들어 활동을 하고 있었다. 귀농 귀촌을 한 사람들에게 농업기술센터는 아주 중요한 기관이었다. 귀농 귀촌을 떠나서 농민들에게는 농업기술센터는 중요한 기관이 아닐 수가 없었다. 농민들은 이 기관을 통하여 새로운 농법과 정보를 얻을 수 있을 뿐만 아니라 농업 전반에 관련된 사업도 할 수 있었다. 또한 각종 농기계의 대여와 농사 교육, 농자금 대출에 대한 정보를 얻는 곳도 농업기술센터였다. 나 역시 농업기술센터는 틈만 나면 들러서 농사에 관련된 정보와 농업 지원 소식을 듣고 내게 해당되는 자료와 지원에 필요한 것을 얻었다.

"팀장님, 안녕하세요? 더운 날씨에 수고가 많으십니다."

나는 농업기술센터 귀농 귀촌 담당 팀장에게 인사를 하였다. 50대 후반의 박 팀장은 이 지역 토박이면서 농업기술센터에서 오랫동안 공직을 수행하고 있었다. 박 팀장은 인덕이 후덕하고 사람이 좋아서 귀농 귀촌인에게 자기 선에서 도움을 줄 수 있는 일들은 성의껏 도와주려고 하는 사람이다. 나 또한 이 지역으로 귀농하여 박 팀장의 도움을 많이 받고 있었으며, 귀농할 지역을 정하는 데도 박 팀장의 영향이 컸다고 할 수 있었다.

박 팀장은 이 지역으로 귀농 귀촌인을 유입하기 위해 서울에 마련한 도 귀농 귀촌인 교육장에 가서 귀농 귀촌할 사람들을 상대로 귀농 교육을 하기도 하였다. 사실 나 역시도 귀농 교육을 그곳에서 100시간을 수료하기도 하였다. 우선 나처럼 귀농 귀촌을 하려는 사람들은 귀농 귀촌 교육을 받아야 한다. 귀농 귀촌 교육은 귀농이나 귀촌을 하려는 사람들에게 아주 유익한 정보를 사전에 얻을 수 있는 곳이고, 귀농 귀촌을 먼저 한 사람들의 성공담과 실패담을 들을 수 있어서 반면교사로 삼을 수도 있었다. 또한 귀농이나 귀촌을 하였을 경우 여러 가지 지원을 받아야 할 경우에도 이 교육은 필요하였다.

나는 다니던 IT 회사를 그만두고 귀농을 결심했을 당시가 엊그제인 듯 하였는데 벌써 4년이란 세월이 흘렀다. 참으로 세월이 빠르긴 하였다. 내가 한참 잘 나가던 회사를 그만두고 귀농을 결심했을 때 주위 사람들은 나의 귀농을 적극 만류하였다. 농사짓는 일이 얼마나 힘든데 시골 내려가서 농사를 지으려고 하느냐, 아이들 교육은 어떻게 시킬 거냐, 병원도 없고, 문화시설도 없는 생판 모르는 곳에 가서 어떻게 살 것이냐 하며 만류하였다.

그러나 나의 생각은 확고하였다. 세상 이치라는 것이 하나를 잃으면 하나를 얻는 것이요, 하나의 고통이 있으면 하나의 환희가 있는 법이었다. 더군다나 내 나이 50이 넘어섰고 도시생활을 50여 년 했으면 이제 다른 환경에서 새롭게 살아가는 것도 괜찮겠다는 생각이 들었던 것이다. 더군다나 나는 회사 생활과 도시 생활에 지칠 대로 지쳐 있었다. 자고 새면 똑같은 일의 반복이 싫었다. 사람으로 태어났으면 자유롭게 한번 살아봐야지 자기의 의지와는 상관없이 주어진 일을 반복하는 일상이 너무 싫었던 것이다. 사람이 로봇도 아니고 나도 사람으로 사유하면서 자연 속에서 자유롭게 살고 싶었다.

이런 나의 돌발적이다시피 한 귀농에 대한 결심에 아내는 반대하지 않았다. 아내는 나와 달리 농촌 출신이었다. 따라서 농촌의 정서를 잘 이해하였고 아내의 마음 한구석에도 농촌에 대한 물론 고향이겠지만 아련한 정서가 남아 있었던 것이다.

사표를 내고 나는 차근차근히 귀농을 준비하였다. 다행히 그동안 벌어놓은 돈과 퇴직금을 합치면 집 지을 비용과 땅을 살 돈, 생활비 등 얼마간의 여윳돈이 있었다. 농사지을 땅은 많이 필요치가 않았다. 농업인 원부를 만드는 자격, 다시 말해 농업인이 되는 자격은 농지 300여 평만 소유하면 되었다. 나는 이 땅에다 20여 평 정도의 집을 짓고 텃밭을 만들 생각이었다. 그리고 더 농사를 짓고 싶으면 논이나 밭을 임대해서 지을 생각이었다. 처음부터 넓은 땅을 사서 농사를 짓는다는 것은 나로서는 엄두가 나질 않았다. 그리고 농사 경험도 전무한 내가 처음부터 농지를 사서 농사를 짓는 것도 무리였다. 일단 경험을 쌓고 농사에 대한 노하우가 생기면 그때 가서 농지를 사서 농사를 지어도 충분하였다.

요즘 농촌은 어디를 가나 고령화로 말미암아 노인네들이 농사를 짓다가 힘이 부쳐 놀리는 땅들이 많이 있었다. 그런 땅들을 임대하여 얼마든지 농사를 지을 수가 있었다. 내가 현재 짓고 있는 논과 밭의 일부도 임대하여 벼를 심었고 고추, 마늘, 아로니아를 심었다.

3년의 세월이 흐르니 이제 얼마간 농사에 대한 감이 잡히고 언제 무엇을 심고 어떻게 가꾸고 잡초와 병해충을 방제할 것인가 알 것 같았다. 일에 대한 이력도 생겨 쉬엄쉬엄 해가면서 하니 크게 힘도 들지 않았다. 그리고 요즘은 기계화가 잘되어 있어 웬만한 농사일은 기계의 힘을 빌려 힘 안들이고 능률적으로 하였다. 더군다나 값비싼 농기계를 굳이 사지 않더라도 농업기술센터에서 저렴한 비용으로 대여하여 사용할 수 있었다.

"형님 오래간만입니다. 잘 지내셨어요?"

먹장리로 귀농하여 살고 있는 상철이 나를 보고 반갑게 인사를 하였다. 상철이는 귀농 전 인테리어 사업을 하였다고 하였다. 그러나 하던 인테리어 사업이 어려워지고 아내마저 암으로 투병 중이라 귀농을 결심하였다고 한다. 현재 한우 사육을 하고 있는데 어느 정도 자리를 잡아가고 있었다. 그의 아내도 농촌으로 내려와 건강이 많이 호전 되었다고 하니, 이 친구야 말로 귀농에 성공한 케이스라고 할 수 있었다.

"어서 와. 잘 지냈어? 농사짓느라고 얼굴이 새까맣게 탔구만."

"형님, 말도 마세요. 요즘처럼 가물어서 어디 농사를 짓겠습니까?"

상철이 내 옆자리에 앉으며 말했다.

"그러게 말이야. 무슨 놈의 날이 이렇게 가물어. 정말 보통 일이 아니야. 오늘 모이는 것도 가뭄 대책을 의논하기 위해 모이는 것이겠지만, 뭐 별 뾰족한 수가 있겠어. 비가 와야 해결되는 문제지."

시간이 되자 모일 사람들이 거의 다 모였다. 담당 과장이 인사말을 하고 회의가 시작 되었다. 팀장이 앞으로 나와 가뭄 피해 현황을 브리핑 하고 가뭄 극복 대처 방법에 대한 유인물을 나눠주고 설명을 하였다.

"여러분들도 아시다시피 군에서나 우리 기술센터에서는 이번 가뭄 극복을 위해 최선을 다하고 있습니다. 그러나 하늘이 하는 일이라 분명 한계가 있습니다. 이 점 널리 양지하시고 여러분들도 가뭄 극복을 위해 최선의 노력을 해주시기 바랍니다. 이번에 특별교부세가 우리 군에 배당되어 관정을 파시는 농업인들과 양수기 구입 하시는 농가에는 특별지원금을 지원해 드리니까 참고하셔서 신청하실 분은 신청하시기 바랍니다."

그 외에도 이런저런 말들과 의견이 나왔다. 그러나 여러 말들과 의견들은 가뭄 극복에는 크게 도움이 되지 않았다. 팀장 말마따나 하늘이 하는 일을 인위적인 방법으로 극복하려는 데는 불가항력의 한계가 분명히 있었던 것이다. 회의가 끝나고 지원센터에서 지정한 식당으로 우르르 몰려갔다. 식당에 들어서자 돌연 회원들 간에 활기가 돌았다. 닭볶음탕을 시키고 소주를 주문하였다. 같은 귀농 귀촌 회원들이라 동병상련의 정으로 서로가 흉허물이 없었다. 소주잔이 오가면서 그동안 농사지으면서의 애로점을 이야기하기 시작하였다. 그러면서 내년도에는 무슨 농사를 지을 것인지 고소득 작물이 어느 작물일지에 대해 서로 의견을 교환하였다.

아로니아를 너무 많이 심어 가격이 하락 했다는 둥 동결분말과 열풍분말에 있어 아로니아의 효능의 차이점, 아로니아의 수확 시기에 대해서도 이러쿵저러쿵 말들이 많았다. 나는 가만히 이들이 하는 말을 경청하였다. 이중에는 귀농에 성공하여 고소득을 올리는 사람이 있는가 하면 아직까지 정착을 못하고 다시 도시로 나갈까를 고민하는 사람도 있었다.

작금의 가뭄이 가장 큰 이슈라서 가뭄 관련 이야기가 여기에서도 대부분을 차지하였다. 그러다가 가뭄 해소에 4대 강이 크게 도움이 되지 않는다는 말을 누군가가 하였다. 그러자 4대 강 사업의 문제점에 대해 서로 경쟁하듯이 견해를 피력하였다. 귀농하여 흑염소 농장을 꽤나 크게 하는 박문철 씨가 소주잔을 들이켜고 나서 말했다. 박문철 씨는 귀농하기 전 인천에서 운수업을 했던 사람이었다. 이 사람은 귀농 5년 차인데 자리를 잡고 흑염소 마릿수도 처음 30두로 시작하여 지금은 400두까지 늘렸고, 시내에다 흑염소 전문 요릿집까지 차려 성업 중이었다.

"가뭄과 장마를 대비하고 수자원을 효율적으로 관리한다고 국민 혈세를 쳐들여 댐 공사를 하였건만, 이런 가뭄에 아무 도움도 되지 못하고 있으니 헛지랄 한 거 아녀?"

"그게 또 시작 전부터 여간 말이 많았잖아요. 댐 공사로 인한 환경 문제와 국민혈세를 수조 원씩 들여 댐 공사를 하는 것이 과연 타당한가부터 말이 많았지요."

"댐 공사를 하기 전에 나는 강의 지류부터 정비를 했어야 한다고 생각합니다. 강이야 자연적으로 비가 오면 물이 차는 것이고 가물면 지류로 물을 흘려 보내주잖아요. 그런데 강의 지류가 토사와 잡초들로 막혀서 정작 물이 필요한 곳으로 잘 흐르지를 않거든요. 그러니까 강에 댐을 건설하기 전에 지류부터 잘 정비했으면 좋았겠다는 게 제 생각입니다."

명경면 전풍리 마을로 귀농한 젊은 박경민 씨가 자기 의견을 소신 있게 하였다.

"맞어. 박경민 씨 말이 맞는구만. 나도 그렇게 생각하는데. 댐은 뭐 하러 막대한 돈을 들여 건설하냐고. 강에 아무리 물이 많으면 뭐해. 필요할 때에 물이 제대로 공급되어 농사를 지을 수 있어야지. 안 그려?"

소만리에 귀농하여 오미자와 사과 농사를 짓는 최만철 씨가 일행을 둘러보며 동의를 구하였다. 그러자 일행들이 '옳소', '맞아요'를 이구동성으로 외쳤다.

집 앞에 심은 아로니아 밭에 저녁으로 물을 주었다. 아로니아의 원산지는 북유럽으로서 최근 몇 년 사이 건강에 좋다고 우리나라의 많은 농가에서 아로니아를 식재하였다. 특히 아로니아에는 항산화 물질 성분이 많아 건강에 좋다는 것은 이미 널리 알려져 있었다. 또한 안토시아닌이라는 성분은 눈 건강에 좋다고 해서 귀농한 첫해에 아로니아를 식재하였다.

요즘처럼 가뭄이 심할 때는 관수를 하여 잎과 뿌리를 적셔 줄 필요가 있었다. 나는 판매를 목적으로 많이 식재하지는 않았고 우리 가족이 먹고 형제들이나 지인들에게 나눠줄 정도만 심었다. 아로니아는 떫은맛이 강해 생과로는 먹기가 불편하였다. 그래서 아내는 아로니아를 요구르트나 우유를 넣고 갈아서 아침 저녁으로 먹게 하였다. 그리고 효소도 만들고 아로니아를 활용한 음식을 선보여 가족 건강을 챙기고는 하였다.

이런 일련의 소소한 것들이 귀농하여 사는 맛이었다. 텃밭에 각종 채소를 심고 아로니아와 블루베리를 심어 직접 수확하여 먹는 맛은 도시 생활에서는 생각할 수도 없는 매력이었다. 또한 마당 한 귀퉁이에 닭장을 지어 닭 열서너 마리를 키워 무공해 유정란을 내먹는 맛 또한 시골 생활의 여유와 건강 챙기기의 일환이었다. 그런데다 집 주변으로 유실수들을 종류대로 심어 봄부터 가을까지 각종 과일을 먹을 수 있다는 것도 빼놓지 못할 시골 생활의 매력이 아닐 수가 없었다.

"여보, 준희 아빠. 논에 벼들은 좀 어때요?"

아내가 주방에서 점심을 차리다가 벼의 작황이 궁금한지 내게 물었다.

"며칠 전 양수기로 물을 퍼 주기는 했는데 날이 원체 가물어 금방 마르더라고. 농수로에 물도 바짝 말라 더 이상 어떻게 해 볼 도리가 없어."

내가 아내에게 말했다. 논의 벼만 생각하면 속상하고 하늘이 원망스러웠다.

"정말 날씨가 큰일이네요. 언제나 비가 오려는지 정말 걱정이에요."

아내도 예사롭지 않은 가뭄이 걱정이 되는 모양이었다. 왜 아니 그러겠는가. 아내도 눈앞에서 농작물이 타들어가는 것을 보고 있는데 걱정을 하지 않을 수가 없었다.

"텔레비전에서 일기 예보 안 봤어? 언제 비가 온다고 하는지."

내가 답답하여 아내에게 물었다.

"모레쯤 남부지방부터 시작하여 중부지방까지 비가 온다는 예보는 있었어요. 그런데 가뭄을 해갈해줄 만큼의 비는 아니래요."

"그래? 비가 온다는 예보는 있었어? 이왕 비가 오려면 충분히 오지 감질나게 오는지 모르겠네. 지금 가뭄이 해갈되려면 최소한 100mm 정도는 와야 어느 정도 해갈이 될 거야. 초정 저수지도 바닥을 들어낸 지 오래야. 이러다가는 마실 물도 없을 것 같아."

"여보, 나라에서 기우제라도 지내야 하는 거 아니에요? 옛날 임금님들은 가뭄이 오래 지속되면 목욕재계하고 기우제를 지냈다 잖아요."

아내 역시 가뭄에 대한 속 타는 마음으로 기우제 얘기를 꺼냈다.

"그나마 기우제를 지내는 임금은 백성을 아끼고 가뭄으로 인해 피해를 보는 백성들의 안타까움을 하늘에 호소하려는 성군이기에 그렇게 했지. 지금 대통령이란 자는 최순실의 국정농단에 놀아나 나라를 엉망으로 그르친 자인데 언감생심 그런 생각이나 하겠어."

아내와 내가 가뭄을 두고 이런저런 말들을 하고 있을 때였다. 대문 밖에서 문을 두드리며 나를 찾는 소리가 들려왔다.

"형님, 형님, 계세요?"

얼핏 들려오는 목소리는 상철이 목소리였다.

"여보, 누가 당신을 찾는데요."

"어, 그러게. 상철이 목소리 같은데."

나는 얼른 일어나 현관문을 열었다. 역시 예상대로 상철이가 문 앞에 서 있었다.

"들어와. 어쩐 일이야? 아직 점심 안 먹었지? 잘 되었네. 같이 점심 먹자고."

내가 상철이에게 말했다. 상철이 성큼 거실로 들어서며 아내에게 인사를 하였다.

"형수님, 안녕하셨어요? 제가 먹을 복이 있어 점심 드실 때에 맞춰 왔네요."

상철이 넉살좋게 허허 웃으며 아내에게 너스레를 떨었다.

"어서 오세요. 그동안 잘 지내셨지요? 여기로 앉으세요. 찬은 없지만 같이 식사 하세요."

아내가 상철이 앉을 자리를 가리켰다.

"그래 어쩐 일이야? 더운데 우리 집까지 찾아오고."

자리를 잡고 앉은 상철이에게 내가 물었다.

"형님, 저희 귀농협의회에서 모레 웃말 초정 저수지에서 기우제를 지내기로 했어요."

"기우제? 갑자기 기우제는 무슨 말인가?"

뜬금없이 기우제를 지내기로 했다는 상철의 말에 내가 반문하였다.

"그래요? 잘 됐네요. 그러잖아도 우리 준희 아빠하고 방금 기우제 얘기를 했거든요."

"그랬습니까? 그래서 말인데요. 형님, 기우제에 쓸 돼지는 돼지 사육 하시는 산꽃말 형식이 형님이 돼지 한 마리를 내놓으시기로 하셨어요."

"그래. 잘되었군. 정말 요즘 같아서는 기우제라도 지내서 타들어가는 농민들의 간절한 마음을 달랬으면 하네. 그리고 원님 행차에 나팔 분다고 마을 잔치도 하면 좋겠군."

내가 한 수 더 떠서 말했다.

"네. 그러려고 합니다. 비용 마련은 회비로 충당하고 개인적으로 기부하는 사람이 있으면 받으려고 합니다."

상철이 오이생채를 밥에 넣고 썩썩 비비며 말했다.

"그럼 내가 그날 사용할 막걸리와 음료수를 내도록 하지."

"아이구, 형님. 고맙습니다. 역시 형님은 마음 씀씀이가 크시다니까."

상철이 활짝 웃으며 수저 그득 밥을 떠 입에 넣었다.

기우제의 축문은 산꽃말에 사시는 천수 어르신이 작성하기로 하였다. 천수 어르신은 고령의 나이였지만 한학을 하여 한문에 조예가 깊으신 분이었다. 기우제의 초헌관은 귀농귀촌협의회 회장으로 있는 김명수 씨가 맡기로 하였고, 축관은 축문을 작성한 박천수 어르신, 기우제 진행은 상철이가 영신관을 맡아 하기로 하였다.

기우제를 지내는 날이 돌아왔다. 오늘도 여전히 아침부터 따가운 햇살이 내리쬐었다. 저수지가 보이는 회화나무 밑에 제사상이 차려지고 마을 사람들과 귀농귀촌협의회 회원들이 모여들었다. 풍물패의 풍물이 기우제의 흥을 돋우었다. 상쇠 꽹과리를 필두로 장구와 북과 징, 호적이 어우러져 한바탕 길놀이를 하였다. 노인들은 풍물 소리에 맞춰 어깨춤을 둥실둥실 추었다. 노인들은 젊은 시절부터 일을 많이 하여 몸이 성한 분이 드물었다. 그래도 좀 나은 분이 지팡이를 짚은 분들이고 대개의 어르신들은 유모차를 앞에 끌고 다녔다.

농촌의 고령화 현상은 도시보다 더 심하였다. 60대와 70대는 젊은 축에 끼었고 80대를 다 넘긴 고령층이 대부분이었다. 젊은 사람들 보기가 귀해진 것은 어제 오늘의 일이 아니었으며 아이들은 더더구나 보기가 힘들었다. 그래도 최근 들어 젊은 귀농인들이 늘어 젊은이들과 아이들을 더러 볼 수 있었다. 따라서 인구 감소에 따른 문제가 제기되자 지자체는 귀농 귀촌 인구를 유입하기 위한 여러 대책을 내놓고, 서울에까지 귀농귀촌홍보관과 교육장을 개설하여 귀농 귀촌을 위한 홍보와 교육에 힘쓰고 있었다.

제사상을 앞에 두고 사람들이 늘어섰다. 영신관을 맡은 상철이 앞에 나와 식을 진행하였다.

"에, 오늘 우리 마을에서 이 저수지에 계시는 용신님께 비가 오게 해달라는 염원을 담아 기우제를 지내게 되었습니다. 지난 겨울부터 오늘까지 비다운 비 한 번 내리질 않아 초목이 메마르고 농사에도 많은 피해를 주고 있습니다. 사람의 힘으로는 어찌할 수 없는 이 자연의 현상 앞에 우리 인간은 겸손해 질 수밖에 없습니다. 이제 겸손한 마음과 비를 간절히 바라는 염원으로 기우제를 지내게 되었습니다."

상철이 제상 앞에서 기우제를 지내게 된 내력을 말하였다. 제사상 앞에는 초헌관을 비롯하여 직분을 맡은 사람들이 도열해 있었다. 드디어 축관 박천수 어르신이 축문을 읽기 시작하였다.

"이 가뭄이 누구의 허물이겠습니까?

지난겨울에서 이른 봄을 지나 오늘까지

비다운 비 한 번 내리지 않음을 누구를 탓하겠습니까?

그동안 채워졌던 저수지의 물도 말라

농자천하지대본이란 말이

무색할 정도로 고통을 겪고 있나이다.

하늘이시여!

이 땅에 넘쳐나던 수많은 생물들이 목말라 하고

이 땅에 울려 퍼지던 숲의 노래가 통곡소리로 들리나이다.

이 땅의 농부들은 갈라진 땅을 내려다보며

대성통곡의 눈물로 작물의 갈증을 달래고 있나이다.

용신이시여!

물속에 가만히 계시지 마시고 ......"

박천수 어르신이 돋보기안경을 쓰고 장엄한 목소리로 축문을 읽었다. 축문 소리가 사람들 사이로 바람 소리처럼 스며들었다. 축문 소리에 아주머니들 중에는 눈물을 보이는 이들도 있었다. 축문 읽기가 끝났다. 박천수 어르신이 축문에 불을 붙여 띄웠다. 축문은 재가 되어 하늘로 올랐다. 순서에 따라 초헌관이 술을 따라 제사상에 올렸다. 그와 동시에 모여 있던 모든 사람들이 절을 올렸다.

기우제가 끝났다. 그러자 다시금 풍물패들의 풍물이 한바탕 걸판 지게 벌어졌다. 마을 아낙네들이 음식을 차려내었다. 사람들이 어울려 음식을 먹고 술을 마셨다. 가뭄은 가뭄이고 일단 술판이 벌어지자 사람들은 서로 어우러져 잔칫상을 받은 듯 흥에 겨워 다들 이야기꽃을 피웠다.

기우제를 지내고 사흘 후에 그렇게 기다리던 비가 내리기 시작하였다. 기우제의 효험인지 아닌지 모르지만 비가 내렸다. 늦장마의 시작이었다. 비가 내리자 가뭄으로 잎이 축 늘어져 곧 말라 죽을 것 같던 옥수수 잎에 생기가 돌기 시작하였다. 호박잎도 생기를 되찾아 푸른 잎이 빗줄기에 넘실거렸다. 모진 가뭄에도 노란 꽃을 피우던 질긴 생명의 달맞이꽃도 한결 생기를 띄고 한층 꽃대에 물이 올랐다. 달맞이꽃은 밭둑이나 척박한 산비탈에 무리지어 자생하며 이른 여름부터 가을까지 꽃을 피웠다.

사람들의 얼굴에도 주름살이 펴지는 듯했다. 이렇게 비가 올 걸 애간장 태우지 말고 진즉 왔으면 얼마나 좋았을까. 그러나 뒤늦게나마 비가 와주니 살 것 같았다. 이제나 저제나 비를 기다리고 모를 못 낸 논에 뒤늦게나마 모를 내는 농가가 있었다. 그새 모는 훌쩍 커서 모내기가 쉽지는 않았지만 논을 놀릴 수는 없는 일이었다.

나는 비가 오는 들판으로 나갔다. 논을 돌아보기 위해서였다. 비가 오자 땅에서 흙냄새가 물씬물씬 풍겨왔다. 원체 가물었던 터라 비가 금방 땅바닥에 고이지가 않았다. 갈라진 논바닥에 쉬임 없이 빗물이 스며들었다. 이대로 밤새 비가 오늘과 내일까지만 내려준다면 논바닥에 물이 고이고 마른 벼 포기에도 생기가 돌 것이다. 농수로에 물이 흐르기 시작하였다. 나는 내리는 비를 고스란히 맞으며 논둑을 돌보았다.

○ 축원문은 어느 지방에서 행한 기우제의 축원문의 일부를 인용하였음.

바람과의 대화

　노인은 잠시도 입을 가만두지 않았다. 주름이 잔뜩 진 쭈그러진 입으로 계속 오물오물 중얼중얼 거렸다. 발음이 또렷하질 않으니 노인이 중얼거리는 말을 알아들을 수는 없었다. 그러나 노인이 중얼거리는 말 중에 확실하게 알아들을 수 있는 말은 '더 줘, 더 줘'라는 말이었다. 노인은 휠체어에 앉아서도 침대에 누워서도 어디에 있건 누가 보건 말건 장소에 상관없이 오물오물 중얼중얼 거렸다.

　노인의 아들 내외는 일주일에 한 번씩 요양원을 찾아왔다. 자식으로서 최소한의 도리를 다하는 것이 일주일에 한 번씩이나마 노인을 찾아보는 것이라 생각하는 것 같았다. 하긴 아들 내외 말고는 찾는 자식도 없었다. 그런 면에서 보면 아들 내외는 자식의 도리를 잘하고 있는 편이었다. 아들 내외는 올 때마다 노인이 먹을 간식거리를 챙겨 왔다. 간식은 노인이 먹기 편한 죽과 딸기와 바나나, 두유 따위였다.

노인의 아들은 챙겨온 간식 중에 먼저 죽을 노인의 입에 떠넣어 주었다. 죽은 집에서 쑤어온 것이 아니라 시중에서 파는 죽이었다. 죽은 주로 채소죽이었으나 간혹 호박죽, 팥죽도 있었다. 노인은 아들이 떠 넣어 주는 죽을 넙죽넙죽 받아먹었다. 노인은 입에 떠 넣어 주는 죽을 받아먹으면서 계속 죽을 입가로 흘렸다. 그걸 대비해 노인의 턱에는 턱받이가 매여 있었다. 아들은 죽을 떠 넣어 주는 동시에 입가에 흘린 죽이나 턱받이에 묻은 죽을 휴지로 닦아내었다.

아들은 노인의 입에서 흘러내린 죽을 닦아내고를 반복하면서 계속 노인의 입에 죽을 떠 넣어주었다. 잠시 아들이 죽 넣어주는 일을 쉴라치면 노인은 그 새를 못 참고 '더 줘, 더 줘' 하고 재촉을 하였다. 그러면 아들은 묵묵히 또 다시 노인의 입에 죽을 떠 넣어 주었다. 이 일은 한참이나 계속 되었다. 용기에 담겨 있는 죽이 다 비기까지 족히 30여 분이나 걸렸다. 죽 먹기가 끝나면 이번에는 딸기와 바나나를 노인의 입에 넣어주었다. 그러면 노인은 그것 역시 제비 새끼가 어미 제비가 잡아온 벌레를 넙죽넙죽 받아먹듯 받아 우물거렸다. 치아가 없는 노인임에도 불구하고 노인은 탐욕스럽게 입을 쉬지 않고 오물거렸다.

노인은 유난히 음식물에 집착을 보였다. 음식물을 주다가 아들이 잠깐이라도 멈추면 노인은 그 새를 못 참고 '더 줘, 더 줘' 하며 아들을 채근하였다. 노인은 치아가 하나도 없었다. 그런데도 먹는 데는 아무 불편이 없는지 아들이 넣어주는 딸기와 바나나를 오물오물 씹었다. 오물오물오물.... 아니, 치아가 없으므로 씹을 수는 없을 것이고, 입 안에 들어온 딸기와 바나나를 잇몸으로 뭉개어 삼켰다.

　우스운 말로 이빨이 없으면 잇몸으로 먹는다는 말이 있다. 노인은 그걸 확실하게 증명하고 있었다. 딸기나 바나나는 치아가 없더라도 잇몸으로 충분히 뭉개어 삼킬 수 있는 음식이긴 하였다. 아들 내외 역시도 노인이 치아가 없는 것을 알았으므로 치아와 상관없이 먹을 수 있는 음식을 준비 하였으리라.

　쉴 새 없이 우물거리는 노인의 입놀림은 경이로웠다. 모든 행동에 굼뜬 노인의 신체 중에 먹을 것을 씹는 노인의 입놀림만은 빠르고 경쾌했다. 먹을 것을 받아먹으려고 입을 벌리는 노인의 입안은 어두운 동굴처럼 깊었다. 구석기 시대에 형성된 동굴처럼 입안 여기저기에는 석순처럼 살과 돌기가 돋아나 있었다. 사람의 입안이 이처럼 괴기스러울 수가 있는지 내 입안을 거울로 비쳐 들여다보고 싶을 정도였다.

　"건강하시던 어머니가 하루아침에 이렇게 되셨어요. 참 어이가 없어요. 인생이 이렇게 허망할 줄 몰랐습니다."

아들이 내게 하소연 하듯 말했다.

'인생이 허망한 것을 이제야 아셨소.'

나는 아들의 말에 속으로 대꾸했다. 그 와중에도 노인은 계속 '더 줘, 더 줘' 소리를 연발하였다. 그러자 옆에 있던 며느리가 아들 대신 딸기 하나를 냉큼 집어 노인의 입에 넣어 주었다. 음식물이 입안에 들어오자 노인의 입은 또 자동적으로 빠르게 오물거리기 시작하였다. 오물오물오물..... 노인의 그 입놀림은 마치 토끼의 입놀림과 흡사하였다. 앞니로만 오물거리는 토끼의 입놀림과 노인의 입놀림. 며느리는 그런 노인을 딱하다는 표정으로 눈살을 찡그리며 바라보았다. 노인의 먹을 것에 대한 집착은 경이롭기까지 하였다. 어떻게 당신 몸 하나 추스르지 못하는 노인네가 식탐은 그렇게 강하고 집요한지 알 수가 없었다.

내가 지인이 운영 하는 요양원에 온 지 삼 개월이 되어갔다. 여기 오기 전 나는 자영업을 하였다. 요즘 한창 사회적으로 문제가 되고 있는 프렌차이즈 자영업이었다. 그러나 나는 본사의 갑질이 언론에 대두되기 전 그만 이 일을 접고 말았다. 갑질도 갑질이었지만 투자 대비 수익이 너무 적었다. 그런데다 장시간 몸을 혹사하는 일이라 육체적으로 견디기가 힘들었다. 돈도 돈이지만 사람 꼴이 말이 아니었다. 몸을 혹사하고서라도 돈만 벌린다면야 얼마든지 감내할 수 있었다. 그러나 돈벌이가 되지 않았다. 그래서 과감하게 접고만 것이다. 일 년을 하는 일 없이 쉬었다. 그러나 쉬는 것도 한 두 달이지 좀이 쑤시고 못할 일이었다.

 그렇다고 나이 들어 취업을 할 곳도 없었다. 젊은이들도 취업이 안 되어 놓고 있었다. 더군다나 나이까지 든 사람이 취업을 한다는 것은 하늘의 별따기였다. 그만큼 우리 사회의 취업의 벽은 높았고 문은 좁았다. 나이가 들었다고는 하나 백세를 사는 시대에 육십 초반은 젊은 축에 속하였다. 그러나 현실은 그렇지가 않았다. 일단 오십이 넘으면 이력서를 받아주는 곳이 없었다.

 내 딴에는 미리 노후를 대비한다는 생각에서 자격증도 취득하였다. 사회복지사 공부를 시작하여 근 1년 만에 자격증을 취득하였다. 그에 더하여 요양보호사 자격증도 취득하였다. 사회복지사 자격증이 있는 사람은 요양보호사 자격증 취득이 일반인보다 훨씬 쉬웠다. 그러나 어렵게 취득한 사회복지사 자격증은 아무 짝에도 쓸모가 없었다. 요양원이나 복지기관에 취업을 하려면 사회복지사나 요양보호사 자격증이 있어야 했다. 그러나 그런 자격증도 젊은 사람들에게나 해당되었다. 나는 자격증으로 취업을 한 것이 아니라 지인이 요양원을 운영하여 취업이 가능하였다. 내가 요양원에서 하는 업무에도 자격증은 필요가 없었다. 때문에 나이 들어서의 자격증 취득은 자기 위안이거나 자기만족 혹은 자기가 직접 시설을 차려 운영할 경우에만 소용

바람과의 대화 097

이 되었다.

　요양원은 지방에 있었다. 지방에서도 시내가 아니라 시내를 벗어나 산속에 위치해 있었다. 때문에 요양원 주변은 수목이 무성하게 우거져 있었다. 외진 산속이라 야생동물도 출현하였다. 밤에는 물론이고 낮에도 가끔 고라니들이 요양원 주변을 서성거렸다. 고라니가 있다면 멧돼지가 없으란 법도 없었다. 그러나 아직까지 멧돼지는 보지 못하였다. 요양원 주변으로 멧돼지까지 출몰한다면 이건 이야기가 달랐다. 멧돼지는 사람에게 해를 끼칠 수가 있기 때문이다. 요즘 야생동물들의 개체수가 많이 늘어나 농촌에 피해를 주고 있다는 뉴스를 심심찮게 보아왔다. 멧돼지는 농촌은 물론이고 도시 근교에까지 출몰하여 소란을 피우기도 하였다.

　요양원 주변에는 꽃이 피는 꽃나무들과 화초들이 여기저기 심겨져 있었다. 따라서 요즘 요양원 주변으로는 각종 꽃들이 피어 꽃의 정원을 방불케 하였다. 건물만 가득 들어차 있는 시내에 소재한 요양원과는 환경면에서 비교가 되지 않았다. 요양원 건물도 현대식으로 설계하여 잘 지었고 시설도 잘 갖추어져 있었다. 따라서 어르신들을 맡기려고 찾아오는 보호자들이 요양원 주변 환경과 시설을 보고 먼저 만족하였다.

　몇 년 전부터 요양원이 전국적으로 우후죽순처럼 설립이 되어 운영되고 있다. 고령화 사회를 맞이한 우리 사회의 새로운

풍속도라 할 수 있었다. 고령화에 따른 노인성 질병도 많아졌다. 노인성 질병 중에 가장 어렵고 힘든 질병이 치매와 뇌졸중이었다.

치매와 뇌졸중은 노인의 삶과 부양가족의 생활을 송두리째 파괴하는 중대 질병이기도 하였다. 또한 이런 질병이 있는 노인을 가정에서 보호하는 일은 여간 어려운 일이 아니었다. 따라서 이런 노인들을 보호 요양하는 곳이 필요해졌고, 그에 따라 설립된 곳이 요양원과 요양병원이었다. 그런데 대다수의 요양원은 시내에 소재하고 있는데다 대부분 영세하였다.

요양원이 들어있는 건물도 자체 건물이 아니라 건물의 일부를 임대하여 운영하고 있다. 따라서 요양 환경이 열악하여 제대로 된 요양을 할 수가 없었다. 그런 면에서 보면 내가 근무하고 있는 이 요양원은 시설과 환경면에서 타 요양원과는 비교가 되지 않았다.

내가 요양원에 짐을 풀 때는 4월이었다. 요양원에는 집이 먼 직원들을 위한 기숙사가 있었다. 기숙사는 따로 있는 것이 아니라 요양원 내 비어 있는 병실 한 층을 사용하였다. 나 역시 기숙사에서 생활하며 근무할 수밖에 없었다. 때는 한창 봄꽃이 필 시기라 요양원 주변의 산에는 산벚꽃이 화사하게 피어 절정을 이루고 있었다. 또한 원내의 이곳저곳에는 홍매화를 비롯하여 황매, 벚꽃, 개복숭아꽃, 라일락, 조팝꽃, 해당화, 찔레꽃들이 지천으로 피어 있었다. 따라서 요양원이 아니라 꽃 농원에 왔나하는 착각이 들 정도였다.

내가 이곳에서 주로 하는 일은 요양보호사들의 출퇴근 차량 운행이었다. 아침에 두 번 저녁에 두 번 스타렉스를 운행하여 시내의 지정된 곳에서 요양보호사들을 태우고 내려주는 일이었다. 그리고 가끔씩 노인들이 위급 상황이 생기거나 병원 진료 차 시내 소재 병원으로 이송해야 할 경우 구급차 운행을 하는 일이었다. 구급차 운행은 나름 긴장이 되는 일이기도 하였다. 거동을 못하는 노인들을 구급차로 이송하여 병원 응급실까지 가는 일은 은근히 긴장이 되는 일이었다. 조금이라도 실수를 하면 노인에게 피해가 가기 때문에 그야말로 잠시도 긴장의 끈을 놓을 수가 없었다. 처음 이 일을 할 때 작은 실수를 두어 번 하였다. 그러나 지금은 익숙하여 그런 실수는 없었다.

그밖에도 요양원 내 자질구레한 손길이 필요한 곳이 있으면 손보는 일이었다. 예를 들어 병실 침대의 높낮이를 조절하는 손잡이가 고장이 났을 경우 새것으로 교체를 한다든가, 실내 전구가 나갔을 때 갈아 끼우는 일 따위였다. 이런 일들은 단순한 일들이라 특별한 기술이 없어도 할 수 있었다.

요양보호사들의 연령대는 오십대와 육십대였다. 수족을 못 쓰고 거동이 불편한 노인들을 보호하는 일이 쉽지 않은 연령대였다. 그러나 젊은 사람들은 이 일을 하려 하지 않았다. 월급도 많지 않을뿐더러 일이 힘들었기 때문이다. 더군다나 거동이 온전치 못한 노인들을 케어 하는 일이었다. 노인들의 대소변을 받아내고 끼니때마다 노인들을 일으켜 밥을 먹이고 씻기고 하는 일이었다. 그중에서 대소변을 제대로 가리지 못하는 노인들의 대소변을 받아내는 일은 여간 고역이 아니었다.

하루의 대부분을 침대에서 누워 생활하는 노인들에게는 기저귀를 채워야 했다. 노인들은 기저귀에 대소변을 보았다. 그러면 그때마다 기저귀를 갈아주어야 하였다. 그러지 않으면 인지가 없는 노인들은 대소변을 보고서도 일 본 것을 말하지 않았다. 보호사들이 기저귀를 갈아주지 않으면 기저귀를 갈아줄 때까지 대소변을 깔아뭉갰다. 그러면 몸이며 옷, 심지어는 이불에까지 똥칠갑을 하였다. 그럴 경우의 뒤처리는 감당이 안 될 정도로 곤란했다. 냄새도 냄새지만 살이 짓물러 욕창이 생기고 그에 따른 2차 감염으로 피부병이 생기기도 하였다.

따라서 대변을 본 경우 즉각 뒤처리를 하여야 했다. 그렇지 않고 똥칠갑을 했을 경우에는 기저귀를 갈아주는 것으로는 안 되고 욕실로 옮겨 물로 깨끗이 씻어주어야 하였다. 또한 요즘처럼 더운 여름에는 기저귀를 갈아주고 땀띠를 예방하기 위하여 파우더를 뿌려야 했다. 노인들의 피부는 약하고 탄력이 없어 쉽게 살이 짓무르고 땀띠가 났다. 사실 용변 뒤처리는 자기 부모라도 쉽지가 않은 일이었다. 하물며 생판 모르는 노인들의 뒤처리를 하는 일이라니, 결코 쉬운 일이 아니었다.

아침저녁으로 보호사들을 출퇴근을 시키다 보면 본의 아니게 별별 말을 다 듣게 된다. 여자들 셋이 모이면 기둥뿌리가 흔들린다는 말이 있듯이, 차안에서 그들끼리 주고받는 말들은 다양하였다. 다양한 말 중 거의 대부분은 가정사에 관련된 말이었다. 남편에 관한 일, 시집의 애경사에서 있었던 일을 비롯하여 아들, 딸, 며느리, 손자 손녀에 관한 일이었다. 퇴근하면서 하는 말들은 주로 근무하면서 겪은 일들이 대부분이었다. 대개 일에 대한 불평과 노인들에 대한 비난이 거의 다였다.

"말동 어르신은 덩치는 산만 해가지고 내가 그 어르신 목욕을 시킬 때면 허리, 팔이 아파 죽을 지경이유. 정말 그 어르신 목욕시키기가 겁이 난다니께."

"말도 말아유. 우리 방에 김말자 어르신은 먹는 것도 없으면서 똥은 왜 그렇게 많이 싸는 지 몰류. 내가 똥 치우다보면 머리가 다 지끈지끈 아프다니께. 똥내가 얼마나 지독한지 정말 말을 못혀유."

"정말 힘들어 이 일도 못휴. 난 팔이 아파 어르신 들지도 못하겠어. 그런데다 어르신이 수 틀리면 웬 욕을 그렇게 해대는 지. 내가 속이 상해 당장 이 일 때려치우고 싶다니께."

"욕만 혀. 우리 방 박칠석 어르신은 나를 꼬집고 때린다니께. 내 참 우리 남편한테도 안 맞아본 매를 여기서 맞는다니께."

"그래도 이 나이에 자격증을 따서 일을 하니까 어디여. 일할 때는 힘들어도 일할 때가 좋은 법이쟤. 그러니께 불평불만들 하지들 말여."

"그건 맞는 말이구만. 힘 안 들이고 남의 돈 먹을 수 있간디. 다 힘이 들어야 돈을 벌 수 있는 것이쟤."

"맞어. 우리 나이에 집에서 손주 새끼들 안 보고 돈 버는 것이 어디여. 일할 때는 힘들어도 월급날이 되면 그렇게 좋더라구."

"맞아유. 내가 돈 벌어서 쓰는 재미도 쏠쏠하쥬. 내가 돈 못 벌면 자식새끼들한테 손 벌려야 하는데 자식새끼들이라고 돈 달라고 손 벌리면 좋아하겠슈. 내가 돈 버니 자식새끼들 집에 찾아오면 맛있는 것 사주고 손주들에게 용돈을 주면 얼마나 좋아하는 줄 알우. 나도 자식들 보기 떳떳하고 좋쟤. 내 그 맛에 힘들어도 참고 이 일을 한다니께."

"그래도 난 제발 우리 방 말자 어르신 똥 좀 적게 쌌으면 정말 좋겠슈. 노인네가 무슨 놈의 똥을 자박이로 싸는지. 내가 미치고 팔짝 뛰겠다니께. 그리고 냄새는 어찌 그리 나는지 머리가 지끈거릴 정도여."

"어이구, 시끄러들! 말들 말어! 중이 절 싫으면 중이 떠나면 되는 겨. 뭔 말들이 많여."

파마머리를 짧게 한 보호사가 소리를 지르며 찬물을 끼얹었다. 그러자 각기 이런저런 말들을 내뱉던 보호사들이 찔끔해서 입을 다물었다. 순간 어색한 침묵이 흘렀다. 사람들은 머쓱해져서 서로의 시선을 피하여 차창 밖으로 눈길을 돌리는 사람이 있는가 하면 애먼 휴대폰의 액정을 신경질적으로 돌리는 사람도 있었다.

파마머리 보호사의 연령은 어림잡아 육십 중반은 되어보였다. 얼굴 생김도 깡마르고 몸매도 자그마하니 비루먹은 말처럼 말랐다. 입고 다니는 옷은 요즘 사천만의 국민복으로 여길 만큼 많이 입는 아웃도어였다.

하루는 이런 일이 있었다. 나는 근무를 마치면 이른 저녁을 먹고 요양원을 벗어나 산 아래쪽으로 산책을 하였다. 산 아래에는 시에서 조성한 넓은 공원이 있었다. 공원에는 연못도 있었고 넓은 잔디밭도 있었다. 그리고 명상의 길이니 뭐니 하며 테마별로 이름을 지어 산책길을 조성하여 놓았다. 공원을 한 바퀴 도는 데는 족히 한 시간여가 소요 되었다. 그 정도의 시간이면 하루의 운동량은 충분히 되었다.

산책을 마치고 숙소에 들어가기 전 내가 하는 일이 있었다. 요양원 안팎을 둘러보는 일이었다. 이상 유무를 확인하는 차원에서 둘러보는 것이기도 하지만, 지인이 운영하는 요양원이니 만큼 나름 책임 의식이 생겨 자발적으로 하는 일이었다. 원내는 거의 24시간 불이 밝혀져 있고 보호사들이 상시 근무하고 있었다. 원내를 둘러보다보면 불필요하게 전등이 켜진 곳이 있고 닫아야 할 문을 닫지 않은 곳이 있었다. 그러면 그런 곳을 찾아 일일이 소등을 하고 열려져 있는 문을 닫았다.

5층서부터 주욱 둘러보며 1층으로 내려왔다. 1층에는 사무실과 회의실, 화장실, 세탁실이 있었다. 세탁실은 하루도 거르지 않고 세탁을 하였다. 노인들이 덥고 자는 이불서부터 환자복, 침대시트, 수건 등 세탁물의 양도 엄청 났다. 그래서 대형 세탁기 두 대와 소형 세탁기 세 대가 날마다 돌아갔다. 세탁양이 많은 만큼 세제도 20kg이나 나가는 대용량 세제를 사용하였고, 섬유린스도 한 말씩 들어 있는 대용량 린스를 사용하였다.

불이 켜져 있고 세탁기 돌아가는 소리가 들려 나의 발걸음은 자연히 세탁실로 향하였다. 살짝 열려져 있는 문을 들여다보니 보호사 두 명이 세탁기에서 세탁물을 거둬들이고 있었다. 그 중에는 문제의 파마머리의 보호사도 있었다. 그녀가 문틈으로 힐끗 나를 보았다. 나는 당황하여 나도 모르게 문을 닫았다. 그 랬더니 파마머리의 보호사가 나를 향하여 힐난조로 핀잔을 하였다.

"밤늦게 왜 혼자 돌아다녀요? 숙소에 있지 않구."

"네....."

뜬금없는 파마머리 보호사의 핀잔의 말에 나는 뭐라고 대꾸할 말이 없었다. 말의 의도도 몰랐지만 우선 그녀의 말에 기분이 나빴다.

"그게 무슨 말입니까?"

내가 반문하였다.

"저녁이 되었으면 아저씨 숙소에 계시지 밖으로 왜 다니냔 말이에요."

파마머리 보호사가 다그치듯 재차 면박을 주었다. 나는 어이가 없었다. 내가 한두 살 먹은 어린애도 아니요, 더군다나 이곳 요양원의 엄연한 직원이었다. 그렇다면 내가 어디를 다니든 지가 무슨 상관이란 말인가. 주제넘은 짓이었다.

"아니, 여보세요. 내가 밖으로 다니던 말든 무슨 상관입니까? 왜 그런 데까지 신경을 쓰시고 그렇게 말해요?"

내가 발끈하여 목소리를 높였다. 엄연히 주임이라는 호칭이 있음에도 불구하고 파마머리는 말끝마다 아저씨라고 하였다. 사실 나는 그게 더 화가 났다. 나의 격한 반응에 파마머리 보호사가 찔끔하여 수그러진 태도로 대꾸하였다.

"밤늦은 시간에 남자가 원내를 어슬렁거리니까 하는 말예요. 여긴 여자 보호사들이 일하는 곳이란 말이에요."

파마머리의 말에 나는 실소가 터졌다.

"왜 웃어요? 어서 들어가서 잠이나 자요."

"알겠습니다. 알겠어요."

나는 더 이상 그녀와 대거리를 하고 싶지 않아 알았다고 하고 그 자리를 피했다. 말이 통하지 않는 여자였다.

　노인의 아들 내외는 여전히 주말만 되면 요양원을 찾아왔다. 나는 요양원을 찾는 내방객을 보면 먼저 인사를 했고 앞장서서 안내를 하였다. 어쨌든 그들은 부모들을 요양원에 맡긴 자식들로서 심적으로 부담이 큰 사람들이었다. 따라서 이들 보호자들은 피해의식이 내재되어 있었다. 그래서 그런지는 몰라도 보호자 중에는 신경이 날카로워 사소한 일에도 짜증을 내고 요양보호사들이나 직원들에게 화를 내는 사람도 있었다. 나는 그들의 고충과 심정을 누구보다 이해하였다. 그리고 나는 엄연히 요양원에 몸을 담고 있는 직원이었다. 따라서 내가 이곳에서 근무를 하고 있는 한 최선을 다하려 하였다. 나는 내게 주어진 일을 떠나 요양원을 찾는 누구에게나 친절하였다. 직원들은 물론이고 환자들이나 보호자들에게도 마찬가지였다. 나는 노인의 아들 내외가 차에서 내리자마자 먼저 그들에게 다가가 인사를 하였다.
　"안녕하세요? 오늘도 어머니 뵈러 오셨군요?"
　"아, 네. 안녕하셨어요?"
　아들이 차에서 내리다가 내가 인사를 하자 마주 인사를 하였다. 옆에서 내리는 그의 아내는 눈인사만 하였다.
　"매주 이렇게 어머니를 뵈러 오시는 것이 쉬운 일이 아니신데, 참으로 효자이십니다."

내가 진심 어린 마음으로 말하였다.

"아닙니다. 자식으로서 당연히 할 일이지요."

말은 그렇게 하면서도 아들의 얼굴은 밝지만은 않았다. 아들 내외는 사무실로 가 면회 신청을 하고 잠시 후 노인을 태운 휠체어를 밀고 밖으로 나왔다. 밖으로 나온 아들 내외는 느티나무 밑으로 휠체어를 천천히 밀고 갔다. 곧이어 며느리가 세워 둔 차로 가더니 차의 뒷문을 열고 음식이 든 쇼핑백을 들고 왔다. 며느리가 쇼핑백에서 집에서 장만해 온 음식을 아들에게 건네주었다. 아들은 예전과 같이 아내에게서 건네받은 음식물을 노인의 입에 넣어주기 시작하였다. 노인은 이미 숟가락이 입에 들어가기 전부터 '더 줘, 더 줘' 소리를 연발하고 있었다. 아들이 그런 노인을 무표정하게 바라보며 노인의 입에 죽을 천천히 떠 넣어 주었다. 그러면 노인은 쭈굴쭈굴한 입을 벌려 죽을 받아먹었고 아들은 그 일을 반복하였다.

"더 줘, 더 줘."

노인은 죽을 받아먹으면서도 '더 줘, 더 줘.' 소리를 계속 하였다. 노인의 인지기관 어느 부분이 이상이 있어 더 줘 소리만 하는지 알 수가 없었다. 담당 보호사의 말로는 원내에서도 다른 말은 한 마디도 하지 않고 더 줘 소리만 한다는 것이었다.

"내가 그 어르신의 더 줘 소리에 노이로제가 걸릴 지경이라니까. 건강하실 때 어떻게 사셨는지는 몰라도 어르신이 뭘 얼마나 못 가지고 사셨길래 더 줘 소리만 하는지 몰라. 내가 아주 그 더 줘 소리에 죽겠다니까요."

담당 보호사가 한탄조로 말하였다.

"그 어르신이 건강하실 땐 그래도 남에게 잘 베푸시고 잘 사셨댄다. 그런데 치매가 걸리고부터는 저렇게 망가져서 더 줘 소리 말고는 할 수 있는 말이 없다는구먼. 그러니 식사 하실 때 식사 더 달라고 하면 많이 드려."

"더 드리죠. 그런데 많이 드시면 많이 싸니까 그게 또 문제에요. 노인네가 똥을 싸서 뭉개면 내 그 뒤치다꺼리 하느라 죽는다고요."

"그거 하라고 우리 월급 주는 거지 거저 놀리고 돈 줘."

"그 놈의 돈. 개도 안 물어갈 돈이 원수지 원수야."

더 줘 어르신을 두고 하는 요양보호사들의 말들이었다.

"주임님, 이리 오셔서 이거 좀 드시고 하세요."

노인의 아들이 나를 향해 말했다. 나는 아들 내외에게서 얼마 안 떨어진 곳에 있는 라일락나무의 곁가지를 자르고 있었다. 나무들은 심어만 놓고 관리를 하지 않아 나무마다 필요 없는 곁가지들이 자라고 있어 나무 꼴이 말이 아니었다. 그래서 나는 틈나는 대로 잔가지를 제거하여 주었다. 잔가지들을 그대로 방치해 두면 수형이 바르지 않을뿐더러 원가지로 갈 양분이

곁가지로 가 나무의 바른 성장에 지장을 주었다. 나는 나무의 수형을 바로 잡기 위해 요양원 내에 식재되어 있는 여러 수종의 나무들의 곁가지를 전정하였다.

"아닙니다. 괜찮습니다."

내가 이마에 흐르는 땀을 수건으로 닦으며 사양을 하였다.

"사양 마시고 더운데 이리 오셔서 시원한 음료수 한잔 드시고 하세요."

아들이 거듭 권하였다. 나는 더 이상 사양하는 것도 예의가 아닌 것 같아 느티나무 쪽으로 성큼성큼 걸음을 옮겼다. 내가 다가가자 아들이 음료수 한 병을 건네며 말했다.

"더우실 텐데 드시고 좀 쉬었다 하세요."

"아, 네. 고맙습니다."

나는 아들이 건네준 음료수를 받아 들었다. 노인은 죽 먹기를 마치고 바나나를 먹는 중이었다. 아들 대신 며느리가 노인에게 바나나 자른 것을 포크에 찍어 입에 넣어주었다. 노인은 쭈글쭈글한 입을 벌려 며느리가 넣어주는 바나나를 우물우물 오물오물 거렸다. 그러고는 입몸으로 으깬 바나나를 식도로 넘겼다. 바나나를 삼킨 노인은 또 다시 '더 줘, 더 줘'를 연발하였다.

"어머니께서 밭에 가서 일을 하시다가 쓰러지셨는데 그 뒤부터 저렇게 되셨어요. 정말 건강하셨는데 어쩌다 저리 되셨는지 지금도 믿기지가 않습니다. 하신다는 말씀은 보시다시피 '더 줘' 소리밖에는 못하시니...."

아들이 말을 맺지 못하고 한숨을 쉬었다.

"그러셨군요....."

아들의 말에 나는 뭐라고 할 말이 없었다.

"아버지가 일찍 돌아가셨습니다. 우리 형제가 6남매인데 아버지가 돌아가시자 어머니 혼자 우리 6남매를 키우셨지요. 그러시느라 어머니께서는 죽을 고생을 하셨지요. 자고 새면 논과 밭에 나가서 일하시는 것은 물론 남의 집 놉일도 마다않고 하시면서 저희를 키우셨어요. 그렇게 찢어지게 가난하였지만 어머니는 마음이 넉넉하여 어려운 사람들을 많이 도우셨어요. 우리 형제들은 어머니의 그런 고생에 보답하기라도 하듯 없는 가운데서도 잘 성장하여 지금은 각기 제 몫을 하며 살고 있습니다. 형님 두 분은 미국에서 사시고 누님 두 분도 캐나다에 사시지요. 이곳에 남아 있는 자식은 저와 막내 누이동생만 남아 있습니다."

묻지도 않았는데 아들이 자기의 가정사를 줄줄이 이야기 하였다. 그러자 옆에서 노인에게 바나나를 입에 넣어주던 아내가 팔뚝으로 아들의 옆구리를 쿡쿡 찌르며 말하였다.

"여보, 뭐 그런 얘기를 다 해요."

"어, 뭐 어때? 주임님, 이런 얘기해도 괜찮지요?"

아들이 나를 돌아보며 물었다.

"아, 그럼요. 괜찮습니다. 어르신 얘기가 바로 우리 어머니 얘기인데요. 뭐."

내가 아들의 말에 호응했다. 사실 나 역시 어머니를 10년 전에 치매로 여의었다. 때문에 이들의 처지가 남의 일 같지가 않았고 누구보다 이들의 심정을 이해할 수 있었다. 소위 말해 동병상련의 감정이었다. 이런 감정은 나뿐만 아니라 늙은 부모를 둔 모든 자식들의 공통된 심정일 것이었다.

"그런데 이상한 것이 어머니께서 건강하셨을 적에는 누구에게나 잘 베푸시고 당신은 먹을 것이 있어도 잘 드시지도 않고 자식에게 양보를 했거든요. 그런데 지금은 왜 저렇게 먹는 것에 집착을 보이시고 식탐을 부리시는지 알 수가 없습니다. 주임님도 보시다시피 먹을 것을 입에 넣어드리는 데도 계속 '더 줘, 더 줘' 하시잖아요."

"글쎄 말입니다. 저도 어르신이 음식을 계속 드리는 데도 '더 줘' 소리를 연이어 하시는 것을 보고 의아한 생각이 들었습니다. 어르신의 인지 중에 과거의 애착 부분만 각인이 되어 그러는 것이 아닐까 하는 생각이 듭니다. 더군다나 어머니께서 일찍 혼자 되셔서 6남매를 키우셨다 하지 않으셨습니까? 당시 어머니에게 가장 중요한 것이 무엇이겠습니까? 어린 자식들 굶기지 않고 먹여 살리는 일 아니었겠습니까. 그런 절체절명의 순간에 먹을 것, 다시 말해 양식은 어머니에게 있어 무엇보다 우선하였고, 따라서 어머니에게 있어 양식을 마련하는 일은 무엇보다 중요하였을 겁니다. 다시 말해 양식은 단순히 양식으로서만이 아니라 여섯 자식의 생명을 이어가는 생명줄이라 생각하셨을 것입니다. 따라서 그걸 마련하시느라 어머니는 몸을 돌보시지 않고 일을 하셨습니다. 그래서 치매로 인지를 상실했을지 언정 과거의 애착 부분만 인지되어 '더 줘' 소리를 계속 하지 않나 하는 생각이 듭니다."

나는 노인의 더 줘 소리에 대한 의미를 내 나름대로 해석하여 말했다.

"듣고 보니 그 말씀이 맞는 것 같습니다. 맞는 것 같아요....."

아들이 내 말에 공감을 하면서 말끝을 흐리고 노인을 돌아보았다. 노인은 여전히 입을 우물거리며 '더 줘' 소리를 여전히 하였다. 그런 노인에게 며느리는 빈 통을 들어 보이며 말했다.

"어머니, 이제 다 드셨어요. 그만 드세요. 배부르지 않으세요?"

"더 줘, 더 줘...."

노인은 빈 통을 보여줘도 여전히 더 줘, 더 줘 소리만 반복하였다.

"어머니, 어머니. 여보, 어머니가 더 달라시는데 더 드려."

아들이 어머니를 몇 번 부르더니 이내 아내에게 먹을 것을 더 드리라고 하였다.

"지금까지도 많이 드셨어요. 너무 드셨다구요. 죽 한 그릇 다 드셨지, 바나나도 다 드셨어요. 여기서 더 뭘 드려요."

아내가 미간을 찡그리며 말했다.

"어머니가 더 원하시잖아."

아들이 안타까운 표정으로 아내에게 말했다.

"저, 음식은 그만 드리시고 요 밑으로 어르신 산책을 시켜 드리시지요. 요즘 꽃도 피어 좋습니다."

내가 아들 내외에게 산책을 권유했다. 노인은 지금 당신이 배가 부른지 고픈지 인지하지를 못하였다. 그런데 그걸 모르고 노인의 더 줘 소리만 듣고 음식을 계속 주었다가는 무슨 일이 일어날지 몰랐다.

"아, 그럴까요. 어머니 소화도 시킬 겸 산책을 해야겠네요. 주임님, 고맙습니다."

아들이 내게 고맙다는 인사를 하였다. 아들 내외가 휠체어를 밀고 아래로 내려갔다. 나는 다시 하던 일을 계속하였다. 일을 하면서도 짬짬이 아들과 노인, 며느리를 둘러보았다. 아들은 휠체어를 밀고 인동초가 어우러져 피어 있는 휴게실에 다다랐다. 며느리는 벤치에 앉아 어디로 전화를 걸고 있었다.

"더 줘, 더 줘……"

노인은 여전히 휠체어 위에서 '더 줘' 소리를 반복하고 있었다.

노인의 '더 줘' 소리를 더 이상 듣지 못하는 날이 예상 밖으로 일찍 오고야 말았다. 아들 내외가 다녀가고 사흘째 되는 날 갑자기 사무실에서 호출이 있었다. 나는 호출을 받자마자 사무실로 달려갔다. 사무실 문을 열고 들어서자 시설장이 다급하게 말했다.

"주임님, 더 줘 어르신이 위급하세요. 빨리 시내에 있는 병원으로 어르신을 이송해 주셔야겠어요."

시설장이 어디에다 전화를 걸다말고 내게 다급하게 말했다. 나는 재빨리 구급차를 요양원 현관 앞에 대었다. 그리고 구급차 안에 있는 이동식 침대를 끌어내어 노인이 계시는 병실로 달려갔다. 병실에서는 이미 요양보호사와 간호조무사가 노인에게 옷을 입히고 노인의 개인 물품을 챙기고 있었다.

"어르신이 어떻게 되신 겁니까?"

내가 보호사에게 물었다.

"점심 드신 후로 갑자기 호흡이 가빠지셔서 숨을 제대로 못 쉬셨어요. 석션까지 하고 여기서 할 수 있는 일은 다 했는데도 별 차도가 안 보여요."

"그래요? 그럼 빨리 병원으로 이송하십시다."

나는 신속하게 노인을 침대에 옮겨 싣고 구급차로 이동하였다. 그리고 평소에 켜지 않던 경광등을 켜고 사이렌까지 울리며 병원으로 달려갔다. 병원을 다녀온 후에도 노인은 별 차도를 안 보였다. 노인의 기력이 급격하게 떨어졌다. 더 이상 '더 줘' 소리도 못하고 노인은 입을 멍하니 벌린 채 침대에 누워있 었다. 상태로 보아 오래 못 버틸 것 같았다. 연락을 받은 아들 내외가 달려왔다. 이번에는 노인의 막내딸도 같이 왔다. 노인 의 상태가 위급하다는 연락을 받고서 달려온 것이다.

"우리 엄마가 어떻게 해서 이 지경까지 되셨어요?"

막내딸이 간호사실로 달려와 간호조무사에게 따지듯 물었 다. 담당 보호사도 옆에 있었는데 보호사는 눈치만 살피고 있 었다.

"어르신께서 원체 몸이 쇠약하셨어요. 연세도 있으시고 치매 증세도 요즘 더 심해지신 듯했어요. 여기 보호사님께서 정성껏 케어를 하시는 데도 그러셨어요."

간호조무사가 차분하게 막내딸에게 노인의 상태에 대해 설 명을 하였다.

"그럼 빨리 조치를 취하셨어야죠."

막내딸이 언성을 높였다.

"저희가 그래서 시내 병원으로 즉각 이송을 해서 조치를 취 했어요. 그렇지만 어르신이 연세도 있으시고 신체의 기능이 워 낙 약하신 상태라……"

간호조무사가 말을 끝맺지 못하였다. 그 순간 시설장이 들어 왔다.

116

"저, 보호자님. 저하고 얘기 하시죠. 자, 여기 좀 앉으세요. 아드님 내외분도 여기로 잠깐 앉으시고요."

시설장이 노인 곁에서 어쩔 줄 몰라 우왕좌왕 하는 아들 내외에게 말했다. 그들이 자리에 앉자 보호사가 냉장고에서 음료수를 꺼내 탁자에 한 병씩 놓아주었다.

"자, 드시죠."

시설장은 보호자들의 흥분을 가라앉히려 음료수를 권하였다.

"여기 아드님과 며느님은 어르신의 상태를 잘 아실 거예요. 일주일에 한 번씩 오셔서 어르신을 뵈었으니까요. 사실 여기 요양하시는 어르신들은 하루를 예측할 수 없어요. 갑자기 저희도 손쓸 수 없을 정도로 상태가 급격히 악화되는 경우가 비일비재하시거든요. 그러다 돌아가시는 경우도 많이 있구요."

"그러면 우리 엄마도 돌아가실 수 있다는 말이에요?"

막내딸이 시설장의 말에 발끈하여 반문을 하였다.

"야, 넌 무슨 말을 그렇게 하냐? 그렇다는 것을 말하는 거지."

아들이 여동생의 말을 제지하였다.

"오빠 왜 그래? 지금 엄마 상태를 보고도 그래요?"

여동생이 얼굴을 붉히며 오빠에게 대들었다. 시설장이 이들을 말렸다. 그러다가 결론을 내렸다. 노인의 임종이 멀지 않은 것 같으니 집에서 임종을 맞이하게 하는 것으로 말이었다.

"저희가 어르신을 댁까지 모셔다 드리겠습니다."

시설장이 끝까지 냉정을 잃지 않고 차분한 어조로 노인의 아들과 막내딸에게 정중하게 말했다. 노인을 모시고 가는 일은 내가 맡았다. 나는 구급차에 노인을 조심스럽게 태웠다. 구급차에는 만일의 사태를 대비하여 간호조무사 한 명이 동승하였다. 조수석에 노인의 아들이 올라탔다. 아들의 집은 산본이었다. 나는 조심스럽게 차를 출발하여 산본으로 향하였다.

"여러 가지로 주임님에게 신세를 집니다."

조수석에 탄 아들이 나에게 깍듯하게 인사를 하였다.

"별말씀을 다 하십니다. 제가 할 일을 할 뿐인데요."

가평을 지나 고속도로에 들어섰다. 나는 차의 속력을 높였다. 경광등은 굳이 켤 필요가 없었다. 차 안은 침묵만 흘렀다. 그런데 그때였다. 구급차 뒤에서 가냘픈 신음소리가 연이어 흘러 나왔다. 이어서 동승한 간호조무사의 다급한 목소리가 들려왔다.

"어르신, 어르신!"

다급하게 노인을 부르는 간호조무사의 목소리에 아들이 뒤를 돌아보며 물었다.

"무슨 일입니까?"

"어르신이 숨을 가쁘게 쉬셔요. 이러다 무슨 일이 일어나는 거 아닌지 모르겠어요. 무서워요.”

간호조무사가 두려움을 느끼는지 눈을 동그랗게 뜨고 말하였다.

“그래요? 내가 뒷자리로 가보고 싶은데. 아직 휴게소는 멀었지요? 주임님.”

아들이 내게 물었다.

“휴게소는 여기서 10km는 더 가야 있어요. 아, 가만 있자. 여기서 조금만 더 가면 졸음 쉼터가 있으니 거기서 차를 세우죠.”

나는 도로변에 있는 표지판을 보고 말했다. 잠시 후 졸음 쉼터에 차를 세웠다. 아들과 나는 차에서 내려 노인의 상태를 살펴보았다. 노인은 침대에 누워 연신 가쁜 숨을 몰아쉬고 있었다. 숨은 불규칙하였다. 임종이 가까운 것 같았다. 아들도 그걸 알고 어디에다 전화를 걸었다. 뒤쫓아 오는 아내와 여동생에게 모친의 임종이 가까워 온다는 소식을 전하는 것이었다.

반려동물 트라우마

　집으로 돌아오는 자유로에서 로드 킬 당한 고양이의 사체를 보았다. 길고양이가 차량들이 질주하는 자유로를 횡단하다가 로드 킬을 당한 것이다. 수많은 자동차 바퀴에 짓이겨진 고양이는 형체도 없이 완전히 거죽만 남았다. 로드 킬을 당하는 것은 고양이만이 아니었다. 어떤 날은 개가 로드 킬을 당하여 도로변에 방치되어 있는 모습도 보였다. 심지어는 숲에나 있음직한 고라니가 로드 킬을 당한 것도 보았다. 자유로 변 장항습지에 서식하는 고라니가 참변을 당한 것이리라.

　자유로를 오가는 차량들은 너나없이 죽자 사자 달렸다. 쭉 뻗은 도로에 나오면 운전자들은 질주 본능이 발동되는 모양이었다. 따라서 이런 운전자들에게 제한속도 따위는 있으나 마나였다. 그러니 동물은 물론이거니와 사람 역시도 이런 도로를 건넜다가는 영락없이 로드 킬을 당하기 십상이었다.

내가 사는 아파트 단지에는 고양이들이 눈에 자주 띄었다. 놈들은 두서너 마리씩 단지 안을 어슬렁거리며 배회하였다. 이 놈들은 사람이 옆을 지나쳐도 경계하는 빛 하나 없이 유유자적하였다. 또한 특이하게도 놈들은 울지를 않았다. 하기야 놈들이 떼 지어 다니며 울었다가는 주민들이 가만 있지를 않았을 것이다. 당장 관리사무소에 민원을 넣어 고양이 소탕 작전을 벌였을 것이기 때문이다. 도시에 사는 고양이는 고양이 특유의 야성을 잃었다. 그래서 쥐를 봐도 잡지 않았고 오히려 쥐를 보면 고양이가 피하였다. 야성을 잃은 고양이가 과연 고양이로서 행복한가는 내가 고양이가 아니어서 모르겠다.

저녁이 되면 나는 아파트 단지를 산책하였다. 아니, 산책이라는 말은 어울리지 않았다. 도시의 아파트 단지 안에서 산책이라니, 말도 안 되었다. 굳이 표현하자면 거닐었다라는 말이 적절하겠다. 요즘은 단지 안을 거닐기가 아주 좋았다. 아파트 단지는 조경이 잘되어 있고 여러 종류의 수목들이 울창하였다. 울창한 수목 중에도 단연 으뜸은 벗나무였다. 따라서 봄만 되면 피는 벗꽃은 장관이 아닐 수가 없었다. 굳이 벗꽃 구경을 위해 진해나 여의도의 윤중로를 가지 않아도 될 정도로 벗꽃은 단지 안에 지천으로 피었다. 벗꽃이 지고 난 자리에는 수많은 버찌들이 열렸다. 나중에 버찌들은 비바람에 떨어져 길바닥을 온통 보랏빛으로 물들였다.

이처럼 신도시 아파트 단지는 입주민들이 쾌적하게 살 수 있도록 단지 안에 작은 공원은 물론 여기저기에 운동시설을 해놓았다. 거기다가 아이들을 위한 놀이터며 단지 곳곳에 벤치를 설치하여 주민들은 언제 어느 때나 한가롭게 거닐 수가 있고, 운동도 하며 쉴 수가 있었다. 다만 아쉬운 점이라고 한다면 이런 시설들이 밤만 되면 십대 청소년들에게 점령을 당하여 탈선의 현장이 된다는 점이었다.

6.25 사변 때 백마고지를 두고 적과 아군이 한 치의 양보도 없이 탈환 작전을 벌여 낮에는 아군이 점령하고 밤에는 적군이 점령 하였듯, 벤치는 매번 주인이 바뀌는 형국이 되었다. 밤에 벌이는 십대 청소년들의 탈선 행동은 가관이었다. 십대들은 삼삼오오 몰려들어 벤치에 퍼질러 앉아 담배를 피우고 술을 마셔댔다. 그뿐만이 아니었다. 노골적인 애정 표현을 하는 장소로도 이용하였다. 십대들은 어른들이 지나치며 봐도 신경 쓰지 않았다. 어른들 역시 십대들이 무슨 짓을 하든 관여하지 않았다. 그저 눈길을 돌리고 무심하게 그 자리를 지나칠 뿐이었다. 청소년들의 일탈에 관여하기도 싫어했고 괜히 관여 하였다가 봉변을 당할까 봐 두려워하였다. 십대들이 광란의 밤을 보낸 공원이나 놀이터는 다음날 가보면 폐허를 방불케 할 정도로 쓰

레기 천지였다. 노상방뇨는 물론이고 아무 데나 침을 뱉은 자국에다 컵라면 국물이 여기저기 지저분하게 흩뿌려져 있었다. 그뿐만 아니라 담배꽁초와 술병, 음료수병, 휴지 등이 이곳저곳에 뒹굴러 다녔다. 그야말로 쓰레기 하치장이 따로 없었다.

　내가 벚나무 아래에 웅크리고 있는 여자를 만난 것은 늦은 저녁이었다. 오월의 봄밤은 몽환적이어서 나는 그 유혹을 못 이겨 늦은 밤 단지 안을 거닐었다. 아파트 주변은 자연이 몽정한 정액 냄새가 사방에 흩뿌려져 있었다. 밤기운은 온화했고 수목에서 품어져 나오는 향취가 내 코를 자극하였다. 여자는 벚나무 아래에 웅크리고 앉아 뭔가를 하고 있었다. 나는 무심코 벚나무 옆을 지나다가 여자가 부스스 일어나는 바람에 깜짝 놀라 걸음을 멈추었다. 여자 역시 나를 의식했을 것이다. 그러나 여자는 전혀 개의치 않고 자기 볼일만 보았다. 그러고는 여자는 검은 봉지를 들고 어둠 속으로 총총히 사라졌다.
　그로부터 며칠이 지난 어느 날이었다. 굳이 운동이라고 이름 붙일 수도 없는 일이었으나 저녁을 먹으면 나는 단지 안을 날마다 거닐었다. 운동이라고는 우스운 말로 숨쉬기 운동밖에 안하는 나에게 단지 안을 거니는 일은 나의 유일한 운동이기도 하였다. 그런데 며칠 전 벚나무 아래에서 본 여자가 또 보이는 것이었다. 역시 여자는 작은 나무 밑에 쪼그려 앉아 뭔가를 하고 있었다. 나는 걸음을 멈추고 잠시 어둠 속에서 그 모습을 지켜보았다. 여자는 들고 온 봉지에서 음식 재료를 담았던 페트 용기에 사료를 덜어 담고 있었다. 그제서야 나는 알게 되었다. 여자는 길고양이들에게 먹이를 주고 있었던 것이다.

잠시 후 할 일을 마친 여자가 어둠 속으로 사라졌다. 여자가 사라지자 나는 여자가 쪼그려 앉아 있던 곳을 살펴보았다. 아니나 다를까. 구석진 한쪽 켠 나무 밑에 사료와 물이 담겨진 페트 용기가 놓여져 있는 것이 보였다.

얼마 전 텔레비전 프로에 동물보호협회 회원들이 출연하여 유기견 보호 활동과 길고양이 먹이 주기 그리고 보신탕 먹지 않기 운동을 펼치는 것을 본 적이 있었다. 그 프로를 시청한 사람들의 의견은 분분하였다. 사람들의 보호의 손길에서 벗어난 개와 고양이를 돌보는 일은 생명 존중 사상에 입각하여 나름 의미 있는 일이 아니냐는 의견과, 지나친 보호의 손길이 고양이와 개가 본래 지니고 있는 야성을 잃게 하는데 과연 그 일이 옳으냐 하면서 서로 의견을 개진하는 것이었다. 한편에서는 고양이와는 반대로 유기견은 야성이 되살아나 사람에게 해를 끼치고 생태계 체계에도 문제가 있을 수 있으니 개체 수를 적절하게 조절해야 한다는 의견을 피력하는 사람도 있었다.

나는 그 프로를 시청하면서 동물은 동물답게 살아가게 하는 것이 가장 좋은 동물 사랑이요, 보호가 아닐까 하는 생각을 하였다. 오히려 사람들의 지나친 보호와 간섭이 동물이 본래 지니고 있는 야성을 잃어버리게 하는 것이고, 그것이야말로 역설적으로 동물 학대가 아닌가 생각했다. 아무튼 나는 동물 애호나 보호와는 견해를 달리하여 기본적으로 집안에서 동물을 기르는 것에 반대한다. 그게 반려동물로서의 개든 고양이든 뭐가 됐든 반대다.

내가 반대하는 이유는 단순하다. 개와 고양이에게서 털이 날린다는 것이 첫 번째 이유였다. 그리고 배설물로 인한 비위생과 냄새가 두 번째 이유였다. 하지만 더 큰 이유는 개나 고양이는 집 안이 아니라 밖에서 길러야 한다는 것이 내 생각이다. 사실 개나 고양이는 실내가 아니라 넓은 자연을 활보하며 살던 동물들이 아니던가. 그걸 사람들이 길을 들여 집 안에 끌어들인 것이다. 어떻게 보면 인간의 만족과 이기심을 위해 반려동물이라는 명분으로 동물들을 희생물로 삼은 것이 아니냐는 생각이었다. 물론 나의 이런 생각은 논리 비약적이고 편견이라고 할 수도 있었다. 그러나 설령 그렇다 하더라도 개나 고양이 기타 동물들은 집 안이 아니라 집 밖에서 길러야 한다는 생각에는 변함이 없다.

그러나 대다수의 도시인들이 아파트에서 생활하므로 집 밖에서 기른다는 것은 사실상 불가능한 일이다. 하지만 시골 마당에 자연스럽게 놓아기르는 개나 고양이는 얼마나 자유롭고 건강한가. 그야말로 동물 복지 차원에서도 바람직한 일이 아닐수가 없으며, 인간과 동물과의 동거가 자연스럽게 이루어지는 현장이기도 하다.

예전 내가 어렸을 때 우리 집에서는 소와 돼지, 닭을 먹였다. 물론 개도 길렀다. 소위 말해 누런 똥개였다. 그 당시만 해도 소는 한 집안의 재산목록 1호에 오를 정도로 가치가 있는 가축이었다. 돼지 역시 그러하였다. 목돈을 마련하기 힘든 시골에서 소나 돼지는 목돈 마련에 크게 기여하는 가축이었으며, 집안에 큰일이 있다든가 대학 등록금을 마련할 때 팔아서 요긴하게 쓰이기도 하였다.

소와 돼지는 목돈 마련에만 요긴하게 쓰였던 것이 아니었다. 소의 경우는 농사철에는 일소로서 큰 몫을 하였다. 그래서 소의 가치는 가축 이상이었다. 돼지 역시도 마찬가지였다. 팔아서 목돈 마련에도 유용했지만 집안에 큰일이 있을 때는 잡아서 손님 접대에 쓰이기도 하였다. 그에 더하여 소와 돼지, 닭의 부산물인 축분은 논과 밭의 거름으로 유용하게 쓰였으니, 시골 농가에 있어서 이들 가축들은 없어서는 안 될 존재들이었다. 요즘 반려동물로서의 개와 고양이의 위상과는 사뭇 차원이 달랐던 것이다.

인류가 가축을 사육한 것은 인류의 역사와 함께할 정도로 오래 되었다. 따라서 개나 고양이를 집안으로 끌어들여 같이 먹고 자고 하는 것이 하나도 이상할 것은 없다. 그러나 요즘 애완견과 애완고양이로 말미암아 우리의 눈살을 찌푸리게 하는 일이 자주 벌어지는 것을 보면 이건 아니라는 생각이 든다. 애완견으로 인한 층간 소음과 배설물 처리 문제로 이웃 간에 분쟁이 발생하는가 하면, 심지어는 개나 고양이에게 사람이 물리는 일까지 발생하고 있다. 그리하여 이런 문제들로 이웃 간에 불화가 일어나기도 하고 사회문제로까지 비화하는 것을 보면 그냥 단순하게 넘길 일은 아닌 것이다. 그러나 이런 일련의 불미스러운 일 말고도 우리의 이맛살을 찡그리게 하는 꼴불견이 있다. 그런 걸 보고 애완견 사랑이 얼마나 지극하면 저렇게까지 할 수 있을까 하고 이해해 보려 하지만 통상적인 수준을 넘는 행동이라 이해가 가지 않는다. 그건 뭐냐 하면 개나 고양이를 안고 다니며 쪽쪽 빨아대는가 하면, 심지어는 애완견 전용 손수레에까지 태우고 다니는 경우이다. 나는 이런 장면을 목격할 때마다 눈살이 찌푸려졌다. 정말 그런 모습들은 아무리 잘 보아주려고 하여도 잘 보아줄 수가 없는 꼴불견이었다. 아무리 지 멋에 산다지만 이건 아니라는 생각이 드는 것은 나만의 생각일까?

매스컴에 보도되는 사건 사고들을 보면 사실 개만도 못한 짓을 하는 사람들도 많이 있다. 그래 오죽하면 '사람 못된 것은 개만도 못하다'라는 말이 있겠는가. 현대인은 불신 시대에 살고 있다. 자신 말고는 어느 누구도 믿을 수 없는 사회이다. 또한 현대인은 누구나가 외로운 존재이며 의지할 곳 하나 없이 사는 사람들이다. 따라서 무언가를 의지하고 믿고 살아야 하는데 그게 바로 사람을 대신한 반려동물로서의 개나 고양이라고 할 수 있다.

심한 경우지만 외국의 저질 포르노를 보면 개와 수간하는 장면이 있다. 이 정도 되면 갈 데까지 간 것인데, 소돔과 고모라의 멸망처럼 멸망이 눈앞에 보여지는 짓이다. 세계의 역사를 보더라도 한 국가가 멸망한 사례를 보면 성적 타락의 극치가 한 국가를 멸망으로 이끌었다. 과유불급이란 말이 괜히 있겠는가. 뭐든지 지나치면 모자람만 못한 것이다.

나는 여느 날과 나름없이 운동을 겸해 난지 안을 거닐었다. 그런 나의 시야에서 나무에 압정으로 꽂혀 있는 전단지가 눈에 띄었다. 내용이 궁금하여 전단지에 적혀 있는 문구를 유심히 읽어 보았다. 내용은 다름이 아니었다. 어느 누가 자꾸 고양이 사료를 가져가니 그런 사람을 보면 신고해 달라고 하는 내용이었다. 그러면서 전화번호가 적혀 있었다. 나는 그걸 보고 실소를 하였다. 그러나 한편으로는 고양이 사료를 매번 가져다주는 사람 입장에서는 화가 날 만한 일이라는 생각이 들었다.

고양이 사료를 가져간 사람을 신고해서 그 사람을 잡았는지 안 잡았는지는 모르겠다. 전단지는 어느 날 눈에 띄지 않았다. 이런 사례가 아니더라도 공동으로 사는 아파트에서 반려동물로 인하여 여러 가지 사소한 문제가 발생하였다. 사소한 예지만 단지 안을 거닐다 보면 애완견의 배설물을 가끔 보게 된다. 애완견 주인이 배설물을 처리하여야 하는데 처리하지 않고 그냥 갔기 때문이다. 길을 거닐다 배설물을 보게 되면 이것처럼 짜증나는 일도 없다. 자기가 좋아서 반려동물을 기르는 거니 뭐라 말하지는 못 하겠지만, 배설물로 인하여 남에게 불쾌감과 피해는 주지 말아야 할 것이었다.

자기가 좋아서 하는 행동이 때로는 남의 눈에 거슬릴 수도 있고 피해를 줄 수도 있다. 길고양이 먹이 주는 여자가 그랬다. 고양이 먹이 주는 것이야 자기가 좋아서 하는 것이고, 특별한 동물 사랑의 발로라 생각하고 시비를 걸 이유는 전혀 없다. 그러나 나의 눈에는 길고양이 먹이 주는 행동이 결코 좋게 보여지지가 않았다. 그렇게 보여지는 계기가 있었다. 그건 헤어진 아내와도 연관이 있었기 때문이다. 어처구니 없는 일이지만 사실이었다. 그러니 내가 애완견을 기르는 사람들을 좋게 볼 이유가 애당초 전혀 없었다는 말이 된다.

아내는 처녀 적부터 애완견을 길렀다. 연애시절 그녀가 거처하는 오피스텔을 찾아가면 아내보다는 치와와라는 작은개가 먼저 나를 맞아 주었다. 그런데 이놈의 개새끼는 이상하게도 나만 보면 죽어라고 짖어대었다. 아무리 어르고 먹을 것을 주고 달래도 막무가내로 짖어댔다. 하도 개새끼가 짖어대니까 나중에는 아내가 나 보기가 무안해서 개를 안고 밖으로 나간 적도 있었다.

개를 길러서인지 아내의 오피스텔에서는 이상한 냄새가 났다. 비린내 비슷한 냄새였다. 나는 비위가 썩 좋지를 못했다. 생선도 비린내가 싫어서 잘 먹지를 않는 편이었다. 심지어는 중국에 갔을 때 토끼 고기와 당나귀 고기가 나와도 한 점도 집어 먹지 않았다. 그런 나에게 개에게서 나는 묘한 비린내는 정말 욕지기가 나올 정도로 싫었다. 나는 아내에게 말했다. 개 좀 안 기르면 안 되겠느냐고 말이었다. 나의 이 말에 아내는 펄쩍 뛰었다. 그런 아내가 나와 결혼하면 개를 기르지 않겠다고 약속을 하였다. 나는 그 말을 믿고 아내와 결혼했다. 그러니 아내는 약속을 지키지 않았다. 결혼하고 한 삼 년은 개를 기르지 않았다. 그러나 웬걸, 삼 년이 지나자 기다렸다는 듯이 개를 사오고야 말았다.

어느 날 퇴근을 해서 집으로 돌아와 보니 거실에 개 한 마리가 있었다. 개는 나를 보자마자 곧바로 달려들며 짖어댔다. 나는 순간 놀라고 당황하였다. 그래서 아내를 불렀다.

"여보, 여보, 이 개 무슨 개야?"

내 말에 아내는 안방에서 부스스한 얼굴로 나오며 아무렇지 않게 말했다.

"응, 그거. 우리 개야. 내가 심심해서 한 마리 사왔어."

그러면서 아내는 짖어대는 개를 얼른 품 안으로 껴안았다.

"뭐라고? 개를 사와? 당신 잊었어. 나와 결혼하면 개 안 기른 다고 했잖아? 왜 약속을 어겨. 당장 저 개 치우라구."

내가 인상을 쓰며 아내에게 신경질적으로 소리쳤다.

"왜 그래? 당신이 조금만 봐줘. 나 혼자 집에 있으려니 심심 해서 한 마리 사왔단 말이야. 당신이 좀 이해해줘. 알았지, 자기 야?"

아내가 닭살 돋게 아양을 떨었다.

"안 돼! 집 안에서는 어떤 것도 기르면 안 된다고 했잖아. 그 리고 당신도 알잖아. 이런 걸 집 안에서 기르면 얼마나 비위생 적이라는 걸 말이야."

"내가 깨끗이 씻길게. 냄새 안 나게 말이야. 그래서 개 샴푸 도 사왔어. 개 치약도."

아내가 나를 향해 살살 웃으며 말했다.

"안 된다면 안 되는 줄 알아! 난 정말 집 안에서 뭐든 기르는 건 반대야. 그러니까 저 개 어디다 치우란 말이야. 아, 피곤하 다."

나는 아내와 말씨름을 하는 것이 피곤하여 소파에 털썩 주저앉 았다. 아내는 나를 향해 뭐라고 말을 할 듯 입을 씰긋거리더니 개를 안고 방으로 쏙 들어가 버렸다.

　그 후부터 아내와의 갈등이 시작되었다. 아내는 다니던 회사도 결혼과 함께 때려치우고 집에서 놀고 있었다. 멀쩡하게 다니던 직장을 결혼과 함께 그만 둔 것이다. 나는 아내의 결정에 가타부타 아무 말도 안 하였다. 결혼을 했으면 아내가 직장을 그만두고 살림만 잘해 주어도 괜찮겠다는 생각을 하고 있긴 하였다. 하지만 아내는 또 살림과는 거리가 멀었다. 살림이라봤자 두 사람 사는 것이니 많지도 않았다. 그런 것쯤은 직장 생활을 하면서도 얼마든지 할 수 있었다. 그런데 아내는 살림도 대충하였고 반찬도 대충 간신히 밥만 먹게끔 해주었다. 그러면서 남은 시간에는 그저 잠자고 텔레비전 보는 것으로 하루하루를 소일하는 것이었다. 그러다보니 자연히 살이 쪘다. 고도 비만은 아니더라도 꽤나 뚱뚱한 몸매가 되어버리고아 밀었다. 그러면 몸 관리를 하여야 하는데 천성이 게을러서인지 움직이는 것을 싫어하였다. 그러면서 날마다 살찌는 것을 걱정하였다.

　반려동물인지 애완견인지 지가 좋아 죽자고 기르겠다는데 내가 반대하는 것도 한계가 있었다. 그건 그런대로 웬만큼 참아 주었다. 그러나 얼마 지나지 않아 참지 못할 일이 발생하고야 말았다. 어머니가 고향에서 아들이라고 찾아오신 것이다. 어머니는 아버지와 두 분이서 농사를 지으며 사셨다. 그런데 십여 년 전에 아버지가 돌아가신 후로는 홀로 고향에 남아 농사를 지으며 살고 계셨다. 큰 형님이 모셔가려고 하였으나 형수가 내켜하지 않았다. 형님은 형수에게 매여 사는 편이라 형수 눈치를 볼 수밖에 없었다. 그건 형뿐만이 아니었다. 이 시대를 살아가는 대부분 아들들의 슬픈 자화상이기도 하였다.

가정의 평화를 위해 어쩔 수 없이 형수 의견에 따른다고는 하였지만, 큰 아들 노릇을 못하기는 마찬가지였다. 둘째 형님은 외국에 나가 사시는 까닭에 모시고 싶어도 모실 수가 없었다. 그렇다면 내가 모셔야 하는데 나 역시도 아내의 눈치를 살펴야 할 처지였다. 아내도 시어머니를 모시고 살겠다는 생각이 전혀 없었다. 사실 어머니는 아들들이 모시고 살겠다 해도 싫다고 하실 분이었다. 요즘 세태가 아들이라고 해서 부모를 모시려고 하는 자식들도 없었지만, 부모들 역시도 아들네 집에 얹혀살려고 하는 부모도 없었다.

따라서 자식 노릇을 잘하고 있다는 말을 들으려면 부모를 모시고 살려고 할 것이 아니라, 때 되면 용돈을 드리고 가끔 찾아뵙는 것이 어떤 면에서는 자식 노릇을 잘하는 것일 수가 있었다. 사실 가끔 찾아뵙는다 해 봤자 일 년 가야 두세 번 정도였을 뿐이었다. 설날과 추석 명절, 생신 때뿐이었다. 그렇다고 어머니가 아들네 집에 찾아오는 것도 쉬운 일이 아니었다. 어쩌다 찾아와도 아내는 시어머니를 데면데면하게 대했다. 그러다 보니 어머니도 여간해서 우리 집에 오시지 않으셨다. 어머니가 우리 집을 오는 경우는 내 생일 때뿐이었다. 아들 생일이라고 해서 찾아오시긴 찾아오시는데 가시는 날까지 불편해 하셨다. 불편하긴 아내도 마찬가지인 모양이었다.

어머니는 오실 때 빈손으로 오지 않고 여러 가지 먹을거리들을 잔뜩 머리에 이고 들고 오셨다. 그중에서도 특히 내가 좋아하는 청국장을 띄워 오셨다. 그런데 아내는 청국장을 아주 싫어하였다. 냄새가 난다는 이유에서였다. 자기가 싫으니 아내는 어머니가 해 오신 청국장을 끓여주지도 않았다. 그런 청국장은 냉장고에 며칠, 몇 주를 방치되다가 나중에는 버리고야 말았다. 그뿐만이 아니었다. 시래기 삶아온 것이라든가 장아찌 종류도 먹지 않고 냉장고에 처박아 두었다가 어느 날 한꺼번에 음식물 처리통에 쏟아 버리고는 하였다. 그럴 때마다 나는 아내에게 어머니가 힘들게 해 오신 것을 왜 함부로 버리느냐고 따지듯 물었다. 하지만 소용이 없었다. 아내의 이런 소행을 알고부터 나는 어머니에게 두 번 다시는 먹을거리를 가져오지 말라고 당부하였다. 그 무거운 것을 자식 생각해서 노인네가 이고 들고 힘들게 가지고 왔으면 고맙게 잘 먹어야 도리이거늘, 그걸 아무렇지 않게 버리는 아내의 그 무지막지한 행동이 괘씸했기 때문이었다.

"여보, 어머니 시장하시겠다. 빨리 밥해서 드리라고."

느지막히 일어나 밥할 생각은 않고 개만 끼고도는 아내에게 내가 말했다. 속에서는 진즉부터 부아가 끓어올랐지만 어머니가 계시기에 좋은 말로 하였다. 어머니는 아무 내색도 않으시고 부엌으로 들어가 밥을 하려고 하였다. 어머니는 평소에도 아내에게 잔소리란 걸 해본 적이 없으셨다. 뭘 하더라도 며느리에게 시키지를 않았고 직접 하셨다. 지금도 그러시는 것이었다. 그런 어머니를 보자 더욱 아내에게 울화가 치밀어 올랐다.

"그놈의 개새끼가 어머니보다 더 소중하냐? 개 먹일 것은 챙기면서 사람 먹을 밥 준비는 안 하고 있게. 정말 내가 그 개새끼를 어디다 갖다 버리든지 해야지. 못 살겠다."

내가 더는 참지 못하고 아내에게 분통을 터뜨렸다.

"어머, 왜 화를 내고 그래요? 찡코 사료 챙겨주고 밥 하려고 하였는데."

아내가 눈을 하얗게 치뜨고 나를 노려보며 대꾸했다.

"어머니 시장하시잖아. 시골에서는 아침을 얼마나 일찍 먹는 줄 알아? 지금 시간이 몇 시야? 새참 먹을 시간이 다 되어간다고, 새참."

내가 시계를 가리키며 말했다.

"아범아, 그만 하거라. 며늘애가 지금 밥한다잖냐."

어머니가 아내의 눈치를 살피며 말했다. 그렇게 한바탕 소동이 일어나고 늦은 아침을 마쳤다. 아침을 드신 어머니는 주섬주섬 옷을 갈아입으셨다.

"어머니, 어디 가시게요? 어디 가시려고 옷을 입으세요?"

내가 어머니를 보고 물었다.

"응, 이제 내려가 봐야지. 오랫동안 집을 비워 둘 순 없잖냐. 나 갈테니 서로 싸우지 말고 사이좋게 살아라."

어머니가 보따리를 집어 들며 우리에게 말했다.

"어머니, 벌써 가시려구요? 좀 더 계시다 가시잖구....."

어머니가 가신다고 하자 아내가 인사치레로 어머니에게 말했다. 그러나 어머니는 아내의 속마음을 이미 간파하고 있었다. 그런 마당에 붙잡는다고 더 계실 어머니가 아니었다. 나는 어머니의 보따리를 건네받아 주차장으로 내려갔다. 어머니를 고속버스 터미널까지 모셔다 드리기 위해서였다. 어머니를 모시고 가면서도 내내 마음이 무겁고 죄스러웠다. 알뜰살뜰 살림 잘하고 시부모 봉양 잘하는 며느리를 얻지 못해 어머니에게 불효를 하는 것 같았다. 내가 그런 심정인데 어머니의 마음은 또 어떠하실까.

요즘 효도는 셀프라는 말이 있다. 말 그대로 필요한 사람이 효도를 하는 것이지 며느리라고 해서 무조건 시부모에게 효도를 바라서는 안 된다는 다분히 요즘 세태를 반영하고 있는 말이기도 하였다. 효도라는 전통적 가치가 무너진 지는 이미 오래 되었다. 내 배 아파 낳은 자식도 외면하는 효도를 며느리에게 바란다는 것이 무리일 수도 있을 것이다. 그러나 도리를 아는 사람이라면 네 부모 내 부모를 떠나 기본적인 것은 해야 하지 않겠는가. 특별히 잘하라고 하는 것이 아니었다. 그야말로 상식적인 선에서 기본만 하면 되는 것이다. 그러면 불만을 가질 하등의 이유가 없었다. 요즘은 효도도 각자 알아서 하는 것이고 부모 자식은 천륜으로 맺어졌지만 며느리는 쌓은 정만큼이고 들인 공만큼이라고 한다.

그런 면에서 보면 솔직히 어머니와 아내와의 관계는 쌓은 정이나 들인 공도 별로 없다. 그러니 아내에게 무조건 어머니에게 효도하라고 말하기는 어려운 것이 사실이다. 그러나 쌓은 정이나 들인 정을 떠나 남편의 어머니요, 살 맞대고 사는 사이인 나를 봐서라도 어머니에게 기본적인 며느리 역할은 해야 하는 것이 인간된 도리가 아닌가. 그러면 사실 더 이상 바랄 것이 없었다. 그런데 그걸 못하니 내가 미치고 팔짝 뛸 일이다. 아닌 말로 어머니가 자기가 기르는 개만도 못한 것인지 개새끼 먹이는 챙겨주면서 어머니가 시장하든 말든 밥 할 생각도 안하는 건 사람으로서 그리고 며느리로서 기본 소양이 없는 짓이었다.

정말 말하기 뭐하지만 지금 와서 생각해 보면 어머니를 안 모시기를 잘 했다는 생각이 들었다. 아버지가 돌아가시고 어머니가 혼자 계실 때였다. 두 형님이 어머니를 모실 처지가 되지 못해 내가 어머니를 잠깐 동안 모셨었다. 그런데 얼마 안 가 고부간의 갈등이 시작되었다. 어머니는 부지런하셔서 새벽같이 일어나 부엌에 들어가 아침을 지으셨다. 그리고 잠시도 가만있지를 않으시고 여기저기 집 안을 쓸고 닦고 하였다. 그런데 아내는 어머니의 그런 부지런함을 못 견뎌 하였다.

아내는 게으른데다 집안일도 대충대충 하는 성격이었다. 그런 아내에게 어머니의 부지런함은 부담스럽고 불편하였을 것이리라. 그렇다고 어머니가 일을 하시는데 며느리가 되어가지고 두 손 놓고 앉아 있을 수도 없었을 것이었다. 어머니는 또한 어떠하셨을까. 내색은 안 하셨지만 게으른 며느리가 참으로 못마땅 하셨을 것이다.

"여보, 나 어머니 때문에 못 살겠어. 분가를 하던 어머니가 다시 시골에 내려가서 사시든 해야지 어머니랑 못 살겠다구."

내가 퇴근하여 돌아오자 아내가 울상을 지으며 하소연을 하였다.

"왜 또 그래?"

나는 아내의 말에 나도 모르게 짜증이 났다. 그래서 말이 퉁명스럽게 나왔다.

"어머니 때문에 내가 살 수가 없단 말이에요. 어떻게 된 노인네가 잠시도 가만히 있지를 않으시고 이곳저곳 뒤져내서 빨고 쓸고 닦고 해서 내가 견딜 수가 없단 말이에요."

"아니, 그건 어머니가 부지런하셔서 그런 거고, 빨고 쓸고 닦으면 깨끗해서 좋은 일이지 그게 뭐가 불만이야?"

"아니, 정말 당신은 불난 집에 부채질 하는 거예요 뭐예요? 내게 묻지도 않고 아무거나 뒤져내서 빨면 어떻게 하냐구요. 그리고 쓸고 닦는 것도 정도껏 해야지 어머니는 결벽증이라고 할 정도로 그러신단 말이에요. 노인네가 힘도 좋아."

"당신 정말 자꾸 어머니라 하지 않고 노인네 노인네 할 거야? 그리고 그건 당신이 이해를 해야지. 불만을 말할 건 아니잖아."

나는 아내가 어머니라는 호칭으로 안 부르고 노인네라고 부르는데 더 화가 났다.

"그뿐이면 내가 말을 안 해요. 반찬도 하시지 말라는데 이것저것 하신다구요. 난 어머니가 하신 반찬은 내 입맛에 맞지를 않아서 먹을 수가 없어요. 무슨 노인네가 웬 젓갈을 그렇게 많이 쓰시는지 비위가 상한다구요. 그것도 새우젓도 아니고 멸치젓을 말이에요."

이제 아내는 어머니가 하신 반찬까지 들먹여 불만을 토로하였다. 사실 아내의 반찬 투정은 일견 이해가 가기는 한 부분이었다. 반찬이라는 것이 개인의 기호와 취향, 식성에 따라 젓갈과 양념, 간까지 다르게 사용하기 때문에 입맛에 안 맞을 수 있기 때문이다. 그건 충분히 이해할 수 있는 일이었다. 그러나 아내의 입맛은 유별났다. 일반적으로 흔하게 부담 없이 먹는 김치나 청국장, 장아찌 종류는 입에 잘 대지를 않았다. 아내가 주로 좋아하는 것들은 햄이나 소시지, 달걀부침, 고기, 김, 샐러드 이런 것들이었다. 주로 가공식품이나 인스턴트 식품류였다. 이런 아내의 입맛에 꾸릿꾸릿한 냄새가 나는 청국장이 입맛에 맞을 리가 없었다. 또한 칼칼하면서 비릿하고 고소한 멸치젓이 들어간 김치를 좋아할 리도 없었다. 그러나 나는 아내와는 달리 어릴 때부터 어머니가 해주신 음식이었기에 내 입맛에 맞았다. 그러고 보면 어릴 적 혀에 각인된 맛은 어른이 되어서도 잘 변하지가 않는가 보았다.

어머니가 해주지 않으면 언제 구수한 청국장 맛이나 볼 것이며, 깊은 맛이 나는 멸치젓이 들어간 김치를 먹어볼 기회나 있을 것인가. 아내의 음식 솜씨는 음식 솜씨라고 하기에도 뭐할 정도로 형편 없었다. 어떻게 만든 반찬들이 하나같이 밋밋하고 달착지근하고 닝닝하였다. 김치라고 담근 것을 먹어보면 설탕을 잔뜩 처넣어서 김치 맛인지 설탕 맛인지 구분이 안 갔다. 또한 국이라고 끓여놓은 것을 먹을라치면 이거 또한 뭐를 넣어서인지 닝닝한게 비위에 안 맞았다. 미안한 얘기지만 아내가 해주는 음식을 먹느니 차라리 라면을 끓여먹는 것이 백번 나았다. 그 정도로 아내의 음식 솜씨는 형편이 없었다.

음식 솜씨 없는 것은 내가 인내심을 발휘하여 참을 수가 있었다. 그러나 여자가 음식 솜씨 없는 것은 칠거지악에 속할 정도로 중요한 결함인 것은 사실이다. 허나 시대가 좋아져 요즘은 반찬을 맛있게 만들어 소포장으로 파는 반찬가게도 여러 군데 있다. 돈만 있으면 언제라도 자기 입맛에 맞는 반찬을 사다 먹을 수가 있었다. 정 뭐하면 내가 직접 만들어 먹을 수도 있다. 이래 봬도 나는 자취에 이골이 난 사람이다. 고등학교 때부터 대학 때까지 자취를 하였으니 웬만한 반찬은 하자하면 다 만들 수 있다. 살림도 털털한 여자 저리 가라 할 정도로 말끔하고 깨끗하게 할 수 있었다.

그러나 정작 아내의 이런 것들은 중요하지 않았다. 정작 중요한 것은 어머니와의 관계인데 아내는 어떻게 된 것이 어머니 얘기만 나오면 과민 반응을 보이고는 하였다. 요즘 여자들이 '시집'이 싫어서 '시' 자가 들어가는 '시금치'도 싫어한다는 말이 있을 정도로 시집에 관련된 것들을 싫어하였다. 그러나 어머니를 싫어하는 아내의 태도는 이해할 수가 없었다. 어머니가 시집살이 시키는 것도 아니었고 가물에 콩 나듯 오시더라도 조용히 해주시는 밥 드시고 가실 때 되시면 가셨다. 그런데도 싫어하니 그 심사를 알 수가 없었다.

아내가 어머니에게 들인 공이 없으니 나 역시 처갓집에 대해서도 관심이 안 갔다. 그러잖아도 장모님이란 분은 잔정이 없으신 분이었다. 사위 사랑은 장모라는데 장모는 내가 모처럼 가도 씨암탉을 잡아주기는커녕 데면데면 별 말이 없었다. 그래서 여간 불편한 것이 아니었다. 장인이라도 생존해 계시다면 장인어른이랑 바둑이라도 한 판 두면서 이런저런 이야기를 나눌 수 있었으련만 장인어른도 돌아가시고 안 계셨다. 처제나 처남도 나가 살았다. 처갓집 역시 우리 어머니처럼 장모 한 분만이 큰집에서 달랑 혼자 사시고 계셨다.

나는 장모의 성격을 알고부터 장모의 사위 사랑 따위는 바라지 않았다. 때문에 처갓집에 무슨 때가 되면 안 갈 수는 없어 가더라도 나는 금방 처갓집을 나오고야 말았다. 이런 나의 행동에 대해 아내는 처갓집에 오기가 무섭게 가려고 한다고 잔소리를 해대었다. 그러나 손뼉도 마주쳐야 소리가 나는 것 아니겠는가.

안 되는 것은 안 되는 것이었다. 따라서 굳이 아내에게 어머니를 모시자는 말은 더 이상 하지 않았다. 괜히 해봤자 분란만 일어나고 싸움만 할 뿐이었다. 그래서 서로 간에 합의를 보았다. 자주는 아니더라도 가끔씩 어머니를 뵈러 가자고 말이었다. 아내는 그것마저도 안 들어줄 수 없어 승낙을 하였다. 그러나 그 약속 역시 지켜지지 않았다. 일 년에 두어 번 명절 때에나 가는 그 일도 아내는 이 핑계 저 핑계 대며 안 가려고 하였다.

안 가려고 하는 핑계는 몸이 아프다는 거였다. 아내가 하도 자주 아프다고 하니까 나중에는 정말 아파서 아프다고 하는 건지 꾀병인지 도무지 종잡을 수가 없었다. 젊은 사람이 힘든 일을 하는 것도 아닌데 만날 아파 죽겠다고 끙끙대었다. 병원에도 다니는 모양이었다. 병원에 갔다 올 때마다 약봉지가 있는 걸로 봐서는 어디가 아프긴 아픈 모양이었다.

앉아있을 때보다 드러누워 있을 때가 많은 아내였다. 또한 아내는 움직이는 걸 지극히 싫어했다. 그러니 나오느니 배요, 찌느니 살이었다. 아내는 집에서 밥을 해 먹는 것보다 사먹는 걸 좋아했고 시켜먹는 걸 좋아했다. 시켜서 먹는 음식은 주로 치킨이나 족발, 피자 따위였다. 외식은 주로 부대찌개나 감자탕, 닭볶음탕, 삼겹살이었다. 곱창구이도 좋아했지만 내가 싫어하니 자주 먹지는 않았다. 이렇게 맨 고기 종류만 좋아했고 과일이나 채소 따위는 잘 먹지 않았다. 밥도 흰쌀밥만 좋아해서 내가 잡곡밥을 먹자고 보리쌀과 콩을 일부러 사다 주었다. 그러나 어쩌다 한두 번 넣어 밥을 하고는 그걸로 그만이었다. 목마른 자가 우물을 판다고 내가 밥을 하였다. 보리쌀도 넣고 콩도 넣었다. 밥이라도 좀 영양을 생각해서 먹고 싶었다. 그러나 아내는 영양 따위는 관심도 없었다. 자기 입맛에 맞으면 그만이었다. 아마 자기 입맛에 맞았으면 쥐약이라도 먹었을 사람이었다.

아내는 내가 집안에서 개를 키우는 것을 싫어하는 걸 알고 내 눈에 안 띄게 하려고 나름 노력하는 것이 보였다. 거실로 개가 나오지 않도록 문단속을 철저히 하였다. 아내는 안방에 거주하고 있었다. 나는 건넌방에 거주하였다. 아내와 잠자리를 따로 쓴 지는 꽤 되었다. 개를 기르고 부터는 더욱 잠자리를 멀리 하였고 아예 방을 따로 쓰고 있었다. 아내는 섹스에서도 나에게 흥미를 주지 못하였다. 아내나 나나 처녀 총각 적에는 틈만 나면 서로의 몸을 탐했었다. 하지만 결혼을 하고 생활 방식이 다르고 그걸로 서로 다투다보니 섹스에도 흥미를 잃어버렸다.

어쩌다 아내의 자는 모습을 몰래 훔쳐보았다. 아내는 개새끼를 품 안에 껴안고 잤다. 개새끼도 아내의 품 안에서 편안하게 새근새근 자고 있었다. 참 가관이었다. 그러나 어떻게 보면 그 모습이 평화롭게 보이기도 하였다. 사람은 자기가 생각한 대로 자기 좋은 데로 사는 것이었다. 하지만 그런 아내가 안 되어 보이기는 하였다. 어쩌자고 저렇게 살아가는지 조금은 안쓰럽고 안타까웠다. 그러나 내가 해줄 것은 없었다. 아내는 삶의 방식을 바꾸어 살라고 해도 말을 듣지 않았다. 산에도 다니고 취미 활동을 하라고 하여도 싫다고 하였다.

나는 아내가 슬슬 지겨워지기 시작하였다. 개만 끼고도는 아내가 싫었다. 아직 나이 사십 중반이면 한창 나이였다. 그런데 어쩌자고 저렇게 무기력하게 아무 생각도 없이 사는 것인지 알 수가 없었다. 그래도 다행인 것은 아내가 요즘 여자들 대부분이 하는 담배를 안 피운다는 것이고 술을 안 마신다는 것이었다. 하긴 게으르고 무기력한데다 담배와 술까지 한다면 진즉에 우리의 관계는 파탄이 났을 것이다. 내가 술과 담배에 대해 무관용 해서가 아니었다. 술과 담배도 적절하게 분위기에 따라 피우고 마시는 거야 싫어할 이유가 없었다. 그리고 그건 어디까지나 개인의 기호였다. 그러나 요즘 청소년들이나 젊은 아가씨들이 아무데서나 장소 불문하고 피워대는 담배는 개인의 기호 취향을 떠나 그건 아니었다.

내가 개에 대해 무관심으로 일관하자 아내는 내가 개 키우는 것을 받아들였다고 생각한 모양이었다. 참 착각도 자유였다. 언제부턴가 아내는 개가 거실로 나오는 것을 허용하였다. 개는 좁은 공간에서 넓은 공간으로 나오자 살판났다는 듯이 사방을 헤집고 다녔다. 심지어는 내가 거주하는 건넌방에까지 침입하여 내가 보던 책을 물어뜯어 놓았다. 그건 그런대로 참을 수있었다. 지각이 없는 개새끼였으니까 말이다. 그런데 참지 못할 일을 개새끼가 저지르고야 말았다. 그건 다름이 아니었다. 이놈의 개새끼가 내가 덥고 자는 이불에다 실례를 해놓은 것이었다. 나는 그것도 모르고 그 이불을 덥고 잤다. 그날따라 나는 안 마시던 술을 마시고 들어와 자느라 이불에 개새끼가 실례를 해놓은 걸 몰랐던 것이다.

다음날 아침 잠자리에서 일어나 보니 이상한 냄새와 함께 이

불 여기저기에 개새끼의 배설물이 묻어 있었다. 잠결에 내가 이불을 차고 끌어당기고 발로 감싸고 자느라 배설물이 이불 여기저기에 묻은 것이었다. 심지어는 내 잠옷에도 배설물이 묻어 냄새를 풍기고 있었다.

나는 화가 머리꼭지까지 차올라 이성을 잃어버렸다. 나는 방문을 박차고 나가 거실에서 장난감을 가지고 놀고 있는 개새끼를 냅다 발로 걷어차 버렸다.

"야, 이놈의 개새끼야! 어디다 똥을 싸놓고 지랄이야? 내 이 개새끼를 오늘 죽여 버리고 말 테다."

나의 이런 돌변한 행동에 부엌에서 아침을 준비하느라 꿈지럭거리던 아내가 기겁을 하고 자빠져버렸다. 아내는 들고 있던 국자를 떨어뜨리고 그 자리에 서서 몸을 바들바들 떨었다. 개새끼는 발길에 차여 거실 한쪽 구석에 처박혀 날카로운 소리로 죽어라고 울어대었다. 그런데 이상한 일이었다. 예상 밖으로 아내는 나의 이런 돌발적이고 폭력적인 행동에 과민하게 대응하지 않았다. 한참 넋을 놓고 서 있던 아내는 개새끼를 안고 안방으로 들어갔다. 그러더니 한참이 지나도 방밖으로 나오지를 않았다. 나는 아침도 거르고 회사로 출근했다. 그러나 마음이 영 불편하여 일이 손에 잡히지를 않았다. 아침에 내게 보인 아내의 반응이 불안했다. 따라서 일하는 내내 불길한 예감이 계속 들었다. 다른 때 같았으면 악착같이 대들어 나에게 대거리를 했을 아내였다. 그런데 내가 무지막지하게 개새끼를 발길로 찼는데도 아내는 그저 놀라고 어이없는 표정만 지었을 뿐 나에게 아무런 반응을 하지 않았다. 그러니 내가 더 불안할 수밖에 없었다.

일을 하는 둥 마는 둥하고 퇴근을 하였다. 아파트 문을 열고 거실로 들어서니 아내와 개가 보이지 않았다. 나는 안방 문을 열고 옷장을 살펴보았다. 아내의 옷가지가 없었다. 트렁크가 있나 찾아보았더니 트렁크 역시 없었다. 아내는 짐을 싸들고 집을 나간 것이다. 나는 아내에게 전화를 해볼까 하다가 그만 두었다. 전화를 해봤자 아내에게서 어떤 반응을 기대하기는 어려웠다. 제풀에 쓰러지기를 기다리는 것이 나을 성 싶었다. 하긴 내가 아무리 화가 났다 하더라도 아내가 애지중지 여기는 개새끼를 발로 찬 건 심한 행동이긴 하였다.

그러나 어쩌란 말인가. 이미 일은 저질러진 것을. 그래도 나는 아내에게 사과하고 싶었다. 아내의 입장에서는 사과로 끝날 일은 아니라는 생각이 들긴 하였지만. 어찌 됐든 잘잘못을 따지기 이전에 사과를 하여야 했다. 그러나 아내는 내 전화를 받지 않을 것이다. 설령 전화를 받는다 하더라도 쉽게 마음이 풀어지진 않을 것이었다.

나는 며칠을 망설거리다가 아내에게 전화를 걸었다. 신호음이 한참을 가도 예상대로 아내는 전화를 받지 않았다. 나는 두

세 번 더 전화를 걸었다. 그래도 아내는 전화를 받지 않았다. 나는 그만 전화 거는 것을 포기하였다. 그러자 잠시 후 문자가 왔다.

'전화하지 마세요. 당신과는 이제 끝났어요.'

살다보면 별별 사연으로 이혼을 하지마는 개새끼 하나로 이혼을 하는 경우도 있었다. 그러나 그게 어찌 개새끼만의 이유이겠는가. 아내와는 애초에 성격도 맞지 않았을뿐더러 생활 방식이나 모든 것이 다 안 맞았다. 특히 어머니와의 관계에서는 더욱 그랬다. 시어머니를 잘 모시고 효도하라는 것이 아니었다. 웬만큼 기본적으로만 하면 될 일을 하지 못하였다. 자기도 이다음에 늙을 것이고 시어머니가 될 수도 있는 것이다. 그런데 무슨 이유인지 시집에 관해서는 관대하지 않았고 어머니 보기를 송충이 보듯이 싫어했다.

아닌 말로 어머니를 자기가 기르는 개새끼만도 못하게 여기니 이게 말이나 되는가. 아내와의 인연은 여기까지인가 보다 하고 나도 체념을 하였다. 아내는 문자를 보내고 나서 일사천리로 이혼을 진행하였다. 나는 아내가 하자는 대로 이혼서류에 도장을 찍었고 가정법원에 나가 젊은 판사에게 이혼에 관한 판결을 받았다. 젊은 판사는 판결을 하기 전에 당사자 두 사람이 이혼에 대해 더 한 번 숙고해 보라는 충고를 하였다.

아내는 판사의 말을 일언지하에 거절 하였다. 그러자 젊은 판사가 쓴 웃음을 지었다. 나 역시도 아내의 그런 말에 쓴 웃음이 나왔다. 그래도 5년을 서로 살 맞대고 살았는데 이처럼 냉정할 수가 있나 하는 생각이 들었다. 하기야 오죽했으면 여자가 한을 품으면 오뉴월에도 서리가 내린다는 속담이 있겠는가.

아내의 몫으로 서울에 있던 아파트를 소유권 이전을 해주었다. 아내는 자기가 사온 가전제품과 목재가구들을 가지고 가겠다고 하였다. 나는 아내가 가지고 가겠다는 것은 다 가져가라고 하였다. 아내는 욕심껏 집안의 물건들은 챙겨 트럭에 싣고 떠나갔다. 남은 것은 내 옷가지하고 주방에 그릇 몇 개만 달랑 남았다.

오늘도 나는 밤늦은 시간에 단지 안을 거닐었다. 여전히 길고양이들은 서너 마리씩 단지 안을 어슬렁거리고 있다. 그때 약속이나 했다는 듯 저만치서 고양이 먹이를 주는 여인이 나타났다. 여인은 유령처럼 긴 머리를 늘어뜨리고 어두운 나무 그늘 밑에 쪼그려 앉았다. 여인의 저런 행동도 자기 소신에서 비롯되어 하는 일이다. 따라서 그걸 비난할 수는 없다. 누가 시키지도 않았고 그렇다고 누가 알아주지도 않는 일을 묵묵히 하고 있으니, 어찌 보면 저 여인이야 말로 자기 소신대로 사는 사람일 수 있었다.

나는 여인을 향해 발걸음을 내딛었다. 오늘은 여인에게 말을 걸어 볼 요량이다. 그리고 한 마디 물어볼 작정이었다. 길고양이에게 먹이를 주는 이유가 무엇이냐고. 그녀의 대답이 궁금했다.

은포리의 노래

"이 편 저 편 좌우편 군방님네~ 자, 오늘 날도 선선하고 김도 맬만하고 막걸리 동이나 마셨으니 옛날 옛적 노인네 하시던 두레소리 우럭우럭 해 보십시다~"

마을 고샅길로 접어들자 송 노인의 구성진 노래 소리가 들려왔다. 이어서 북장단을 치는 소리와 송 노인의 아내인 남씨의 받는 소리가 뒤이어 들려왔다. 나는 잠시 발걸음을 멈추고 그 소리에 귀를 기울였다.

"에~이 에에 에~ ~ 에이에~ 에~이 에에 에 어히 쏴~아~~ 이~ 이히요 오~ 오 호오~ ~~ 둥~ 둥~ 둥~"

송 노인이 북을 두드리며 소리를 늘여 긴소리로 부른다. 그러면 그 소리를 남씨가 받아 불렀다.

"에~ 이 에에 에~ ~ 에이에~ 에~ 이 에에 에 어희 쏴~ 아 ~~이 이히요 오~ 오 호오~"

"요 내 춘색은 다 지나를 가고 ~ 에~ 이 에에 에~ ~ 에이에 에~ 이 에에 에 어히~ 황국 단풍이 돌아를 오네~ 에~ 이 에에 에~ ~ 에이에 에~ 이 에에 에 어히~"

송 노인은 무슨 까닭인지 그야말로 막걸리 잔이나 마시고 주기(酒氣)가 오르거나 무슨 일로 흥겹거나 슬프거나 소리를 하였다. 나는 송 노인이 소리를 하면 길을 가다가도 발걸음을 멈추고 한참 귀를 기울였다. 그 소리는 내 귀에 낯설지가 않았다. 내가 어렸을 때 자주 듣던 익숙한 소리였다. 내가 기억하기론 마을 어른들은 논이나 밭에서 일을 하면서 늘 소리를 하였다. 지금 송 노인이 부르는 소리는 김매기 할 때 부르는 소리였다.

김매기도 이제는 옛날 일이 되어 버렸다. 요즘은 제초제를 써서 논의 잡초를 제거했다. 그러다 보니 논김을 멜 일이 없었다. 그러나 내가 어렸을 때만 해도 논의 김매기는 여름 한 철 논농사에서 아주 중요한 일이었다. 논의 김은 보통 세벌 김을 매었다. 애벌 김매기와 두벌 김매기, 세벌 김매기까지 하였다. 그러나 김매기가 워낙 힘이 드는 일이라 일반적으로 두벌 김매기까지 하였다. 김매기를 할 때는 김매기의 소리가 있었고, 모를 찔 때는 모 찌는 소리, 그리고 모를 낼 때는 모내기 소리, 콩을 심을 때 하는 소리 등 그때그때마다 다른 소리가 있었다.

이처럼 마을 어른들에게서 불리어지던 소리들이 점점 사라지고 잊혀져 갔다. 지금은 그런 소리가 있었는지 없었는지 나이 드신 분들 말고는 기억하는 사람도 없었다. 그런데 송 노인은 여전히 요즘도 그 소리를 잊지 못하고 가끔 생각난 듯이 소리를 하였다.

한참 만에 두 내외가 하는 소리가 그쳤다. 나는 발걸음을 옮겼다. 송 노인은 나이가 팔십이 넘은 노인네로 아내 남씨와 농사를 지으며 살고 있다. 슬하에 자식들 오 남매가 있으나 그들 모두는 고향을 떠나 도시에서 살고 있고 두 내외만 남아 있는 것이었다.

송 노인은 젊어서부터 소리를 좋아하고 잘하였다. 그의 목소리는 유난히 찰지고 구성졌다. 그래서 소리를 할 때면 모가비 역할을 도맡아 했다. 마을 사람들은 그의 소리를 충실하게 받아 한판 걸판지면서도 흥겹고 한편으로는 구성지기까지도 한 소리를 일을 하면서 하였던 것이다.

송 노인은 들소리뿐만 아니라 선소리도 잘하였다. 요즘도 가끔 초상집의 상여가 나가면 상여의 선두에 서서 선소리를 하였다. 송 노인의 상엿소리는 구성지면서도 한스럽고 또한 흥겹기까지 하여 상여를 메고 가는 상여꾼은 물론 유가족과 마을 사람들 그리고 문상객들까지 울리고 웃기고 하였다. 그래서 송 노인은 마을은 물론이고 이웃 마을에서도 초상이 나면 초빙하여 상여의 선소리를 부탁하였다. 그러나 이제는 상여의 선소리를 들을 수가 없었다. 요즘은 장례를 거의 병원의 장례식장에서 치르기 때문이었다. 따라서 상여의 선소리가 필요치 않았다. 아직 남아 있다면 시신을 무덤에 안치하고 하는 달구지 소리가 남아 있는데 이마저도 안 하는 경우가 비일비재 하였다. 그러나 우리 마을에서만은 달구지를 하였고, 그때는 필히 송 노인이 북을 치며 달구지 소리를 하였다.

삽을 어깨에 걸치고 논둑을 걸었다. 발길에 툭툭 채이는 풀잎에 내린 이슬로 바지가 금세 축축이 젖었다. 나는 허리를 굽혀 바짓가랑이를 걷었다. 허리를 펴고 잠시 너른 들판을 둘러보았다. 점점이 모를 낸 논과 모를 내지 않은 논들이 확연히 구분되었다. 모를 내지 않은 논들은 가둬 둔 논물이 이제 막 떠오르려는 햇빛에 물비늘이 일어 반짝였다. 그걸 보니 눈이 부셨다. 한동안 들판을 둘러본 나는 우리 논을 찾아 논두렁에 들어섰다. 천천히 발걸음을 떼며 논을 꼼꼼히 둘러보았다.

며칠 전에 낸 모는 아직 논바닥에 뿌리를 내리지 않았다. 한 사나흘 정도만 지나면 뿌리를 내릴 것이다. 우리 논은 다른 집 논보다 일찍 모를 내었다. 농사는 시기를 잘 맞추는 것이 중요했다. 너무 늦거나 빨라도 안 되었다. 그러나 이른 것은 늦는 것보다 훨씬 유리했다. 그래서 나는 일주일가량 일찍 모를 냈다. 그러면 수확도 훨씬 이를 수 있다. 뿐만 아니라 일찍 오는 서리의 피해도 줄일 수 있었다.

가을이 되어 추수를 하고 나서는 논을 갈아엎고 자운영 씨를 뿌렸다. 그러면 이른 봄에 자운영은 논바닥 가득 푸르게 자랐다. 자운영을 심은 까닭은 거름 대체 식물이 되기 때문이었다. 자운영이 가득 자란 논을 갈아엎은 후 물을 대고 써레질을 한 다음 모를 심으면, 자운영은 퇴비가 되어 논을 기름지게 하는 것이다.

나는 물꼬를 살짝 터 물을 뺐다. 논물이 약간 자작자작 할 정도로 물을 뺀 다음 아침을 먹고 나와 뜬 모를 하기 위해서였다. 모를 낸 논에 군데군데 모가 빠져 있거나 심겨지지 않은 곳이 있었다. 그런 곳을 찾아 일일이 손으로 모를 심어주는 일이 뜬 모 내기였다.

요즘은 그 일도 번거롭다고 뜬 모를 잘하지 않았다. 그러나 나는 뜬 모 일을 거르지 않았다. 안 해도 될 일이지만 벼 한 포기 쌀 한 톨을 소홀히 할 수가 없었다. 이런 마음이 농부의 마음일 터였다. 나는 5,000여 평 논을 다 다니며 뜬 모를 할 생각이었다.

뜬 모를 하다 보면 어느 부분에 가서 모가 심어지지 않고 뭉텅 빠진 곳이 발견되곤 하였다. 기계라는 것이 사람 손 같지 않아서 어느 부분 제대로 작동이 되지 않아 모가 심어지지 않고 지나쳐 버린 곳이다. 그런 곳을 그냥 놔두면 그만큼의 벼 수확이 줄어드는 것이다. 그래서 나는 일일이 빈 곳을 찾아 모를 심었다. 아내와 함께 5,000평의 논에 뜬 모를 하려면 사흘은 하여야 했다.

귀향을 하여 농사를 지은 지도 10년이 다 되어갔다. 일찍이 도시로 나가 직장 생활을 하였고, 중·고등학교는 물론 대학까지 도시에서 나왔다. 그런 내가 다시 귀향을 하여 농사를 지으리라고는 상상도 못하였다. 그러나 인생이라는 것이 뜻하는 대로 목적한 바대로 살아지는 것이 아니었다. 직장에서 나름 인정도 받고 안정된 생활을 하였다. 그러나 날마다 똑같은 일의 반복과 도시 생활이 어느 날인가는 숨통이 막히도록 답답하게 느껴졌다. 똑같은 일상이 반복되는 삶에 회의도 들었다.

이렇게 살면 안 되겠다 하는 생각이 들었다. 결단을 내려야 했다. 한 번 태어나 살다가 죽는 것이 인생이라면 내가 살고 싶은 삶을 살아야하지 않겠는가. 그런 생각이 고향으로 내려오게 된 계기가 되었고 현재 농사꾼의 삶을 살고 있는 것이다. 그러나 오늘이 있기까지 어려움도 많았다. 먼저 가족들을 설득하는 일이 가장 힘이 들었다. 하루아침에 생활의 터전을 바꾸게 한다는 것이 쉬운 일이 아니었다. 그러나 나는 차분하게 아내와 아이들에게 내가 왜 시골로 내려가려고 하며 시골에서 어떻게 살 것인가를 설명했다. 나의 말에 가족들은 이해를 못하였고 반대를 하였다. 나는 서두르지 않고 차분하게 설득하여 가족들의 동의를 구하였다.

오랜 설득 끝에 가족들이 동의를 해주어 마침내 귀향을 하였다. 귀향을 하였지만 낯선 환경에서 오는 이질감과 도시 생활에 젖어 있던 편리함이 몸에 배어 적응하기가 쉽지 않았다.

사람은 환경의 동물이다. 시간이 지나자 적응이 되었고 지금은 모든 면에서 만족하며 살고 있다. 그건 아내와 아이들도 마찬가지였다.

농사는 어릴 적에 보고 해 봤던 일이라 생판 낯설지가 않았다. 그러나 오랫동안 하지 않았던 일이라 한동안은 어설프고 힘이 들었다. 지금은 그야말로 경험 많은 유능한 농사꾼에 속하였다. 농사를 짓기로 마음을 먹은 이상 나는 과학적인 영농을 하기로 하고 농촌기술센터를 다니며 최신농법을 배웠다. 당시 농촌기술센터에서는 신 농법으로 건답직파(乾畓直播)를 권장하고 있었다. 이 농법은 신 농법이라기보다는 옛날 우리 조상들이 해오던 농법이었다. 그 농법을 현재에 다시 재현하는 수준이었다.

건답직파는 말 그대로 못자리를 할 필요가 없었고 모도 낼 필요 없이 논에 직접 볍씨를 뿌리는 농법이었다. 물을 대지 않고 마른 논을 갈아 곱게 흙을 부셔서 볍씨를 기계로 심는 것이었다. 이 농법의 장점은 못자리를 하지 않기 때문에 일손이 대폭 줄어든다는 점과 농사 비용이 절감된다는 장점이 있었다.

예를 들면 5,000평의 논이라도 트랙터만 있으면 혼자서도 벼를 심을 수 있었다. 그런데 못자리를 할 경우 여러 사람의 손이 필요할 뿐만 아니라 몇 배의 시간과 노력, 비용이 소요되었다. 장점 못지않게 물론 단점도 있었다.

첫째가 관행농법만 해온 사람들의 이해 부족이 가장 힘들었다. 고향 마을 분들은 농촌기술센터에서 아무리 건답직파의 장점을 설명해도 기존에 해오던 농법을 하루아침에 바꾸지 못하였다. 그건 생소한 농사법에 대한 이해 부족에도 기인하지만 지금까지 해오던 관행농법에 대한 관행을 쉽게 바꿀 수가 없었기 때문이었다. 또한 만에 하나 직파 재배 농법으로 농사를 지었다가 실패를 했을 경우의 두려움도 한 몫 했다. 그건 충분히 이해할 수 있었다. 농부가 일 년 농사를 망친다는 것은 큰 타격일 뿐만 아니라 가족들의 생계가 달린 문제이니만큼 그럴 만도 했다.

두 번째 건답직파는 무엇보다 물 관리를 잘해야 하고 잡초 제거를 적시에 해야 한다. 이 일을 제대로 못하면 논은 잡초에 휩싸여 어린 볍씨들이 제대로 생육을 못하게 되고 그리되면 농사는 망치는 것이다.

세 번째로는 담수가 되지 않는 논이라야 했다. 볍씨가 어느 정도 싹을 틔우고 물을 댈 정도까지는 마른 논을 유지해야 했다. 그러지 않고 볍씨가 싹이 틔기 전에 물이 들어가면 볍씨는 발아(發芽)가 안 되고 곯든가 썩어 버렸다.

이런 어려움 점이 있지만 이 점만 주의하고 신경 써서 농사를 짓는다면 건답직파는 일손을 획기적으로 줄일 수 있는 효율적인 농사법이라 할 수 있었다. 더군다나 요즘 농촌은 젊은이가 드물어 거의 노인들이 농사를 짓다시피 하는 것이 오늘날 우리 농촌의 현실이었다. 이런 농촌 현실을 감안하면 현실에 맞는 농사법이 직파재배인 것이다. 하지만 이 농법은 기계화가 전제되어야 한다. 그래서 농기계를 다룰 수 있는 젊은 농부들은 할 수가 있으나 농기계를 다루기 어려운 노인들은 하기가 사실상 어려운 농법이었다.

직파농법에는 건답직파 말고 담수직파(淡水直播)라는 농법도 있었다. 이 농법은 노인들도 손쉽게 할 수 있는 농법이다. 이 농법은 논이 낮아서 어느 정도 물이 들어오는 논에 적합했다. 이 농법은 말 그대로 논에 물을 대고 볍씨를 뿌리는 것이었다. 그렇기 때문에 물을 대고 빼고 하는 것이 수월한 논이 적당했다. 이때 뿌리는 볍씨는 마른 볍씨를 그대로 뿌리는 것이 아니라 볍씨의 눈을 틔워 뿌려야 한다.

그러기 위해서는 볍씨를 소독 하여야 한다. 요즘에는 볍씨 소독약이 따로 있어 농약상에서 약을 사서 손쉽게 할 수 있다. 그러나 나는 전통적인 방법으로 볍씨를 소독했다. 방법은 우선 볍씨를 씻어 소금물에 며칠 동안 담가 두는 것이었다. 그런 다음 물을 빼고 따뜻한 곳에 한 사나흘 놔두면 볍씨의 싹이 튼다. 이때 주의할 점은 볍씨의 싹이 너무 크게 자라면 안 되었다. 볍씨의 싹이 상할 염려가 있기 때문이었다. 싹을 틔울 때 또 다른 주의할 점은 너무 온도가 높으면 볍씨가 뜰 수가 있다. 이 점에도 주의할 일이었다.

손놀림이 능숙한 사람은 손으로 볍씨를 흩어 뿌리면 되었다. 그렇지 않은 사람이나 많은 논에 할 경우는 기계를 사용하면 되었다. 이 농법 역시 어느 정도 모가 자랄 때까지 잡초가 나지 않게 적절하게 제초제를 쓰는 것이 중요했다.

나는 이 농법을 적절하게 활용하여 일손을 들이지 않고 농사를 지었다. 벼농사는 수고한 만큼의 수익이 창출되지 않았다. 그래서 대부분의 농촌이 어렵게 살아간다. 농부들은 봄에 농협에서 농사자금을 대출받아 비료값, 농약값, 농기계 대여료와 일 년 농사 자금을 빚으로 댄다. 그리고 가을에 벼를 수확하여 벼 수매를 하고 받은 돈으로 농사자금 끌어다 쓴 돈을 갚는 것이다. 사실 그러고 나면 수중에 남는 돈이 별로 없었다. 이런 형편이니 농촌에 젊은 사람이 남아서 농사를 지으려 하지 않는 것이다. 젊은이들이 떠난 농촌엔 그야말로 나이든 노인네들만이 어렵게 농사를 짓는다. 이것이 오늘날 우리 농촌의 현실이다.

최근 뜻있는 젊은 사람들이 다시 귀향과 귀농을 하거나 기존에 남아있던 젊은이들이 수익을 창출할 수 있는 농사를 지어 그나마 나아지고 있는 추세이긴 하다. 나 역시 논농사만 해서는 수익에 한계가 있어 산비탈을 일구어 복숭아와 배 묘목을 심었다. 그리고 한우도 사육하고 있다. 한우 사육은 묫돈을 만드는 데 아주 요긴하였다. 다만 가끔 예측 못할 파동이 있어 문제가 되었지만 그래도 농촌에서 환금성 면에서 한우만한 것이 없었다.

나는 사료값을 절감하기 위해 옥수수를 심고 농가 부산물과 봄, 여름에 지천으로 나는 풀을 최대한 활용하여 소의 사료값을 줄이는데 노력했다. 또한 암소의 수태를 유도하여 송아지를 낳게 하였다. 송아지는 마리 당 꽤 괜찮은 가격으로 팔려 적지 않은 수익을 올리는데 기여하였다.

농사일은 해도 해도 끝이 없었다. 하지만 욕심내지 않고 감당할 정도로만 한다면 몸을 움직여 하는 일이라 운동도 되고 먹고 사는 데에 큰 문제는 없다. 그런데다 청정 지역에서 살기 때문에 자연 환경이 주는 가치는 이루 말할 수가 없다. 또한 소박한 고향 사람들과 어울려 지내는 생활 역시 도회지에서 경험하지 못하는 사람 사는 맛을 느끼게 해주는 또 다른 맛이 아닐 수가 없었다.

농사철이 되면 서로 품앗이를 하여 일손을 돕고 여름이면 냇가에 나가 물고기를 잡아 천렵을 하는 것도 색다른 재미요 놀이였다. 가을에는 산에 올라 버섯을 채취하고 밤과 잣을 따는 것도 시골살이의 또 다른 경험이었다. 서로 수확한 농산물을 나누는 것도 이웃 간의 정을 돈독히 하는 것이요, 애경사가 있으면 서로 손을 걸어붙이고 내 일처럼 돕는 상부상조의 미풍양식도 사람 사는 도리를 지키는 것 같아 좋았다.

다만 아이들의 교육이 문제였다. 하지만 이 문제 또한 마을 사람들과 학교, 교육청의 삼각 협조로 해결이 되었다. 하나를 잃으면 다른 하나를 얻는 것이 세상의 이치였다. 물론 농촌이 도시보다 교육 여건과 문화 여건이 열악한 것은 사실이다. 그러나 농촌이기 때문에 도시에서 얻지 못하는 것이 있었다. 특히 전인 교육의 차원에서 본다면 농촌 아이들이 자연 속에서 뛰어놀고 공부하는 것이 아이들의 정서에는 그만이었고 건강 또한 좋았다.

도시 아이들 속에 만연하는 아토피 피부질환과 비만, 어린이 당뇨가 없었다. 이런 원인에는 자연에서 나는 신선하고 영양가 풍부한 곡식과 채소, 과일을 먹기 때문이 아닌가 생각된다. 아토피 피부질환이라는 것이 도시의 환경과 먹는 것 다시 말해 가공된 인스턴트 식품이 큰 원인일 터였다. 그런 면에서 농촌 아이들은 큰 혜택을 누린다고 볼 수가 있었다. 그래서 하나를 잃으면 다른 하나를 얻는 것이라는 말이 성립이 되는 것이다. 세상의 이치란 이래서 어찌 보면 공평하달 수도 있다.

아내는 도시 출신이다. 호미 한 번 잡아본 적이 없는 사람이었다. 논에는 언감생심 들어가 보지도 않았고 들어갈 일도 없었다. 논물 속에서 꾸물거리고 기어다니는 거머리만 봐도 기절을 하는 사람이었다. 그런 아내가 지금은 호미질을 능숙하게 하며 김을 매었고 종아리에 붙은 거머리를 예사롭지 않게 떼어 버리는 사람으로 변하였다. 얼굴도 까무잡잡하게 탔고 허물없이 마을 아낙네들과 어울려 품앗이와 마을 애경사 일을 돌보았다.

"당신 이제 시골 촌부가 다 되었어. 참으로 격세지감이야."

내가 저녁 식탁에서 아내를 보고 한마디 하였다.

"이게 모두 당신 덕분이에요."

아내가 눈을 흘기며 대꾸했다. 그러면 나는 아내 보기가 민망하기도 하고 지금까지 고생만 시켜온 것 같아 미안한 마음이 들어 말을 얼버무리고는 하였다.

"그래도 당신 나하고 결혼한 것 후회하지 않지? 도시에서 잘 사는 당신을 시골로 데리고 와 살게 한 날 원망하지 않는 거지?"

아내에게 미안한 마음이 든 내가 속내를 감추며 물었다.

"당신이 처음 시골에 내려가서 살자고 했을 때 얼마나 황당했는지 몰라요. 시골 내려가서 뭘 해서 먹고사나 하는 문제에서부터 아이들 교육 문제, 시골 생활의 답답함과 불편함 따위 이것 저것 생각 때문에 며칠 밤을 못 자고 고민 했어요. 그렇지만 당신에 대한 믿음이 있기 때문에 저는 당신 결정을 따랐어요. 처음의 걱정과 달리 지금은 만족해요."

아내가 밝게 웃으며 말했다.

뜬 모를 하고 일주일이 지났다. 벼는 이제 제법 뿌리를 내려 제 모습을 갖춰가고 있었다. 웃거름을 줄 시기였다. 그래야 벼가 퍼지고 뿌리를 단단히 내린다. 나는 될 수 있으면 화학비료는 쓰지 않으려고 하였다. 농약도 꼭 필요한 경우만 하였다. 화학비료와 농약을 전혀 안 쓰고 농사를 짓기는 사실 어려웠다. 농사짓는 농민들 치고 화학비료와 농약을 써서 농사를 짓고 싶은 사람은 단 한 사람도 없을 것이다. 그야말로 어쩔 수 없어서 화학비료와 농약을 사용했다.

옛날처럼 돼지나 소, 가축의 배설물을 퇴비로 이용하여 논밭을 기름지게 하는 경우도 요즘은 드물었다. 가축을 기르는 집이 드물기도 하지만 가축의 배설물로 퇴비를 만드는 과정이 여간 힘이 들고 손이 많이 가는 것이 아니기 때문이었다. 그래서 손쉽게 대부분 퇴비를 사서 사용하였다. 농협이나 퇴비 회사가 퇴비를 만들어 비닐 포대에 넣어 팔았다. 그러나 이런 퇴비는 퇴비의 질도 문제지만 한 포대씩 포장이 되어 있어 충분히 사용할 수가 없었다. 그러다보니 자연히 화학비료를 많이 사용하였다. 그런 결과 논과 밭이 점점 산성화 되어가고 병이 들었다. 땅이 기름지지 않고 병든 땅이니 수확은 점점 줄어들고 각종 병해충이 만연하였다.

나는 땅을 살리기 위하여 무진 애를 썼다. 그러기 위해서는 화학비료와 농약 사용을 자제하여야만 했다. 나는 한우에서 나오는 배설물을 퇴비로 쓰기 위하여 가을걷이가 끝나면 볏짚과 풀을 베어다 퇴비장에 모아두었다. 그리고 벼를 정미하는 과정에서 나오는 왕겨나 톱밥을 구해다 퇴비장에 넣었다. 그런 다음 소의 배설물과 섞어 퇴비를 만들었다. 소의 배설물만으로는 거름으로 쓰기에는 부족하였다. 돼지 배설물과 계분을 같이 섞어 거름을 만들었다. 소의 배설물과 돼지의 배설물, 계분이 섞인 볏짚과 왕겨, 풀, 톱밥은 썩히면 훌륭한 거름이 되었다.

나는 마을 사람들과 땅을 살리고 기름지게 하기 위하여 퇴비를 만드는데 힘을 모았다. 여름이면 공동으로 풀을 베어 퇴비를 만들고 가축의 배설물로 퇴비를 만들어 논밭에 내었다. 그야말로 전성을 들여 땅을 비옥하게 만들었다. 몇 년 그러다 보니 땅이 기름지고 땅이 살아났다. 그런 땅에 깃들어 온갖 미생물이 번식하고 지렁이가 살았다. 지렁이가 산다는 것은 땅이 살아 숨 쉰다는 증거였다. 땅이 살아있으면 자연히 병충해에 대한 저항성도 생기게 마련이었다. 화학비료와 농약을 안 쓰든가 적게 쓰는 농산물 생산은 농가 소득에도 도움을 주었다. 그리하여 우리 마을에서 생산되는 농산물은 무 농약 또는 저 농약으로 알려져 좋은 가격으로 도시에 판매되었다.

요즘의 농사일은 기계화가 되어있지 않으면 사실상 하기가 힘들었다. 벼를 심고 가꾸고 거두는 과정부터 전 과정을 농기계로 다 해야하기 때문이었다. 트랙터는 그런 면에서 농가에 꼭 필요한 농기계였다. 트랙터로 밭이나 논을 갈고 썰고 트랙터 앞에 추레라를 달아 물건도 옮기고 소나 돼지의 배설물도 치웠다. 그런데다 뒤에 짐차를 달면 많은 양의 농산물도 실어 나를 수 있었다. 그렇지만 트랙터의 가격이 워낙 고가(高價)여서 농가마다 구입 하기는 힘들었다. 그래서 트랙터를 가진 농가에서 사용료를 받고 일을 해주었다. 나 역시 트랙터로 우리 농사는 물론 마을 사람들의 논과 밭을 갈아 주거나 썰어주고 사용료를 받았다.

옛날과 달리 사람이 하는 일을 기계로 하다 보니 노동력이 많이 필요치가 않았다. 여러 사람이 두레를 지어 농사일을 하던 당시에는 일의 힘듦과 지루함을 덜기 위해 소리를 하였다. 그게 바로 들소리였고 그에 따라 민속놀이가 성행하였다. 그런데 농사일이 기계화가 되고 산업화 시대가 도래 하자, 서서히 옛날부터 불리어 오던 들소리와 민속놀이가 자취를 감추고 잊혀져 갔고 사라져 갔다. 옛날부터 불리어지던 조상들의 숨결과 혼이 담긴 전통의 우리 소리가 사라지고 없어지는 것은 아쉽고 안타까운 일이 아닐 수가 없었다.

우리 마을 은포리의 소리 역시 송 노인이 작고하면 그 맥은 끊기고 말 것이었다. 눈에 보이는 유형의 것만 소중한 것이 아니라 눈에 보이지 않는 무형의 것도 소중한 것이거늘, 우리 인간들은 눈에 보이는 물질에만 가치를 두었다. 그러나 물질보다 중요한 것이 세상에는 존재하는 법이다. 특히 들소리에는 우리 조상들의 삶의 숨결이 묻어 있고 가락과 신명과 한과 흥이 묻어 있는 우리의 소리였다.

나는 마을에 전래되어 오는 소리, 들소리를 보존하는 방법을 생각하였다. 그 방법의 가장 우선이 그 소리와 가락을 정확히 알고 있는 송 노인을 찾아가 소리를 채록하고 배우는 방법이었다. 이 방법은 나 혼자가 아니라 나와 뜻을 같이하는 마을 사람들과 같이 하여야 했다. 마을 사람 모두가 나서서 해야 할 일이었다. 왜냐하면 들소리라는 것은 여러 사람이 무리를 지어 부르는 노래였고 풍물이 함께 하는 놀이이기 때문이었다.

저녁을 먹고 나는 마을 회관으로 나갔다. 마을 회관은 마을 사람들의 사랑방이었다. 특히 노인네들은 하루 종일 이곳에서 살다시피 하였다. 아침과 저녁은 집에서 먹고 점심은 주로 이곳에서 해결하였다. 마을에서는 노인네들을 위하여 쌀과 부식들을 제공하여 노인네들이 밥을 지어먹는데 불편하지 않게 해드 렸다. 그리고 마을 공동회의가 있다든가 할 때에도 이곳을 사용 하였다. 젊은 축에 드는 사람들은 마을 회관에 잘 가지 않았으 나 노인네들은 이곳에서 서로 말벗을 하고 지냈다.

나는 미리 이장에게 전화를 걸어 마을 사람들을 회관으로 모 아 달라고 부탁을 하였다. 마을 이장은 쾌히 승낙을 하였고 뒤 이어 스피커에서 이장의 목소리가 들려왔다.

"에, 알려 드리겠습니다. 마을 분들은 저녁을 마치시는 대로 마을 회관으로 모여 주시기 바랍니다. 에, 다시 한번 알려 드리 겠습니다. 마을 분들은 저녁을 마치시는 대로 마을 회관으로 모 여 주시기 바랍니다. 오늘 중요한 문제로 회의가 있사오니 꼭 다들 나오시기 바랍니다. 이상입니다."

나는 저녁을 먹고 집을 나섰다. 밖으로 나오니 오월의 훈풍이 싱그럽게 불어왔다. 바람 속에 향기가 묻어있는 듯 향기로웠다. 그럴 만도 했다. 요즘 봄꽃이 한창 피어나고 있었다. 밭둑이나 산비탈에는 찔레꽃이 한창 피어나고 나뭇잎에는 물이 올라 한 창 싱그러움을 더하는 계절이기도 했다. 그런데다 땅에서도 온 갖 풀들과 들꽃들이 다투어 솟아나고 꽃을 피웠다.

마을 회관 앞에는 커다란 느티나무 한 그루가 우람하게 서 있 었다. 수령 오백 년이 넘는 느티나무는 우리 마을의 수호신 역 할을 하였다. 여름이면 무성하게 뻗은 가지로 여름 내내 시원한 그늘을 드리워 주었다. 그래서 마을 사람들과 노인네들은 느티나무 그늘 밑에서 더위도 피하고 망중한을 즐기기도 하였다.

"상수, 일찍 나오는구만."

느티나무 밑에서 담배를 피우고 있던 덕만이 아저씨가 나를 보고 말했다.

"아, 예. 일찍 나오셨습니다. 저녁은 드셨지요?"

"그럼. 먹었지. 그런데 이장이 무슨 일로 회관으로 모이라고 하는 거여?"

덕만 아저씨가 담배꽁초를 느티나무 뿌리에 눌러 끄며 물었다.

"사실은 제가 좀 모이자고 했습니다."

"자네가?"

뜻밖이라는 듯 덕만 아저씨가 나를 쳐다보았다.

"예, 의논할 것이 있어서 모이자고 했습니다. 이따 마을 분들 모이면 말씀드리겠습니다."

덕만 아저씨와 이야기를 하는 중에 한 사람 두 사람씩 마을 회관으로 모여들었다. 잠시 후 모인 사람을 보니 이장 일을 보는 명철이, 덕만이 형님, 순태 형님, 운봉 아저씨 내 또래이며 마을 친구인 순철이, 명국이, 아주머니들 몇 해서 스무 명 남짓이 모였다. 사실 젊은 사람이라고 해서 모였지만 다들 오십이 넘었고 아저씨뻘 되는 분들은 육십 중반이 되신 분들이었다.

이장 명철이가 모인 마을 주민들에게 먼저 입을 열었다.

"에, 오늘 모이자고 한 것은 다른 특별한 일이 있어서가 아니고 여기 상수가 모이자고 해서 모인 겁니다. 그러니 왜 모이자고 했는지 상수의 말을 들어보도록 합시다. 상수, 앞으로 나오게."

이장 명철이가 말했다. 나는 이장의 말에 얼른 일어나 앞으로 나갔다.

"다들 낮에 힘들게 일하시느라 피곤하실 텐데 모이라고 해서 죄송합니다. 오늘 제가 모이자고 한 것은 다름이 아니고 여러분들과 의논을 할 일이 있어서 그렇습니다."

"그래? 의논할 일이 뭔가?"

순태 형님이 궁금하다는 듯이 물었다.

"그래, 빨리 말해 봐."

명국이가 순태 형님의 말이 끝나자마자 뒤이어 재촉을 했다.

"에, 다름이 아니고요. 저 우리 마을에 전해내려 오는 소리 있지 않습니까? 가끔 춘봉이 아버님 송영달 어르신이 부르시는 소리 말입니다."

"소리?"

갑자기 뜬금없이 웬 소리냐는 듯 둘러앉은 사람들이 나에게 눈길을 모았다.

"아, 예. 송영달 어르신께서 가끔 술 한 잔 드시면 홍얼홍얼

부르시는 소리 있잖습니까? 우리 어릴 때 논에서 일하시던 어른들이 부르시던 소리 말입니다."

"아, 농요 말이로군."

명국이가 말뜻을 알아듣고 고개를 끄덕였다.

"그려. 춘봉이 아버님이 술 한 잔 걸치시면 노상 부르는 소리가 있지. 그런데 그 소리가 어떻다는 건가?"

운봉 아저씨가 나를 올려다보며 물었다.

"사실 그 소리는 우리가 어릴 적에 많이 듣던 소리 아니었습니까? 논에서 일할 때 부르던 농요 말입니다. 그런데 요즘은 논농사도 기계로 하고 시대가 변해 그런 소리를 하지 않지요. 그나마 그 소리마저도 우리 때만 지나면 기억하는 사람도 없을 겁니다. 현재도 그 소리를 정확히 아는 분은 송 노인 외에는 없으실 겁니다. 여기 계신 분들도 어렸을 적 논이나 밭에서 어른들이 하시던 소리를 다들 기억하실 겁니다. 그 소리들이 얼마나 정겹고 흥겹고 슬프기도 하였습니까? 그런 소리들이 시대가 변했다고 잊혀지고 사라지는 것은 정말 안타까운 일입니다. 그래서 제가 생각한 끝에 그 소리를 우리들이 배워서 보존하자는 겁니다. 그래서 오늘 여러분의 의견을 듣고자 모이자고 한 겁니다."

내가 모이자고 한 용건을 말했다. 그러자 사람들은 내 말에 고개를 끄덕였다.

"좋은 의견이야. 우리 시대가 지나면 그나마 소리도 놀이도 다 없어질 거야. 사실 그건 우리 조상님네부터 전해 내려오는 우리의 소리고 놀이인데 그게 우리 대에서 끊어지면 안 되지, 암, 안 되고 말고."

순철이가 내 말에 동의를 하였다.

"그건 그렇네. 그런 소리와 놀이는 보존할 가치가 충분히 있지. 사실 우리 때만 해도 논에서 일을 할 때면 꼭 소리가 따랐지. 그러면 훨씬 힘도 덜 들고 했어."

그 시절을 회상하듯 덕만 형님이 눈을 지그시 감았다.

"참 그 시절이 좋긴 좋았네. 김매기 때 부르는 소리가 지금도 생생하게 기억나는구먼. 그때도 송 노인이 모가비가 되어 소리를 매겼지. 그 양반 당시에도 목소리 하난 구성지고 걸판지고 좋았어....."

"그러면 어떻게 그걸 보존할지 방법을 이야기 해보게."

이장 명철이가 나를 돌아보고 말했다.

"우선 먼저 송 노인을 찾아가 우리의 뜻을 전하고 여기 모인 분들이 같이 배우는 것이 좋겠다는 생각입니다. 어차피 이 일은 혼자서 하는 일이 아니고 여러 사람이 공동으로 해야 하는 일이니까요."

"그렇긴 하네. 하지만 우선 먼저 자네가 총대를 메어 송 영감을 찾아가 소리를 배우게나. 그런 다음 두레패를 조직하여 소리와 놀이를 하는 게 순서인 거 같아. 어차피 이 일은 우리 마을 사람 모두가 나서서 해야 할 일이야."

"그게 좋겠는데. 그럼 자연히 자네가 두레패의 모가비가 되는 거구만. 하하하, 우리 마을에 두레패가 생기고 풍물이 울려 퍼지겠는걸. 그리고 잘하면 전국민속경연대회에 나가 우리 마을의 소리를 알릴 수 있는 기회도 되겠고 말이야."

운봉 아저씨가 호탕하게 웃으며 말했다. 모두 나의 뜻에 찬성을 하였다. 어차피 이 일은 누가 나서서 하지 않으면 안 되었다. 나는 이왕 마음먹은 거 빠른 시일 내로 송 노인을 찾아가기로 하였다.

산비탈 밭에 심은 복숭아밭에 복숭아꽃이 흐드러지게 피었다가 졌다. 짙은 분홍의 꽃들이 지고 자잘하게 열매들이 달렸다. 과수밭도 일이 많았다. 2월에 필요 없는 가지를 전지하고 과목 주위를 파고 퇴비를 듬뿍 주었다. 나무 밑에 나는 잡초를 제거하기 위해 닭을 풀어 놓았다. 닭들은 과목 밑에서 자라는 잡초를 뜯어먹고 헤집고 다녀 잡초를 제거하는데 아주 유용하였다. 닭에게는 따로 사료를 줄 필요가 없었다. 준다면 하루 한 끼 정도 사료를 주면 되었다. 나머지는 자기들이 알아서 풀과 밭을 헤집어 땅속에 있는 벌레나 곤충을 잡아먹었다. 그렇게 자란 닭은 토종닭으로서 값비싸게 팔렸고 이런 닭들이 나은 달걀은 유정란으로서 맛과 영양도 아주 좋았다. 닭들은 아무 데나 달걀을 낳아 놓았다. 풀이 우거진 곳 이곳저곳에 알을 낳아 아침에는 달걀을 찾아 풀숲을 뒤졌다.

열매도 적당한 곳에서 맺어야 튼실한 과실이 되었다. 그래서 열매도 솎아주었다. 무공해와 저농약으로 농사를 지은 후부터 벌과 나비들이 많이 날아들었다. 벌과 나비, 적당한 바람은 꽃의 수정을 위하여 꼭 필요한 일이었다. 요즘 꽃이 한창 피어나 수정을 해야 할 때 벌과 나비가 날아들지 않아 과수농가와 양봉농가의 걱정이 이만저만이 아니었다. 수정이 안 되면 과일과 곡식이 제대로 열리지 않고 여물지 못하는 현상이 생겼다. 벌과 나비가 줄어드는 원인이 무엇인지 정확히 알 수는 없었다. 다량의 농약을 무분별하게 살포하는 것이 원인이 아닌가 미루어 짐작을 할뿐이었다. 무분별한 농약의 남용으로 벌과 나비가 죽고 온갖 농작물에 유익한 미생물까지 죽여 한층 농사짓기가 더욱 어려웠다.

복숭아 과수원뿐만 아니라 배 과수원에도 닭이나 오리를 놓아기르거나 염소를 매두었다. 특히 염소는 아무 풀이나 잘 먹고 먹성이 좋아 군데군데 매어 두면 잡초를 제거하는 데 아주 유용했다. 봄에는 한우를 돌보는 데도 신경을 써야 했다. 이때쯤에는 송아지를 낳을 때였다. 송아지를 무사하게 받아내는 것이 큰일이었다. 어떤 때에는 송아지가 머리부터 나오지 않고 다리부터 나와 애를 먹어야 했다. 그런 경우 잘못하면 송아지도 죽고 심하면 어미소까지 잃는 경우도 있었다. 그러나 대부분 순산을 하여 건강한 송아지가 태어났다. 송아지는 태어나서 삼십여 분만 지나면 일어나서 경중경중 뛰어다녔다.

겨울 동안 저장해 두었던 옥수수 엔실리지와 볏짚이 거의 소진되어 소의 먹이로 쌀겨와 사료를 섞어 먹였다. 풀이 어느 정도 자라면 풀을 베어다 먹이로 보태었다. 나는 올 가을쯤에는 산비탈을 더 일구어 총체보리를 심을 예정이었다. 어쨌든 사료값을 절약하는 방법을 최대한 강구하였다.

밭일은 논일보다 사람 손이 더 갔다. 그래서 밭작물은 필요로하는 만큼의 작물만 심었다. 대신에 한우와 과수, 논농사에 치중하였다. 논농사는 제때에 모를 심고 김만 나지 않게 조처를 해주면 그렇게 많은 손이 가지 않았다. 물 조질만 제때 해주면 벼는 알아서 자라주었다. 어떤 면에서는 논농사가 밭농사보다 훨씬 수월했다.

마을 회관에서 말이 나오고 사흘이 지나서야 나는 송 노인을 찾아 나섰다. 마을에 하나밖에 없는 가게에 들러 소주 세 병과 안주로 마른 오징어 두 마리를 사들었다. 송 노인의 집은 마을에서 조금 떨어진 외딴 곳에 있었다. 감나무가 길옆에 심어져 있는 돌담길을 따라 올라갔다. 마을 여기저기 심겨져 있는 감나무에는 요즘 감꽃이 가지마다 조롱조롱 맺혀 있었다. 감나무 밑에는 채 피지도 못하고 떨어진 감꽃이 널려 있었다. 어렸을 적에는 떨어진 감꽃 송이를 주워 먹거나 실로 꿰어 목걸이를 하고 놀았었다. 그런 놀이도 이제는 추억 속의 놀이일 뿐이었다.

송 노인네 집 마당가에는 여러 종류의 나무가 심어져 있었다. 그 중 앵두나무는 집 둘레에 빙 둘러서 있었다. 앵두나무만이 아니라 금낭화, 접시꽃들도 심겨져 있어 화초들은 때가 되면 꽃을 지천으로 피웠다. 두 노인네가 심은 것인지 저절로 나는 것인지 화초들은 제때를 알아 꽃이 피고 지고는 하였다. 4월이면 앵두꽃 향기가 분분하고 빨간 앵두가 가지마다 빼곡히 달렸었다. 그러나 아이들이 없는 이 집은 앵두를 따지 않아 앵두가 가지에서 그냥 말라버렸다.

나는 있으나마나 한 대문을 열고 안마당으로 들어섰다. 그러자 사람보다 먼저 누렁이가 쫓아 나와 꼬리를 흔들며 짖어대었다.

"야, 이 녀석아. 나다 나야. 넌 마을 사람도 모르냐?"

나는 발밑으로 기어드는 누렁이의 머리를 서너 번 문질러 주며 말했다. 한참 짖어대던 누렁이는 내 손등을 몇 번 혓바닥으로 핥더니 자기 집으로 슬금슬금 돌아갔다. 그때였다. 방문이 열리며 송 노인이 마루로 나왔다.

"밖에 누가 왔나? 거 누구여?"

송 노인이 내가 있는 쪽을 바라보며 물었다.

"안녕하세요? 어르신, 저 상수입니다."

내가 성큼성큼 송 노인 앞으로 다가가 인사를 하였다.

"어, 자네가 어쩐 일인가? 왔으면 들어오지 왜 거기 서 있나?"

나를 알아보고 송 노인이 말했다.

"안녕하셨어요? 어르신."

나는 허리를 굽혀 재차 인사를 했다. 그리고 사들고 온 소주와 안주가 든 봉지를 마루 한쪽에 내려놓았다.

"어서 올라오게. 저녁은 드셨는가?"

송 노인이 방으로 들어가며 물었다.

"예. 먹었습니다. 어르신도 저녁 진지 드셨습니까?"

"방금 끝냈네. 자, 여기로 앉게."

송 노인이 앉을 자리를 권했다. 방 안은 두 노인네들이 금방 식사를 마쳐서 그런지 토장국 냄새가 진동했다. 나는 송 노인이 가리킨 자리에 앉으며 방 안을 둘러보았다. 장식이라고는 없는 방에 노인네들이 입던 옷들이 무질서하게 여기저기 걸려 있었다. 그리고 벽에는 손자, 손녀들의 사진과 회갑 때 찍은 가족사진이 조잡한 액자에 넣어져 걸려 있었다. 그런 가운데 유독 눈에 띄는 것이 있었다. 장구와 북과 꽹과리, 태평소였다.

"술상 봐오리까?"

송 노인의 아내인 남씨가 송 노인을 보고 물었다.

"술상? 어, 그러지. 아까 자네가 들고 온 것이 술이지?"

"예. 그냥 오기 뭐해서 요 앞 가게에 들러 소주 몇 병 사왔습
니다."

송 노인의 물음에 내가 대답했다.

"그냥 오지 뭘 그런 걸 사오나. 할멈, 이 사람이 소주를 사왔
으니 간단하게 술상을 봐오구려."

송 노인이 남씨에게 일렀다.

"그래, 자네가 어인 일로 나를 찾아왔나?"

조금 전과 달리 정색을 하고 송 노인이 내가 찾아온 용건을
물었다.

"아 예, 다름이 아니고....."

나는 말을 잇지 못하고 잠시 머뭇거렸다. 막상 얘기를 하려니
말이 쉽게 나오지 않았다. 더군다나 이제껏 관심도 갖지 않고
있던 소리를 다시 배워 전승 보존 하겠다는 말을 송 노인이 어
떻게 받아들일지도 궁금했다. 그때 남씨가 술상을 차려 방 안으
로 들어왔다.

"미란이 아버지가 이 저녁에 우리 집에 무슨 일이래? 술을 다
사 가지구."

술상을 내려놓으며 남씨가 말했다.

"예, 어르신께 드릴 말씀이 있어 찾아왔습니다."

"우리 영감에게 무슨 할 말이 있누."

남씨가 송 노인을 힐끗 곁눈질 해보며 말했다.

"어허, 할멈은 뭔 말이 그렇게 많은가? 미란이 아버지가 내게 긴히 할 말이 있으니까 왔겠지. 이 사람이 어디 허튼 말이나 실없는 행동을 할 사람인가. 괜히 나서지 말고 마실이나 다녀오구려."

송 노인이 남씨에게 핀잔을 주었다.

"알았수. 그럼 난 나갔다 오겠수. 미란 아버지 얘기하다가 가구려."

송 노인의 말에 남씨가 금세 수그러져 나에게 한마디 하고 방을 나갔다.

"예, 다녀오십시오."

내가 반쯤 몸을 일으켜 인사를 하고 곧이어 소주병을 들었다.

"자, 한 잔 하시지요."

나는 송 노인의 잔에 술을 따랐다. 술상에는 내가 사온 오징어는 없고 연근 졸임과 김치가 놓여 있었다. 하긴 마른 오징어는 치아가 부실한 노인에게 술안주로는 적당치가 않을 것이었다.

"자, 자네도 한 잔 받게."

내가 따른 술잔을 내려놓고 송 노인이 나에게 잔을 권했다. 나는 공손히 두 손으로 술잔을 잡았다. 송 노인이 잔에 술을 따랐다.

"자, 드세나."

내게 술을 권하고 송 노인은 단숨에 술잔을 비웠다. 나는 마시는 시늉만 하고 술잔을 내려놓았다. 나는 술을 잘 마시지 못하였다.

"저 어르신. 어르신이 가끔 하시는 소리 있잖습니까?"

"소리? 소리라니 그게 무슨 말인가?"

송 노인이 고개를 들어 나를 보며 물었다.

"소리, 아니 농요 있잖습니까? 모내기 때나 김매기 때 부르는 소리 말입니다."

"아, 소리. 그게 뭐 어쨌다는 말인가?"

"예, 그 소리가 우리 마을에 옛날부터 전래되어 오는 우리 고유의 소리 아닙니까? 그 소리를 제가 어르신으로부터 배웠으면 합니다."

내가 송 노인에게 찾아온 용건을 말했다.

"아니, 그게 무슨 말인가? 소리를 배우겠다고?"

송 노인이 나에게 재차 물었다.

"예, 소리를 배우고 싶습니다."

"소리는 배워서 뭐하게?"

송 노인이 심드렁하게 물었다.

"어르신, 가르쳐 주십시오. 제가 어렸을 적에 마을 분들이 일을 하시면서 하시던 그 소리들이 지금도 기억에 생생합니다. 그런데 그 소리와 놀이가 지금 사라져 가고 있습니다. 그리고 그걸 기억하는 분은 이제 어르신 한 분 뿐이십니다. 이제 어르신이 돌아가시면 그 소리는 영영 사라져 버릴 것입니다. 이제까지 저는 어른들이 부르던 소리와 놀이를 대수롭지 않게 생각하였는데 그게 아니었습니다. 우리 조상들은 소리와 놀이를 통해 삶의 고달픔과 시름을 잊었고 흥겨운 놀이로서 삶을 새롭게 충전했던 것입니다. 그런 소리와 놀이가 농촌이 현대화 되는 과정에서 잊혀지고 사라지고 있습니다. 그러나 그건 잊혀지고 사라져야 할 것이 아닌 우리 모두가 간직해야 할 우리의 소중한 자산이라는 생각이 듭니다."

내가 송 노인에게 소리의 가치에 대해 장황하리만치 길게 말했다. 송 영감은 내 말에 아무 반응도 안 보이고 묵묵히 술잔만 기울였다.

"자, 한 잔 받게."

송 노인이 나에게 불쑥 술을 권했다.

"아, 예."

나는 송 노인이 내미는 술잔을 얼떨결에 받아들고 따라주는 술을 받았다.

"자네가 소리와 놀이를 배우겠다고 했지?"

술을 다 따른 송 노인이 나를 똑바로 응시하며 물었다.

"예, 그렇습니다."

"자네가 그걸 왜 배우려고 하는지 이유는 설명했고, 한 가지 자네한테 묻고 싶은 것이 있네."

송 노인이 다음 말을 하지 않고 술잔을 들어 단숨에 들이켰다. 나는 기다렸다가 송 노인의 술잔에 술을 따르고 다음 말을 기다렸다.

"우리 마을에는 옛날부터 불리어 오던 소리, 요즘은 소리라고 안하고 농요라고 하더만 우리는 소리라고 했네. 자네도 아는지 모르겠네만 김매기 때 부르는 소리 말고 여러 가지 소리와 놀이가 전래되어 왔네. 자네도 말했다시피 그런 것들이 전부 잊혀지고 사라질 위기에 처해 있네. 아니, 벌써 사라지고 잊혀진 것도 있지. 그런 걸 다시 자네가 배우려 하겠다니 반갑고 고맙기는 하네만, 난 이제 와서 그걸 다시 하고 싶은 마음은 없네. 그리고 난 아는 게 별로 없어 자네를 가르칠 자격도 안 되고 말일세. 자네의 뜻은 가상하고 고마우나 나는 가르쳐 줄 수가 없으니 그리 알게."

송 노인이 정색을 하고 말했다. 나는 송 노인의 뜻밖의 말에 적잖이 당황을 하였다. 설마 이처럼 정색을 하면서까지 나의 부탁을 일언지하에 거절을 할지 전혀 예상하지 못했기 때문이었다. 그렇다고 물러설 수는 없는 일이었다.

"어르신, 어찌 그러십니까? 무슨 까닭이라도 있으신지요?"

내가 영문을 몰라 송 노인에게 이유를 물었다.

"이유는 없네. 그러니 더 이상 그런 말하지 말고 술이나 한 잔 하고 가시게."

청을 거절당하고 이틀 후 나는 저녁을 먹고 다시 송 노인의 집을 찾아갔다. 아내는 내가 밥숟가락을 놓기가 무섭게 밖으로 나가자 불만이 많았다.

"피곤한데 일찍 쉬지 뭔 사서 고생을 한대요."

"고생은 무슨 고생. 지금 내가 여기서 그만 두면 우리 마을의 소리는 맥이 완전히 끊긴단 말이오. 그러니 여기서 그만 둘 수가 없지."

"참 충신 났구려. 고리타분한 소리를 뒤늦게 배워서 뭐하겠다고 그걸 일부러 배우려고 그래요. 새삼스럽게. 더군다나 노인네께서 가르쳐 주지 않겠다고 고집을 부리신다면서...."

이해를 못하겠다는 듯 아내가 툴툴거렸다.

"허, 사람하고. 다녀올 테니 고단하면 기다리지 말고 먼저 자."

나는 아내에게 한마디 하고 집을 나와 송 노인 집으로 발걸음을 재촉했다. 가는 길에 가게에 들러 소주 세 병과 복숭아 통조림 한 통, 골뱅이 통조림 한 통을 사들었다. 치아가 부실한 송 노인이었기에 지난번 사간 오징어를 술안주로 다시 사갈 수는 없었다.

낮에는 밭이나 논으로 나가 일을 하느라 마을에 사람이 없어 조용했다. 일을 마치고 들어온 저녁에 오히려 사람 기척이 있었다. 야트막한 산으로 둘러싸이고 마을 앞으로는 논이 넓게 펼쳐 있어 마을은 전형적인 시골 풍경을 고스란히 담고 있었다. 갓 모를 낸 논에 벼들이 싱싱하게 푸르게 자라고 있었다. 개구리들이 쉴 새 없이 울어댔다. 그러나 그 소리가 귀에 거슬리지 않았다. 인공적인 소리는 소음으로 들렸겠으나 자연의 소리는 아무리 커도 소음으로 들리지 않으니 신기했다. 인공적인 것과 자연적인 것의 차이이리라.

산과 들이 온통 싱그럽고 푸르렀다. 바람이 불 때마다 아카시아 꽃향기가 은은하게 풍겨왔다. 올해는 유난히 아카시아 꽃이 풍성하게 피었다. 아카시아 꿀을 채취하기 위해 멀리서 마을까지 양봉업자들이 벌통을 설치했다. 양봉업자들은 아카시아꽃 꿀을 채취하고 나면 곧이어 밤꽃 꿀을 채취할 것이다.

돌담 곁을 돌아 송 노인 집으로 들어섰다. 마당 한 켠 꽃밭에 작약과 모란이 탐스럽게 피어 있다. 특별히 두 노인네가 가꾸지도 않는 것 같은데 봄이 되면 이 집의 모란과 작약은 유난히 탐스럽게 피었다. 마침 송 노인 내외가 마당에서 소여물을 썰고 있었다. 송 노인은 소 한 마리를 오래전서부터 먹였다. 송 노인은 꼴을 손수 베어다 소에게 먹였다. 가끔 논에 나가다가 제방에서 꼴을 베는 송 노인을 발견하곤 하였다. 80이 넘은 노인네가 지게에 꼴 벤 것을 한 짐 가득 지고 뒤뚱뒤뚱 힘겹게 걷는 것을 보면 안쓰럽기도 하였다. 요즘은 드문 풍경이 아닐 수가 없었다. 그야말로 워낭 소리에 나오는 주인공 노인네 그 모습이었다. 송 노인은 평생을 저렇게 꼴을 손수 베어 소를 먹이고 힘들게 농사일을 하며 살아왔다. 그건 송 노인뿐만 아니라 대부분의 시골 노인네들의 일상이기도 하였다.

"안녕하세요? 여물 써시고 계시는군요."

내가 대문 안으로 들어서며 인사를 하였다.

"자네가 이 저녁에 또 웬일인가?"

송 노인이 여물을 작두에 디밀려다 말고 나를 돌아보고 물었다.

"예, 어르신께 드릴 말씀이 있어서 왔습니다. 저녁 진지는 드셨습니까?"

"아직 전이네. 그런데 나에게 할 말이 또 무엇이 있단 말인가?"

"예. 천천히 말씀 드리겠으니 마저 여물 써시지요. 아주머니, 제가 할 테니 들어가셔서 저녁 준비 하십시오."

내가 가게에서 사온 봉지를 남씨에게 건네며 재빨리 작두 손잡이를 건네받았다.

"어이구, 뭘 올 때마다 이런 걸 사들고 오우. 사와서 잘 먹기는 하겠는데 번번이 미안하우. 영감, 내 얼른 저녁 차릴 테니 속히 여물을 썰어놓고 저녁 드시러 들어 오시우."

남씨가 송 노인에게 이르고 안으로 들어갔다.

"허 참. . . . 번거롭게. . . ."

송 노인이 나를 보며 알 듯 말 듯한 말을 읊조리며 꼴을 야무지게 손아귀에 움켜쥐고 작두날에 밀어 넣었다. 그와 동시에 나는 힘껏 작두를 내리 눌렀다. 그러자 서걱 소리를 내며 풀이 베어졌다. 베어진 풀에서 풀 냄새가 확 풍겨왔다. 약간은 비릿하면서도 싱그러운 풀 냄새였다. 예전에는 발로 밟아서 꼴을 써는 작두였으나 요즘은 손으로 눌러서 써는 작두로 바뀌었다. 하긴 요즘 꼴을 베어 작두로 풀을 썰어서 소를 먹이는 집도 없었다. 건초도 수입을 해서 먹이고 그나마도 주로 볏짚이나 사료로 소를 사육하였다.

"그래 또 오늘은 어쩐 일로 오셨는가?"

송 노인이 작두날에다 연신 꼴을 밀어 넣으며 찾아온 용건을 물었다.

"예, 지난번에 말씀 드렸다시피 어르신께 소리를 배우려고 왔습니다."

"허허, 이 사람. 고집하고는. 다 잊혀지고 부르지도 않는 소리를 이제 와서 뭐 하려고 배우려 하나. 나도 이제 소리를 하려면 예전 같지가 않아. 숨이 차고 힘이 들어서 못하겠네."

역시 송 노인이 또 거절의 말을 하였다. 나는 송 노인이 쉽게 허락을 하리라 생각하지 않았다. 그래서 송 노인의 거절의 말이 서운하지 않았다.

"연세가 있으시니 물론 소리 하시는 것이 예전 같지 않으시겠지요. 그걸 제가 왜 모르겠습니까. 하지만 그런데도 제가 배워야 하는 절박함이 있습니다. 부탁드리니 가르쳐 주십시오."

나는 다시 한번 머리를 조아리며 송 노인에게 간절하게 말하였다.

"허, 이 사람. 고집 한번 세구만 그려. 자네 부친도 고집이 여간 세지 않았지. 자네가 꼭 부친을 닮은 모양이여."

송 노인이 돌아가신 부친을 기억하며 말했다.

"어르신, 이건 제가 고집이 세서가 아닙니다. 어르신도 아시다시피 어르신이 돌아가시면 우리 마을의 소리는 영영 사라지고 말 것입니다. 저는 그게 가장 안타깝습니다. 어르신, 저를 제자 삼아 가르쳐 주십시오."

나는 다시 한번 머리를 조아리고 간청을 하였다.

"허허, 내 주제에 무슨 제자인가? 그런 말 아예 하지 말게나. 또한 내가 무슨 배움이 있고 무슨 자격으로 누굴 가르친단 말인가. 그저 어릴 때부터 어른들로부터 듣던 소리였고 내가 좋아서 따라하다 보니 나도 모르게 배우게 된 것인데...."

송 노인이 회한에 잠긴 목소리로 말했다. 그때였다. 저녁을 차리러 부엌으로 들어갔던 남씨가 송 노인을 불렀다.

"영감, 어서 저녁 드시러 들어오시우."

"어, 어, 알았수. 그만 자넨 가 보시게. 그리고 자네 부탁은 내 다시 한번 생각해 봄세."

말을 하며 송 노인은 힘겹게 무릎을 펴며 일어섰다. 송 노인의 집을 다녀온 뒤 며칠이 지났다. 나는 일부러 뜸을 두고 송 노인을 찾아가지 않았다. 며칠 말미를 주어 송 노인에게 생각할 시간을 주기 위해서였다. 사실 내 일도 바빠 송 노인을 찾지 않은 것도 있었다.

일주일이 지난 후, 나는 아내에게 특별히 송 노인에게 대접할 음식을 준비하게 하였다. 따로 술도 집에서 담근 술을 준비하였다. 아내가 술과 안주거리를 쇼핑백에 넣어 내게 내밀며 말했다.

"삼고초려가 따로 없구려. 참, 당신도 못 말리는 사람이유."

빈정대듯이 말했으나 아내는 내가 하려는 일이 의미 있는 일임을 알고 있었다.

"그럼. 삼고초려는 유비만 하는 것이 아니요. 좋은 스승을 만나 배우려면 삼고초려, 사고초려는 못 하겠소."

내가 능청스럽게 아내의 말을 받았다. 송 노인의 집에 도착하자 마당가에 못 보던 차 한 대가 세워져 있었다. 누가 온 모양이었다. 내가 차를 둘러보며 누가 왔을까 궁금해 하는데 집 안에서 사람이 나왔다.

"거기 누구세요? 어, 상수 형님 아니세요?"

송 노인의 둘째 아들 춘봉이였다. 춘봉이는 일찍이 부산으로 나가 철공 일을 하면서 산다는 얘기를 들은 적이 있었다.

"어, 춘봉이 오래간만 일세. 부모님 뵈러 왔는가?"

내가 춘봉이에게 손을 내밀어 악수를 청하였다.

"예. 오래 못 찾아뵙기도 했구. 드릴 말씀도 있고 해서 찾아 왔구만요."

춘봉이 뭔가 미진한 얼굴 표정을 하며 말했다.

"그런데 형님이 이 저녁에 저희 집에는 어쩐 일이세요?"

춘봉이 내가 들고 서 있는 쇼핑백을 힐끗 보며 물었다.

"응, 자네 아버님을 뵈려고 왔네."

"저희 아버님이요?"

춘봉이 의아한 눈길로 나를 쳐다보았다.

"그래. 사실은 내가 자네 아버님한테 소리를 배우려고 한다 네."

"소리요? 아니, 형님. 소리를 배우시겠다고요? 우리 아버님한 테?"

춘봉이 웬 뜬금없는 말이냐며 나를 올려다보았다. 그런 춘봉 이의 표정은 뭔가 마뜩치 않은 표정이었다.

"왜? 내가 자네 아버님으로부터 소리를 배우면 안 되나? 여기 서 이럴 게 아니라 좀 들어가세."

나는 춘봉이의 말을 무지르고 앞장서 집 안으로 들어갔다.

"어르신, 저 왔습니다."

내가 방문 앞에서 기척을 하고 방문을 열었다.

"어, 자네 왔나?"

송 노인이 아랫목에 비스듬히 누워 있다가 나를 보고 몸을 일으켰다. 송 노인의 처 남씨는 내가 온 걸 알고 부엌에 있다가 나를 따라 들어왔다. 나는 들고 간 쇼핑백을 남씨에게 넘겨주며 부탁하였다.

"여기 우리 집사람이 어르신을 위하여 술안주하고 술을 준비해 줘서 가지고 왔습니다. 아주머니, 술상 좀 봐주시면 고맙겠습니다."

"이런, 이런. 올 때마다 뭘 이런 걸 들고 오고 그러우. 그냥 오잖구. 그런데 오늘 영감님이 술맛이 나시려나 모르겠네. 영감, 어째 술 한 잔 하시려우?"

남씨가 송 노인에게 물었다.

"그려. 준비해 온 사람 성의도 있고 한데 한 잔 해야지. 자, 자네도 앉으시게."

송 노인이 나에게 앉으라고 말했다. 그러자 그때까지 방문 앞에서 엉거주춤 서 있던 춘봉이 송 노인과 나를 돌아보며,

"저 그럼 두 분이서 얘기 나누십시오. 난 오래간만에 마을 친구들이나 만나보고 오겠습니다."

하고 송 노인의 눈치를 힐끗 보며 나갔다.

"허, 저놈 저거...."

춘봉이 나가자 송 노인이 긴 한숨을 쉬었다. 춘봉이가 내려오고 집안의 분위기가 무겁고 송 노인이 한숨을 쉬는 걸로 봐서

무슨 일이 있긴 있나 보았다. 나는 송 노인의 잔에 술을 따르며 조심스럽게 물었다.

"어르신, 모처럼 춘봉이가 찾아왔는데 무슨 일이 있으신 모양입니다."

"휴, 말도 마시게. 저놈이 저거 사업을 한답시고 예전에도 건너말 10마지기 논을 팔아가더니 또 논을 팔아 사업자금을 대달라지 않나. 그래 내가 복장이 터져 한숨만 나온다네. 이를 어찌하면 좋단 말인가? 내 자네한테나 말하지 누구한테 이런 말을 하겠나. 남부끄러워서 말이야. 휴....."

연거푸 깊은 한숨을 쉬고 송 노인은 앞에 있는 잔을 들어 단숨에 마셔버렸다.

"......"

송 노인의 그런 모습에 나는 할 말을 잃었다. 이런 분위기에서 내가 무슨 말을 꺼낼 수 있단 말인가. 나는 충분히 송 노인의 입장을 이해하여 속이 탔다. 송 노인네는 논 20마지기에 밭이 1500평인가 있는 걸로 안다. 그 중에 춘봉이가 사업을 한답시고 논 10마지기를 팔아 가지고 부산에서 금형공장을 차려 운영한다는 말을 들었다. 그런데 그놈의 금형공장 사업이 잘 안 되는지 또 땅을 팔아 사업자금을 대달라고 한다니 답답한 일이 아닐 수가 없었다.

나는 송 노인의 한숨과 푸념에 소리 얘기는 꺼내지도 못하고 송 노인의 집을 나오고야 말았다. 농촌에서 논밭은 생명과도 같은 존재였다. 단순히 사고파는 재산 가치로 따질 일이 아니었다. 농부들은 논밭에 기대어 삶을 살아간다. 그런데 작금 들어 논, 밭을 재산 가치로 여겨 팔고 사는 일이 성행하였다. 특히나 사업을 한답시고 논밭을 팔아 가는 사람들이 요즘 들어 부쩍 늘었다. 그러나 논밭을 팔아 사업에 성공하는 사람은 드물었다. 송 노인의 아들 춘봉이 역시 같은 꼴이었다.

　더군다나 송 노인의 논밭은 춘봉이만의 몫이 아니었다. 다른 형제들에게도 돌아가야 할 몫이 있었다. 그러잖아도 재산 문제로 형제들 간에 분란이 일어나는 일이 부지기수로 발생하였다. 그나마 송 노인네의 경우 춘봉이 말고 다른 자식들은 객지에 나가 그런대로 밥을 먹고사는 모양이었다. 따라서 자기 몫을 아직까지 요구하지는 않았다. 하지만 송 노인이 춘봉이의 요구를 거절하지 못해 또 땅을 팔겠다고 한다면 다른 자식들이 어떻게 반응할 지는 알 수가 없었다. 요즘 농촌에서는 재산 분배를 하는 과정에서 분란이 생겨 형제간에 의절하고 남남처럼 사는 경우가 왕왕 생기고는 하였다. 예전처럼 논밭을 농사를 짓는 개념으로 보지 않고 돈으로 보기에 생기는 현상이었다. 그야말로 재산 분배에 따른 형제간에 갈등과 분란이 사회문제가 되고 심심찮게 칼부림까지 나는 세상이 되었으니 세상 참 요지경이 아닐 수가 없었다.

삼고초려의 마음으로 송 노인을 찾아간지 한 달 보름이 되어 갔다. 유비는 제갈량이라는 불세출의 지략가를 얻기 위해 불원 천리 삼고초려를 하여 마침내 제갈량의 마음을 얻어내어 그를 책사로 두었다. 나는 유비와 같은 마음은 아닐지언정 송 노인의 마음을 움직여 우리 마을의 소리와 민속놀이를 전승 보존하려 는 일념으로 송 노인을 찾았다. 나의 이런 마음은 유비의 삼고 초려 못지 않았다. 마침내 나의 정성이 송 노인의 마음을 움직 였다. 지성이면 감천이라는 말이 이를 두고 하는 말이었다.

"자네 정말 고집이 여간 세지 않구만. 알았네. 알았어. 내 알 았으니 한번 해 보세나. 자네가 그렇게 배우고 싶다 하니 내 한 번 가르쳐 봄세."

송 노인이 고집을 꺾고 드디어 승낙을 하였다. 다음날부터 나 는 저녁을 먹으면 송 노인의 집으로 향했다. 그처럼 완고하게 고집을 부리던 송 노인이 소리를 가르쳐 준다는 말에, 나는 고 맙기도 하면서도 한편으론 연로한 노인에게 너무 무리한 부탁 을 하는 것은 아닌가 하는 송구한 마음도 들었다. 내가 가면 송 영감은 저녁을 일찍이 들고 장구를 앞에 두고 정좌하고 앉아 있 었다.

"어르신, 안녕하십니까?"

"어서 오게."

"예."

"먼저 소리를 배우기 전에 말일세. 기본적으로 장구와 북, 꽹과리를 칠 줄 알아야 하네. 그 다음이 소리야. 소리란 게 목으로만 하는 게 아니라 악기가 따라 줘야 하는 법일세. 그리고 그 중에서 장구는 꼭 배워야 하네. 소리를 한다는 사람이 장구를 칠 줄 모른다면 그 사람은 소리를 할 자격이 안 되네. 자네라면 아마 금방 배울 수 있을 걸세. 자, 그럼 먼저 내가 1채부터 12채까지 한번 쳐 볼 테니까 잘 보게나."

말을 마치고 송 노인은 책상다리 자세로 허리를 꼿꼿이 세우고 장구를 앞에다 바짝 끌어 당겼다. 그리고 궁편을 왼쪽 손에 쥐고 채편을 오른손에 쥐었다. 송 노인은 그런 다음 잠깐 짧은 심호흡을 하더니 이윽고 장구를 치기 시작하였다. 일채와 이채 휘모리로 해서 삼채 자진모리와 세마치, 굿거리, 동살풀이, 중중모리, 별달거리 순으로 송 노인의 손은 빠르게 장구의 채편과 궁편을 번갈아 가며 장구를 쳤다.

나는 송 노인의 장구 치는 모습을 경이로운 눈으로 바라보았다. 송 노인이 소리를 잘하고 농악기를 능숙하게 다룬다는 것은 알고 있었지만, 이처럼 장구를 잘 치는 줄은 몰랐었다. 80이 넘은 노구의 몸이라고 믿지 않을 정도로 송 노인의 장구 치는 손은 힘이 있고 빨랐다. 한참 만에 송 노인이 장구 치는 손을 멈추며 가쁜 숨을 몰아쉬었다.

"훌륭하십니다. 어르신 세월이 흘러도 어르신의 장구 치는 솜씨는 여전히 녹슬지 않았습니다. 참으로 대단하십니다."

내가 박수를 치며 송 노인에게 진심 어린 마음으로 감탄의 말을 하였다. 그러자 송 노인은 나의 말에 대수롭지 않게 대꾸했다.

"허허... 뭘 이걸 가지고 그러나. 옛날 어른들의 장구 치는 모습은 정말 대단했어. 특별히 배우지도 않았는데 장구면 장구, 꽹과리면 꽹과리, 북이면 북, 태평소면 태평소 다 잘 했지. 요즘 젊은이들이 사물놀이라고 해서 텔레비전에 나와서 장구 치는 것을 자네도 혹시 보았는가? 젊은 친구들이라 힘이 있고 기교 또한 놀랍더군. 그런데 한 가지 아쉬운 점이 있었네. 많은 사람들에게 보여주기 위한 풍물이라서 그런지는 몰라도 기교와 힘은 있을지 몰라도 혼이 안 들어 있어. 그래서 끝나고 나면 뭔가 허전해."

송 노인이 나를 바라보고 아쉬운 듯이 말했다.

"그거야 그렇지요. 옛날 분들이야 자연스럽게 일을 하시면서 흥에 겨워 소리가 나왔고 악기 또한 일부러 배우시지도 않았는데 몸에 익히게 된 것 아닙니까? 그런데 텔레비전에 나오는 사람들은 소위 말해 프로로서 직업적으로 사물을 하는 겁니다. 옛날 분들과 뭐가 달라도 다르지요."

내가 송 노인에게 나의 생각을 말했다.

"그렇긴 하네. 세월도 달라졌으니 풍물이나 소리도 시대에 맞게 달라지고 변형되고 새로 생기는 것이 아니겠나. 말이 길어졌네. 자, 그럼 지금부터 장구를 배워보세."

나는 송 노인으로부터 가장 초보적인 장구채 쥐는 법부터 해서 타법, 1채부터 12채까지 차례로 배웠다. 송 노인은 의외로 모든 과정을 꼼꼼하게 가르쳐 주었다. 송 노인은 소리는 물론 장구, 꽹과리, 북도 능숙하게 다루었다. 어디서 저런 재주를 배웠는가 싶을 정도로 송 노인이 지닌 재주는 놀라웠다. 하마터면 송 노인이 지닌 재주를 내가 나서지 않았다면 사장시킬 뻔하였다. 만시지탄이었지만 지금이라도 배울 수 있어 천만다행이란 생각이 들었다.

3개월여가 지나자 장구는 어느 정도 칠 수가 있었다. 그러나 꽹과리는 조금 더 배워야 할 것 같았다. 그런데 송 노인은 정작 중요하고 배워야 할 소리는 가르쳐 줄 생각을 안했다. 나는 이제나 저제나 송 노인이 소리를 언제쯤이나 가르쳐 줄 것인가를 기다리며 장구와 꽹과리 연습에 온 힘을 기울였다. 내가 워낙 열심히 장구와 꽹과리를 치다보니 여름이 지날 때쯤 되니 장구와 꽹과리는 어느 정도 능숙하게 칠 수 있게 되었다.

"자네 참 열심히 하는 모습이 보기 좋구만. 그런데 장구도 그렇고 꽹과리도 그렇네만 단순히 손재주만 가지고는 좋은 상쇠가 될 수 없네. 어차피 마을 풍물패의 상쇠는 자네가 맡아야 하지 않겠는가? 그래서 자네한테 말하네만 상쇠는 잔기술을 부리는 사람이 아니라 사람의 마음을 알아보는 통찰력을 지녀야 한다네. 무슨 말인지 아는가?”

송 노인이 나에게 강조해서 말했다. 나는 송 노인의 말에 뭐라고 대답하지 못했다. 애초에 이 일을 시작한 것이 나였기에 상쇠가 됐든 뭐가 됐든 내가 맡아서 해야 할 일이었다. 풍물패의 리더인 상쇠까지는 생각을 안 했었다.

“그리고 말이 나와서 하는 말이네만, 우리가 하는 이 소리와 풍물은 개인 종목이 아니고 여러 사람이 하는 단체 종목이라서 다 같이 하여야 하네. 이제 자네가 어느 정도 장구와 꽹과리를 칠 줄 알고 풍물의 흐름을 알게 되었으니 마을 사람들을 규합하여 가르치고 연습을 하도록 하게.”

송 노인이 장구를 밀어 놓으며 말했다.

“아니, 어르신. 제가 배우려면 아직 멀었는데 어떻게 마을 사람들을 가르친단 말입니까? 안 될 말입니다.”

내가 펄쩍 뛰며 송 노인에게 말했다.

“아니, 아니, 아닐세. 그건 걱정하지 말게나. 내가 먼저 시범을 보일 테니 자네나 마을 사람들은 보고 따라서 하면 되네. 그리고 자네는 특별히 장구와 꽹과리를 좀 더 연습을 하게나. 내가 전에도 말했듯이 모든 소리에서나 풍물에서 장구와 꽹과리는 가장 기본이 되는 악기니까 말일세.”

“예, 잘 알겠습니다. 제가 기본적인 것은 마을 사람들과 하겠지만 어르신께서 틈나시는 대로 나오셔서 지도해 주십시오."

다음날 나는 이장 명철이에게 회관으로 마을 사람들을 모이게 해달라고 부탁을 하였다. 부탁을 들은 이장 명철이는 바로 방송을 하여 마을 사람들을 회관으로 모이게 하였다. 방송을 듣고 모인 사람들이 30여 명이나 되었다. 나는 그 길로 서둘러 송 노인을 모시러 차를 가지고 달려갔다. 마침 송 노인이 집에 있었다. 송 노인도 방송을 들었다면서 나를 보자 반가와 하는 눈치였다.

"어르신, 저 왔습니다. 제가 모시겠습니다."

내가 허리를 숙여 송 노인에게 인사를 하며 말했다.

"그러잖아도 방송 듣고 나가려던 참이었네. 번거롭게 뭐하려고 오셨는가?"

송 노인이 나를 보고 말했다.

"괜찮습니다. 지금 회관에 마을 분들이 어르신이 오시기만을 기다리고 있습니다."

"허허, 오래 살다보니 팔자에 없는 대접을 다 받네 그려."

송 노인이 너른 들판을 바라보며 자조적인 웃음을 터뜨렸다.

내가 송 노인을 모시고 마을 회관에 당도하였다. 이장 명철이가 송 노인를 보더니 허리를 숙여 맞이했다.

"어르신, 어서 오십시오. 그동안 어르신께서 저희들에게 우리 마을에 전래되어 오던 들소리를 지도해 주시기를 기다렸습니다. 잘 지도해 주시기를 바랍니다."

"어허, 이 사람이. 왜 그러나? 내가 뭘 자네들에게 가르칠 것이 있다고."

송 노인이 이장 명철이에게 손을 저으며 말했다.

"별 말씀을 다하십니다. 그동안 저희들이 우리 마을에 전래되어 오던 소리와 놀이의 소중함을 모르고 무심하게 지내왔습니다. 그런데 저 사람이 앞장서서 소리를 배우게 되었습니다. 늦었지만 지금이라도 어르신에게 배울 수 있게 되어 참으로 다행으로 생각하고 있습니다."

이장 명철이가 나를 가리키며 말했다.

"내 자네들이 소리를 배운다고 하여 나왔네만, 사실 내가 특별히 자네들에게 뭘 가르치겠는가. 나야말로 낫 놓고 기역자도 모르는 일자무식한 농사꾼에 불과하거늘 내가 뭘 가르칠 수 있겠는가 말이야. 허나 내가 어렸을 적부터 어른들이 일을 하시면서 하시던 소리와 놀이는 알고 있으니 그걸 배우겠다고 한다면 그건 좀 가르칠 수 있을 런지 모르겠네."

"어르신, 바로 그겁니다. 그걸 배우려고 우리가 나왔습니다. 저희들도 어렸을 적에 어른들이 논에서 일하시면서 하시던 소리와 놀이를 보고 자랐습니다."

명국이가 송 노인의 말에 어린 시절을 떠올리는 듯 말했다.

"허허, 자네 돌아가신 부친도 소리를 아주 잘 하셨지. 논김을 매면서 소리를 얼마나 유장하게 잘하시는지 힘 드는 줄 모르고 논김을 매었다네. 그 시절이 어제 같건만 오랜 세월이 흘렀네 그려."

송 노인이 감회가 새로운지 먼 하늘을 잠시 올려다보았다. 그러자 명국이 역시 돌아가신 부친 생각에 감정이 북받쳐 올라 다음 말을 잇지 못하였다.

"자, 그러면 오늘 모처럼 마을 사람들이 모였으니 옛날 생각도 할 겸 소리나 하나 해봅시다. 여러분들도 어렸을 적에 들어본 소리라서 금방 따라서들 할 것이오. 내가 소리를 매기는 모가비 역할을 할 것이니 받는 소리를 여러분들이 해보시우."

송 노인이 북을 어깨에 둘러매었다. 시작 전 송 노인은 잠시 헛기침을 두어 번 하며 목을 가다듬었다. 그러다가 이내 소리를 뽑아내었다.

"이 편 저 편 좌우 편 군방님네 ~ ~"
"예 ~ ~"
"자, 오늘 날도 선선하구 김도 맬만 하구 옛날 노인네 하시던 두레소리 우럭우럭 해봅시다 ~ ~"
"예 ~ ~ "

우리는 송 노인의 모가비 선창에 따라 받는 소리를 길게 하였다. 이윽고 송 노인의 쉰 듯 하면서도 성량이 풍부한 소리가 나오기 시작했다. 그러자 우리는 누구랄 것도 없이 있는 힘껏 송 노인의 소리를 받았다. 송 노인은 북을 힘차게 둥둥 치면서 두레소리 중에서 긴소리로 넘어갔다.

　"에 ~이 에에 에 ~ ~ 에이에 ~ 에 ~ 이 에에 에 어히 쏴 ~ 아 ~ ~ 이 ~ 이히요. 오 ~ 오 호오 ~ ~ ~ 둥 둥 둥"
　"요 내 춘색은 다 지나를 가고 ~ 에 ~ 이 에에 에 ~ ~ 에이에 에 ~ 이 에에에 어히~ 황국 단풍이 돌아를 오네 ~ 에 ~ 이 에에에 ~ ~ 에이에 에 ~이 에에 에 어히 ~"

　긴 소리가 끝나고 곧이어 사두여로 넘어가 양산도와 방아타령, 놀놀이와 떴다, 자진 놀놀이 그리고 상사도야로 해서 휠휠이로 넘어갔다. 송 노인은 시간이 갈수록 자신도 모르게 신명이 나는지 북채에 힘이 들어갔고 소리도 걸판지고 쉰 듯한 탁음이 길게 이어갔다.
　마을 사람들은 송 노인의 소리에 탄복을 하면서도 받는 소리를 하느라 송 노인에게서 눈을 떼지 못하였다. 마을 사람들은 모두 바닥에 허리를 구부려 논김을 매는 시늉을 하면서 덩실덩실 춤을 추었다. 한바탕 어우러져 걸판지게 소리를 하고 잠시 휴식을 하였다.

"이럴 때는 막걸리 한 잔을 마셔야 하는데 말이야."

덕만이 아저씨가 이마에 흐르는 땀을 팔뚝으로 쓱 문질러 닦으며 말했다.

"맞아. 이런 때에 막걸리가 빠져서는 안 되지."

운봉 아저씨가 덕만이 아저씨의 말에 호응을 하였다.

"아, 그렇지요. 여보게, 순철이 가게 가서 막걸리 좀 사오게. 마을 돈 이럴 때 쓰는 거지 언제 쓰나."

이장 명철이가 순철이에게 돈을 주며 호기롭게 말했다.

"예, 알았습니다."

순철이가 기분 좋게 대답하고 회관 옆에 세워둔 차로 향했다.

"어르신, 대단하십니다. 연세가 있으신대도 옛날 걸 하나도 잊지 않으셨네요."

이장 명철이가 송 노인에게 말했다.

느티나무 밑동에 앉아 땀을 들이던 송 노인이 그런 이장을 올려다보며 말했다.

"허허. 이 사람아. 이 소리들은 내 몸에 박힌 것들이여. 내 머릿속에 기억되었던 것이 아니란 말이여. 그러니께 소리가 나는 것이제. 그러지 않으면 못해."

"정말 그런가 봐요. 저희들도 오랜만에 하는 데도 기억이 생생히 나면서 따라 하게 되는 걸 보면 말이에요."

덕만이 형님이 송 노인의 말에 동감을 하였다.

"한바탕 소리를 하고 나니까 정말 신이 나고 속에 뭉쳤던 것이 쑥 빠져나간 듯이 시원하네요. 이게 무슨 조화인지 모르겠소."

운봉 아저씨가 덕만이 형님의 말을 받아 호기롭게 말했다.

일주일에 한 번씩 송 노인을 모시고 소리와 풍물을 배웠다. 나는 여전히 송 노인을 찾아가 개인교습을 받았다. 그리하여 나의 꽹과리 치는 기량과 소리는 일취월장하였다.

"역시 젊은 사람이라 잘 따라 하는구만."

송 노인이 나를 보고 흐뭇한 표정을 지으며 말했다.

"아닙니다. 아직 어르신을 따라가려면 멀었습니다."

그런데 나는 송 노인에게서 소리와 풍물을 배우면서 한 가지 아쉬운 점이 있었다. 소리와 풍물은 이제까지 입에서 입으로 전해 내려오는 것이기 때문에 따로 악보가 없다는 것이었다. 그러다보니 세월이 흐르면서 원래의 소리와 풍물 가락이 조금씩 변형이 되어갔다. 따라서 원형 보존이 무엇보다도 필요하고 절실하였다. 나는 원형을 보존하기 위하여는 가사 채록과 악보가 있어야 함을 깨닫고 송 노인에게 내 생각을 말했다.

"저, 어르신. 어르신이 소리를 배우실 때 따로 소리에 대한 악보가 없었지요?"

나의 물음에 송 노인은 내 질문의 의도를 깨닫지 못하고 무슨 말인가 하며 나를 쳐다보았다.

"저, 어르신. 지금 하시는 소리와 풍물에 대한 가사 적은 거나 악보 같은 건 없지요?"

나는 송 노인이 아직 내 질문의 뜻을 모르는 거 같아 재차 물었다.

"가사나 악보가 뭔가?"

송 노인이 무슨 뜬금없는 말이냐며 나를 쳐다보았다.

"아 예, 어르신이 하시는 소리를 종이에 적어놓은 거라든가 풍물에 대한 기록, 다시 말해 콩나물 대가리 악보 말입니다."

"무슨 말인지 알겠구만. 이 사람아, 그런 게 어디 있나? 그런 게 없어도 우리 윗대 어르신들은 소리와 풍물을 잘만 했네. 나 역시도 그런 거 없어도 배우는데 아무 지장이 없었네. 그런데 갑자기 그건 왜 묻나?"

"예, 다른 게 아니고요. 어르신들이야 가사나 악보가 없어도 몸으로 체득을 하셔서 잘하시지만, 요즘 사람들은 가사나 악보가 없으면 배우기 어려워합니다. 그리고 이걸 우리 후손들에게 전해주기 위해서도 그렇고 원형 그대로의 소리와 풍물을 보존하기 위해서는 가사 채록과 악보 작업은 꼭 필요합니다."

내가 가사 채록과 풍물 악보의 중요성을 이야기 하였다. 그러자 송 노인은 내 말에 고개를 끄덕이며 공감을 표시하였다.

"자네 말을 듣고 보니 맞는 말이구만."

나는 틈틈이 가사 채록과 악보 작성에 노력을 기울였다. 그런데 가사 채록은 쉽게 할 수 있었으나 음악에 대해 조예가 깊지 않은 나로서는 악보 작성에는 어려움이 있었다. 그리고 가사 채록에 있어서도 문제점이 발견되었다. 그건 뭐냐 하면 같은 소리라도 부르는 사람에 따라서 약간씩 가사 내용에 차이점이 있었다. 물론 가사에 있어서는 송 노인을 기준으로 하였으나 가사 원형을 최대한 살린다는 차원에서 마을 노인들의 의견도 참조를 하였다. 나는 먼저 송 노인의 소리를 녹음을 하여 마을 노인들과 이웃 마을 노인들을 일일이 찾아다니며 소리를 들려주었다. 그러고 나서 소리의 어느 부분이 다른가를 지적하게 하였다.

그렇게 근 한 달을 가사 채록과 비교를 하는데 시간을 할애하였다. 결론은 송 노인의 소리와 노인들의 소리 내용에는 큰 차이가 없었다. 나는 녹음을 하고 가사 내용을 기록하였다. 그러나 풍물 가락은 사정이 달랐다. 장구와 꽹과리, 북과 징의 가락이 각기 다르기 때문에 네 악기에 대한 악보 작업은 난감하기만 했다.

내가 밤마다 컴퓨터 앞에 앉아 소리 내용을 컴퓨터로 작성하자 하루는 아내가 그런 나에게 불평 아닌 불평을 하였다.

"아니, 당신 뒤늦게 소리와 풍물을 배우니 하면서 늦게 들어오고 밤마다 컴퓨터 앞에 붙어 있으니 피곤하지 않아요? 뒤늦게 소리와 풍물은 배워 뭐 한다고 그러는지 모르겠수."

아내가 불만에 찬 표정으로 말했다. 아내가 그러는 데에는 나름 나를 생각해서 하는 말이라 나는 아내의 말에 가타부타 대거리를 하지 않았다.

송 노인을 모시고 소리와 풍물을 한 지 한 해를 넘겼다. 이제는 마을 사람들 모두 소리와 풍물을 어느 정도 능숙하게 할 수 있었다. 두레 풍물패에 새로운 인물도 수혈이 되었다. 얼마 전 우리 마을로 귀농을 온 젊은 부부 김인철 씨 부부였다. 이들은 귀농하여 흑염소를 사육하고 있었다. 나는 이들이 우리 마을로 귀농 온 후부터 교류를 하여 친하게 지내고 있었다. 나는 이들에게 두레패의 일원으로 활동하기를 권하였다. 이들은 쾌히 나의 제의를 받아들였다. 그래서 이번 연습 때 이들을 나오게 하여 마을 두레패 회원들에게 소개하려 하였다. 이장 명철이 내 대신 이들 부부를 소개하였다.

"에, 여러분 오늘 우리 두레 풍물패의 신입 회원을 소개 하겠습니다. 아시는 분은 아시겠지만 얼마 전 우리 마을로 귀농한 김인철 씨 부부입니다. 이 두 분도 우리 두레 풍물패의 회원으로 활동하시기로 하였으니 다 같이 이들 부부를 박수로서 환영합시다."

이장의 말에 사람들이 모두 힘차게 박수를 쳤다.

"그럼 김인철 씨의 인사말을 간단히 듣기로 하겠습니다."

이장이 소개말과 함께 김인철 씨를 앞으로 나오라고 하였다.

그러자 김인철 씨가 앞으로 나와서 허리를 숙여 인사를 하고 인사말을 하였다.

"고맙습니다. 진즉 마을 어르신들을 찾아뵙고 인사를 드렸어야 하는데 그러지 못하여 죄송합니다. 늦었지만 이 자리를 빌려 인사를 드립니다. 오늘 이처럼 마을 두레패에 저희 부부가 합류하게 된 것을 진심으로 감사를 드립니다. 사실 저희가 대학을 다닐 때도 풍물패가 있어 저희 부부는 대학 풍물패에서 활동을 하였습니다. 거기에서 제 처도 만났습니다."

"그려, 풍물패에서 제대로 연애를 했구만 그랴."

덕만 형님이 농을 하였다. 그러자 사람들이 모두 와하고 웃음을 터뜨렸다.

"다 그런 거 아녀. 더군다나 청춘 남녀가 만났으니 정분이 안 나면 그게 디 이상한 기지 뭐. 안 그려요?"

순철이 주위를 둘러보며 동의를 구하였다.

"그렇지, 그럼."

이렇게 해서 두레 풍물패에 합류하게 된 김인철 씨 부부는 마을 사람들보다 더 소리와 풍물에 열의를 보이는 열성 두레패가 되었다. 대학 때 풍물을 해보았던 가락도 있어 꽹과리도 금방 익숙하게 잘 쳤다. 나는 김인철 씨에게 상쇠 다음인 부쇠를 맡겼다.

구전으로만 내려오던 소리와 풍물 가락은 악보가 따로 없었다. 그래서 내가 전에 송 노인이 구술한 소리를 기록한 것을 복사하여 사람들에게 나눠주었다. 풍물 가락도 악보로 채록을 하여야 했으나 이건 좀 전문적인 음악적 지식이 있어야 하였다. 내가 전에 좀 하다가 능력의 한계를 보여 악보 작업은 중단하고 있었다. 그러나 조만간 전문가에게 의뢰하여 악보 작업을 마무리 하여야 했다. 이런 일을 체계적으로 해놔야 기록과 자료로 남길 수가 있었고, 소리와 풍물을 하는 사람들이 손쉽게 접근할 수가 있는 것이다. 나는 천천히 이런 작업을 하려고 하였다. 그러기 위해서는 우선 송 노인을 비롯하여 마을 어르신들의 고증과 문화재 전문위원의 자문을 구해야 하였다.

그러기 전에 나는 먼저 군청의 문화예술과를 찾아갔다. 우리 마을의 전통 소리와 풍물, 민속놀이에 대한 군 차원의 조사를 하였는지 그리고 자료가 있는지를 알아보기 위해서였다. 또한 이런 것들을 발굴 보존하고 전승하는 사업에 따른 지원이 있는지 알아보려는 것이었다.

"은포리 마을에 전승되어 오는 소리와 풍물, 민속놀이라고 하셨는데 그건 사실 우리 군의 소리와 풍물, 민속놀이라고 할 수 있지요. 그 마을만의 것은 아닙니다. 그리고 그런 일에 관해서는 우리 부서가 주무 부서이긴 합니다. 그러나 군청에 오시기 전에 먼저 문화원에 들르셔서 문의를 해보시고 자료가 있는 지 알아보셔야 합니다. 그 다음에 군에 오셔서 일을 보시는 것이

순서입니다. 참고로 그러잖아도 군에서도 우리 군의 유·무형 문화재를 전수 조사하려고 하고 있었습니다.”

문화예술과 담당 팀장이란 사람이 사무적 언사를 써 가며 나의 문의에 사무적으로 답변했다. 팀장의 말에 나는 문화원을 찾아가기로 하고 팀장에게 문화원의 위치를 물어 찾아갔다. 문화원은 지역 시군마다 거의 다 설립이 되어 있었다. 문화원의 설립 목적이 지역문화의 계발, 연구조사 및 문화진흥이라고 한다면, 당연히 지역의 소리와 풍물, 민속놀이에 대한 연구조사를 하지 않았을까 하는 생각이 들었다. 따라서 나는 우리 마을에 전해 내려오는 소리와 풍물, 민속놀이 역시 지역의 전통문화이므로 그에 대한 조사와 자료가 있는 지가 궁금하기도 하였다.

“어떻게 오셨습니까?”

문화원 사무국장이란 사람이 소파에 앉아 텔레비전을 보고 있다가 내가 들어서자 떨떠름한 표정을 지으며 물었다. 사무실 안에는 사무국장 외에 여직원이 한 명 더 있었는데 여직원은 책상에 앉아 컴퓨터로 무슨 일인가를 하고 있었다.

“네, 저는 은포리에 사는 이상수라고 합니다. 뭐 좀 알아볼까 해서 왔습니다.”

내가 정중하게 내 소개를 하였다.

“은포리요? 은포리면 갈산면 은포리 말입니까?”

“네, 그렇습니다.”

"그럼 선생은 은포리에 사신지 오래 되셨습니까?"

사무국장이 내게 물었다.

"네, 그렇습니다. 은포리가 고향입니다."

내가 다시 정중하게 대답했다.

"그럼 같은 동향이시구만. 그런데 무슨 일로 여길 찾아 오셨는지?"

"네. 다름이 아니고 우리 마을에 옛날부터 내려오는 소리와 풍물, 민속놀이에 대한 자료가 문화원에 있는가 해서 찾아왔습니다."

내가 문화원을 찾아온 용건을 말했다.

"은포리에 전해 내려오는 소리와 민속놀이라? 가만 있자. 오래전에 서울에서 온 문화재 전문위원이란 사람이 우리 군에 와서 전해 내려오던 소리를 채록한 적이 있는 것 같은데.... 박 양아, 너 은포리 관련 소리와 민속놀이 채록한 거 어디 있는지 아냐?"

사무국장이 박 양이라는 아가씨를 돌아보며 물었다.

"그 자료 군청에 보내지 않았어요?"

박 양이라는 아가씨가 사무국장에게 말했다.

"그야 자료 한 부만 보냈고 한 부는 우리가 보관했을 거 아냐. 한번 찾아봐라."

사무국장이 눈살을 찌푸리며 아가씨에게 말했다.

"알았어요."

아가씨가 마지못해 대답하고 캐비닛에 가서 뒤적거리며 자료를 찾았다. 잠시 후 많은 서류 봉투 속에서 누런 봉투 하나를 찾아 사무국장에게 건네주었다.

"보자. 음, 여기 있네."

다행히 조사된 자료가 봉투 안에 들어 있었다.

"죄송하지만 그걸 좀 복사해서 한 부만 주시면 안 되겠습니까?"

내가 사무국장에게 부탁을 하였다.

"그건 좀 곤란한데요. 아직 이게 정리된 것도 아니고, 선생께서 은포리에 사신다고 하셨지만 이걸 외부로 반출하기는 어렵습니다. 원장님 재가도 받아야 하고요."

사무국장이 난색을 표하며 말했다.

"그럼 제가 원장님을 뵙고 양해를 구하면 안 되겠습니까?"

내가 사정 조로 부탁을 하였다. 모처럼 시간을 내서 문화원까지 찾아왔고 자료가 있는 걸 확인한 이상 자료를 꼭 입수하여 돌아가야 하였다.

"원장님은 출타 중이십니다. 오늘은 안 들어오십니다."

사무국장이 단호하게 말했다.

문화원을 방문한 날 저녁, 나는 송 노인을 뵈러 어른의 집을 찾아갔다. 문화원에서나 문화재 전문위원이 와서 우리 마을의 전통소리와 풍물, 민속놀이를 조사하였다면 분명 송 노인도 그 사실을 알고 있으리란 생각에서였다.

"어르신, 예전에 혹시 문화원에서나 문화재 전문위원이란 사람이 우리 마을을 방문하여 소리와 민속놀이를 조사하신 것을 알고 계십니까?"

내 물음에 송 노인은 잠시 생각을 하는 듯 하더니 이내 입을 열었다.

"오래전에 한 번 찾아온 것 같은데..... 하도 오래된 일이라 기억도 가물가물 하구만."

"아, 오긴 왔었군요. 그때 그 사람들이 어르신을 만났지요? 그 사람들이 뭐라고 하던가요?"

"그때도 자네가 한 말 비슷하게 하면서 나에게 소리를 해 보라고 하더구만. 내가 소리를 하니까 문화재 전문위원 사람이 녹음기에 내가 하는 소리를 녹음 하더라구. 그러면서 이 마을에 전해 오는 소리와 민속놀이가 무엇이 있는지 꼬치꼬치 이것저것 물었어. 그런데 그걸 자네가 왜 묻나?"

송 노인이 무슨 일이냐는 듯 물었다.

"어르신, 제가 오늘 군청과 문화원을 찾아 갔었습니다. 우리 마을의 전통소리와 풍물, 민속놀이에 관련하여 알아볼 것도 있고 지원을 받을 수 있는지 없는지, 또한 우리가 가지고 있지 않은 자료가 있는지 알아보려고요. 문화원에 가서 자료가 있으면 좀 달라고 하였더니 자료는 있는 모양인데, 원장 허락이 있어야 한다면서 안 주더라고요."

내가 군청과 문화원을 찾아간 이유를 송 노인에게 말했다. "그려? 문화원장은 나도 잘 아는 인데. 내가 가면 자료를 줄 것이네. 언제 나랑 한번 가보시겠나?"

송 노인이 의외로 자발적으로 문화원에 가자고 말했다.

"아, 그러시겠어요. 그럼 제가 내일 댁으로 차를 가지고 오겠습니다. 소뿔도 단김에 빼랬다고 내일 가시도록 하지요. 그럼 내일 뵙겠습니다. 안녕히 주무십시오."

나는 가벼운 발걸음으로 송 노인의 집을 나왔다. 다음날 나는 송 노인을 모시고 문화원을 방문하였다. 마침 원장이 자리에 있었다. 송 노인을 본 원장이 반색을 하며 송 노인을 반갑게 맞이하였다.

"아이구, 은포리의 소리꾼 어르신께서 어인 일로 여기를 다 나오셨습니까?"

"오래간만입니다. 그동안 별고 없으셨지요."

송 노인이 원장에게 손을 내밀어 악수를 청하였다. 차를 마시며 이런저런 얘기를 나누다가 송 노인이 문화원에 온 용건을 말하였다. 그러자 원장이 사무국장에게 자료를 찾아보라고 바로 지시를 하였다. 잠시 후 사무국장이 자료를 가지고 왔다. 나와 송 노인이 사무국장이 가져온 은포리 관련 자료를 살펴보았다. 그러나 자료라고 해 봤자 특별한 것이 없었다. 내가 가지고 있는 자료와 별반 다르지 않았기 때문이다. 그러나 소득이 있었다. 문화재 전문위원의 우리 마을에 전해 내려오는 전통소리와 풍물, 민속놀이에 대한 소견서가 첨부되어 있는 것을 볼 수 있었다는 점이었다.

　문화재 전문위원의 소견서를 읽어보니 우리 마을에 전해 내려오는 소리와 풍물, 민속놀이는 역사성과 예술성, 원형에 가까운 작품임으로 전승되어 보존할 가치가 충분하다는 취지의 의견이 있었다. 그러면서 향후 군 차원의 향토문화유적 지정은 물론 도 문화재로의 지정도 가능하다는 소견이 덧붙여 있었다. 그러면서 우리 마을에 소리와 민속놀이를 완벽하게 재현하는 전승자가 생존하여 있으므로 전승자가 생존해 있을 때 전승을 위한 노력과 함께 문화재 지정을 촉구 한다는 의견이 병기되어 있었다.

　나는 문화재 전문위원의 소견서를 보고 상당히 고무되었다. 잘만하면 우리 마을에 전해져 내려오는 소리와 민속놀이가 문화재로 지정될 지도 모른다는 기대감이 나를 흥분 시키는 것이었다. 송 노인은 나의 마음을 아는지 모르는지 자료를 일별한 후, 원장과 담소를 나누기에 정신이 없었다. 나는 문화원을 나오면서 송 노인이 생존해 계실 때 우리 마을의 소리와 민속놀이를 향토문화재와 도 문화재로의 지정을 추진하여야겠다고 마음먹었다. 그러기 위해서는 먼저 이런 사실을 마을 사람들에게 알릴 필요가 있었다. 나는 문화원에서 돌아오는 대로 이장 명철을 찾아가 그간의 일들을 설명하고 마을회의를 열어 이 문제를 논의하자고 건의하였다. 며칠 후 마을회의가 개최되었다.

"오늘 마을회의 안건은 우리 마을에 전해져 오는 소리와 풍물, 민속놀이와 관련해서입니다. 이 건에 대해서 상수, 아니 이상수 씨께서 나오셔서 자세히 설명 하도록 하겠습니다."

이장 명철이 마을 사람들에게 회의를 열게 된 이유를 설명하였다. 이장이 자기 자리로 돌아가자 내가 앞으로 나갔다.

"저녁 식사는 다들 하고 나오셨는지요? 농사일에 피곤하실 텐데 번거롭게 나오시라 해서 죄송합니다. 오늘 우리 마을의 중요한 문제를 논의하기 위해 이 자리를 마련하였습니다."

"중요한 일이 무엇이여? 나는 빨리 들어가서 연속극 봐야 하는디."

운봉 아저씨의 처인 명순 아주머니가 불쑥 한 마디 하였다.

"아따. 그놈의 연속극 안 보면 어디 덧난댜. 뭔 연속극을 그렇게 재미나게 보는겨."

명순 아주머니의 말에 이번에는 순태 형님이 나섰다.

"아이구, 아주머니들 왜 그래요. 연속극은 나중에 재방송 봐도 돼잖요. 상수, 어서 용건을 말하게. 원 사람들이 모이면 말들이 많아 골치 아프다니까."

순태 형님이 손가락으로 머리를 톡톡 치며 말했다.

"네, 알겠습니다. 용건만 간단히 말씀드리겠습니다. 제가 며칠 전에 군청과 문화원을 찾아 갔었습니다."

"거긴 왜 갔수?"

그 새를 못 참고 명순 아주머니가 질문을 하였다.

"아이구, 아주메. 좀 들어봅시다. 그러잖아도 상수가 말할 것 아니유."

덕만 형님이 명순 아주머니를 보고 힐난조로 말했다.

"제가 군과 문화원을 찾아간 이유는 지금 우리 마을의 소리와 풍물, 민속놀이와 관련하여 알아볼 것이 있어 찾아간 것입니다. 먼저 군을 찾아간 것은 군 차원의 지원을 받을 수 있는지 알아보려고 간 것이고, 문화원을 찾아간 것은 우리 마을의 소리와 풍물, 민속놀이에 관련하여 자료가 있는가 알아보려고 간 것입니다. 군 차원의 지원은 좀 더 일의 진행을 봐서 해야 할 일이고요. 문화원에는 자료가 있기는 한데 자료가 좀 부실합니다. 제가 가지고 있는 수준 정도의 자료밖에 없었습니다. 그러나 문화원에서 얻은 소득이 있었습니다. 그건 문화재 전문위원의 소견서 내용이었습니다. 소견서에 의하면 우리 마을의 소리와 풍물, 민속놀이가 역사성과 예술성이 뛰어나 보존 가치가 높아 향토문화재로 지정할 것과, 더 나아가 도 문화재로 지정되어야 할 것이란 전문위원의 소견 내용이었습니다."

내가 군과 문화원에 다녀온 결과를 이야기 하였다. 내 말이 끝나자 김인철 씨가 손을 들고 발언권을 신청하였다.

"지금 이 선생님께서 말씀하신 걸 들어 보니 우리 마을로서는 아주 반가운 소식이라고 할 수 있습니다. 다시 말하면 우리 마을의 소리와 풍물, 민속놀이가 군 향토문화재와 더 나아가 도 무형문화재 지정이 가능하다는 얘기 아닙니까? 더군다나 문화재 전문위원이란 사람이 그런 말을 했다면 그건 거의 확실한 사실이기도 하고요."

"그럼 송영달 어르신은 어떻게 되시는 건가?"

덕만 형님이 송영달 어르신을 거론하였다.

"어르신이 우리 마을에서 유일하게 소리와 민속놀이를 재현하실 수 있으니 그 분이 살아 계실 때 완벽하게 소리와 민속놀이를 전승받아 체계화시켜야 합니다. 그리고 마을 분들도 이 일에 힘을 모아 우리 마을의 소리와 민속놀이가 도 문화재로 지정이 될 수 되도록 함께 노력 하여야 하고요."

내가 힘주어 말하였다. 내 말에 마을 사람들은 동의하고 마을에 전해 내려오는 소리와 민속놀이를 문화재로 지정이 되도록 노력할 것을 다짐하였다. 또한 송영달 어르신이 지도하는 소리와 풍물, 민속놀이를 열심히 배우기로 하였다. 오늘 회의 결과는 성공적이었다. 나는 마음이 놓였다. 그러나 나에게 주어진 책임으로 어깨가 무거운 건 사실이었다. 문화재 지정을 위한 모든 절차와 준비는 내 몫이기 때문이었다.

가을에 들어선다는 입추가 지났지만 더위는 여전하였다. 다행히 여름 들어 비가 자주 내렸다. 그리하여 벼의 생육에 도움이 되었고 따가운 햇살은 벼의 이삭 패기에도 도움이 되었다. 조생종 벼이삭 줄기에 매달린 벼의 도화(稻花)가 바람에 잠자리 날개 떨듯 하늘거렸다. 이대로라면 봄 가뭄을 극복하고 평년작은 될 듯하였다. 뒤늦게 찾아오는 태풍과 서리 피해만 없기를 바랐다.

복숭아 과수원의 복숭아도 한창 출하 중이었다. 그런데 복숭아는 때깔은 그런대로 잘 나오는데 당도가 떨어졌다. 여름 들어 비가 자주 오는 것이 원인일 터였다. 나는 많은 사람들이 선호하는 대옥계와 월봉을 주로 식재하였다 이 두 종류의 복숭아는 과육이 치밀하고 당도가 좋았다. 그래서 많은 사람들이 선호하는 품종이었다.

저녁 식사를 마치고 나는 과육이 물렁한 복숭아를 골라 쇼핑백에 넣었다. 송 노인을 만나러 가기 위해서였다. 어쨌든 회의까지 열어 마을에 전해 내려오는 소리와 민속놀이를 체계화시키는 일과 전승 보존을 위해서는 송 노인의 도움 없이는 이룰 수 없는 일이었다. 송 노인은 그런 점에서 특별히 모셔야 할 분이었다. 예전 어느 정도 소리와 민속놀이를 채록하고 기록을 하여 두었지만 더욱 자세하게 고증에 입각하여 기록하고 자료화 하여야 하였다.

"자네, 일을 너무 크게 벌이시는 거 아닌가 모르겠네. 자네도 농사일 하랴 여간 바쁘지 않을 텐데 말이야. 내 자못 걱정이 되네 그려."

되레 내 걱정을 하며 송 영감이 조심스럽게 말했다.

"별 말씀을 다하십니다. 이번 기회가 아니면 이 일을 할 수도 없습니다. 더군다나 어르신께서 연로하신데 어르신이 건강하실 때 저희들이 전승을 받고 보존을 하여야지요."

내가 송 노인에게 말하고 그동안 내가 채록한 것과 문화원에서 가져온 자료를 비교해 가면서 송 노인의 자문을 구하였다. 비교 결과는 거의 같았으나 일부분 다른 것도 눈에 띄는 것이 보였다. 그리면 나는 그 부분에 대해서 송 노인의 의견을 묻고 고쳐 나갔다.

비교 분석하여 채록을 완성한 후, 나는 예전 우리 마을의 소리와 민속놀이를 조사하고 고증한 문화재 전문위원의 소재지를 어렵게 찾아내어 연락을 하여 만나기로 하였다. 그 분의 자문을 받을 필요가 있었고 소견서에 밝힌 문화재 지정 건에 대해 의견을 듣기 위해서였다. 문화재 전문위원과는 서울의 인사동에서 만나기로 하였다. 부득이 그를 만나기 위해 서울을 올라가야 하였다. 아내는 나의 서울 출타에 대해 불만이 많았다.

"아니, 당신 정말 그럴 거예요? 이 바쁜 철에 서울을 가신다니요. 당신 그 일을 하는 건 안 말리지만 그렇다고 농사일에 지장을 줘가면서까지 꼭 그렇게 해야 해요?"

아내가 불만 섞인 말을 하며 나를 마뜩잖은 눈으로 바라보았다.

"당신이 이해 좀 해줘. 이번 기회에 이 일을 해놓지 않으면 다시 할 기회가 없어. 송 노인은 연세가 있으시니 언제 어떻게 되실 지 모르잖아. 그 어르신이 살아 계실 때 이 일을 마무리 해놓아야 해. 그러니 당신이 이해해. 알았지?"

나는 아내를 설득하였다.

"당신이 하는 일을 내가 이해 못하는 것은 아니에요. 당신도 아시다시피 요즘 얼마나 바빠요. 과수원 일은 하루라도 미룰 수가 없잖아요. 과일을 그때그때 수확하지 않으면 상품성이 떨어져 제값을 못 받는다는 걸 당신도 알잖아요. 그런데도 서울을 가신다니 하는 말이에요. 난 몰라요. 당신이 알아서 하세요."

아내가 토라져 몸을 돌려 안방으로 들어가 버렸다. 나는 입장이 곤란하여 한참을 거실 소파에 앉아 있다가 아내를 달래려 방으로 들어갔다.

문화재 전문위원이란 분은 80이 다 된 노인이었다. 나이가 들어 현직에서 물러나 지방에 민속박물관을 개관하고 그곳에서 생활하고 있다고 하였다. 전문위원은 대학에서 민속학을 강의하였고, 문화재청의 전문위원으로 위촉되어 몇 년 동안 활동하였다고 자기 소개를 하였다. 전문위원으로 있을 때에 전국을 다니며 그 지방의 전통소리와 민속놀이를 채록하고 연구하였으며, 그때 그 일의 일환으로 우리 마을에 들러 소리와 민속놀이를 채록하는 과정에서 송 노인을 만났다고 하였다.

내가 우리 마을 이름과 송영달 어르신의 이름을 대자 그는 금방 기억해 내고 반가워하였다. 나는 내 소개와 함께 우리 마을의 소리와 민속놀이를 재현하여 전승과 보존을 하려고 하며, 여건이 되면 문화재로 지정 받기를 원한다고 말하였다. 또한 문화원에서 예전 선생께서 조사하여 채록한 우리 마을의 전통소리와 풍물, 민속놀이에 대한 자료도 보았다고 덧붙여 말했다.

"허허, 그때가 벌써 언젠가? 근 20년이 넘은 것 같은데. 참 세월도 빠르군 그래."

전문위원이 회한에 잠긴 얼굴로 그 시절을 되돌아보는 듯 허공을 쳐다보았다.

"벌써 그렇게 되었군요."

"아직 송영달 어르신은 무탈하게 잘 지내시오? 그 양반 참 대단한 분이었는데. 소리면 소리, 풍물이면 풍물, 민속놀이면 민속놀이 못하는 게 없었지. 아마 그 양반 같은 사람 드물지 드물어."

전문위원이 고개를 끄덕이며 송영달 어르신을 기억하였다.

"아직 건강하게 잘 계십니다. 제가 얼마 전 문화원의 자료를 보다가 선생님께서 첨부한 소견서를 보았습니다. 선생님께서는 우리 마을의 소리와 풍물, 민속놀이가 문화재 지정이 가능하며 문화재 지정을 위한 전승과 보존책을 강구하라고 하신 소견서를 보았습니다. 그 부분에 대하여 선생님의 자문과 의견을 듣고 싶어서 이렇게 찾아 뵈었습니다."

내가 서울까지 와서 당신을 만나는 목적을 말하였다. 전문위원은 내 말에 고개를 끄덕이며 말하였다.

"진즉 서둘렀으면 더 좋았을 터인데.... 은포리의 소리와 풍물, 민속놀이가 역사성도 있고 예술성이 있는 것은 분명합니다. 그래서 당시 내가 그런 소견서를 덧붙였지요. 그런데 이제 그때와 지금은 세월이 많이 흘렀고 문화재법도 바뀌었어요. 향토문화재는 모를까 도 문화재 지정은 쉽지가 않을 겁니다. 그러나 가능성이 전혀 없는 것은 아닙니다."

노 전문위원이 말하였다. 서울을 다녀온 후 나는 농사일에 전념하였다. 마을 일도 일이지만 우리 일이 우선이었다. 그동안 아내 말마따나 집안일을 등한시 하고 마을 일에 시간과 노력을 많이 쏟아온 것이 사실이었다. 농사는 풀과의 전쟁이라고 해도 과언이 아니었다. 한참 잡초 제거를 하지 않았더니 과수원과 논둑, 밭둑에 풀이 무성하였다. 나는 예초기를 사용하여 과수원의 잡초 제거를 하였다. 닭과 염소를 과수원에 방사하여 잡초 제거에 많은 도움이 되기는 하였다. 과목 밑동 부분만 예초기를 사용하여 풀을 제거하였다. 다른 곳은 그냥 놔두었다. 닭과 염소가 다니면서 뜯어먹게 하였다.

잡초가 너무 무성하여도 문제지만 적당하게 잡초가 있으면 비가 많이 내릴 때 토양유실도 막을 수 있고, 가뭄에는 수분 유지도 어느 정도 되었다. 또한 각종 유익한 미생물도 많이 번식하여 과목에 유익하였다. 논둑과 밭둑의 풀도 다 깎아주었다. 벼들은 하루가 다르게 이삭이 패어 자라기 시작하였다.

복숭아 역시 조생종은 어느 정도 거의 수확을 하여 출하를 하였고, 만생종 출하를 앞두고 있었다. 아내는 내가 땀을 흘리며 과수원과 논·밭둑의 풀을 시원하게 제초하자 마음이 풀렸는지 나를 대하는 눈길이 달라졌다.

"당신, 이제 상일꾼이 다 되었수. 그렇다고 너무 무리해서 하지는 마세요. 당신도 이제는 나이가 있잖아요."

아내가 격려 겸 위로의 말을 해주었다. 이른 저녁을 마치고 마을 사람들은 회관으로 모였다. 일전에 우리 마을의 소리와 민속놀이가 무형문화재로의 지정 가능성이 있다는 말을 들은 이후로 마을 사람들의 태도가 달라졌기도 하였지만 다들 그 소식에 고무되어 있었다. 그러나 송 노인만은 마을 사람들과는 달리 아무 내색을 하지 않았다. 그리고 그 일에 관하여 가타부타 말이 없었다. 나는 솔직히 송 노인의 속마음이 궁금하였다. 그렇다고 노골적으로 물어볼 수도 없었다. 송 노인은 묵묵히 소리와 놀이를 가르치는 일에만 몰두하였다.

마을 사람들 역시 송 노인의 눈치를 보며 그에 관한 말을 일체 하지 않았다. 그러나 몇몇 사람 중에는 향토문화재나 무형문화재로 지정이 되면 군이나 도에서 보조금이 나온다는 말에 귀를 솔깃해 하는 사람도 있었다.

나는 될 수 있으면 돈과 관련된 사항에 대해서는 처음부터 초연해 지려고 하였다. 군이나 도에서 마을에 전해져 내려오는 소리와 풍물, 민속놀이의 가치를 알고 향토문화재나 무형문화재로 지정을 하여 보조금을 주면 고맙게 받을 것이다. 그러나 그게 목적은 아니었다. 내가 처음 송 노인을 찾아가 마을에 전해 내려오는 소리와 민속놀이를 배우고자 한 것은 사라지고 잊혀져 가는 우리 전통의 가치인 소리와 민속놀이를 전승하고 보존하는 일에 목적을 두었기 때문이었다.

사람들이 하나둘씩 모이고 회관에 보관하여 두었던 악기를 들고 나왔다. 꽹과리와 북과 장구였다. 송 노인이 일찌감치 나와 꽹과리를 치고 있었다. 김인철 씨 부부도 송 노인과 함께 꽹과리를 신나게 장단을 맞춰 가며 쳐댔다. 세 사람이 치는 꽹과리 소리가 마을에 쟁쟁거리며 울려 퍼졌다. 사람들이 어느 정도 모이자 송 노인은 꽹과리를 내려놓고 북을 집어 들었다.

"자, 다들 모이셨습니까? 그럼 오늘도 한판 신나게 놀아들 보십시다. 먼저 긴소리부터 시작하니 잘 받아 하시오."

송 노인이 둘러선 사람들에게 말했다. 그러자 사람들이 길게 목을 빼어 '에이~~' 소리로 화답하였다. 나 역시 북을 들고 송 노인 옆에 서서 받는 소리를 길게 내었다.

"에~~ 이에에, 에~~이에~~~~, 에~~이 에에, 에~~~어이 ~~~ 쏴~~~~ 아~~아~~~~, 이~~~~, 이~~~~, 이히요오~ 호~ 오~~~~ 오~~~~

요 내 춘색은 다 지나를 가고 황금 단풍이 돌아를 오네

잉헤~헤~~ 에이에, 잉헤~에~리이, 사~ 두여~~

가자하면 유자 충신이요

우리 인생도 다 지나를 가고"

송 노인의 우람하고 걸판지며 맑은소리가 울려 퍼진다. 그 뒤를 이어 마을 사람들 모두 송 노인의 소리를 받아 받는 소리를 길게 하였다. 긴소리에 이어 사두여 소리로 넘어갔다. 소리는 무엇보다 사람들 간 호흡이 잘 맞아야 하였다. 그러려면 연습밖에 없었다. 악기는 일정 정도 연습을 하면 칠 수가 있었다. 다만 꽹과리와 태평소는 따로 배우고 많은 연습이 필요 하였다. 송 노인은 꽹과리는 물론 장구와 북, 태평소까지 능숙하게 다룰 수

있었다. 마을 사람들 역시 웬만큼 농악기를 다룰 수 있어 연습하는데 큰 어려움은 없었다.

연습이 끝나고 내가 따로 김인철 씨 부부를 불렀다. 부부는 나를 따라 우리 집으로 향하였다. 나는 김인철 씨에게 따로 부탁할 일이 있었다.

"인철이, 요즘 농사일 하느라 바쁘지? 날씨가 더운데 흑염소들이 더위나 먹지 않는지 모르겠네."

내가 짐짓 김인철 씨의 흑염소 걱정을 하며 말을 떼었다.

"네, 요즘처럼 더워서는 동물들도 힘들어 하지요."

김인철 씨가 대답하였다.

"저 다름이 아니고 내가 따로 김인철 씨를 불러낸 것은 말이야. 농사일로 바쁘겠지만 풍물패의 상쇠 역할을 자네가 맡아줬으면 좋겠어."

내가 맡고 있는 상쇠 역할을 맡으라고 하자 김인철 씨가 뜨악한 표정으로 나를 쳐다보았다.

"아니, 왜요? 상쇠는 형님이 맡아서 하시잖아요."

"그렇긴 한데. 내가 생각해 보니까 상쇠는 나보다는 김인철 씨가 맡았으면 어떨까 해서. 그리고 부쇠는 아주머니가 하면 좋겠고 말이야."

내가 김인철 씨 옆에 앉아 있는 부인에게 눈길을 돌리며 말했다. 그러자 김인철 씨의 부인이 내 말이 떨어지자마자 손사래를 치며 거부하였다.

"아유, 그런 말 마세요. 저희 부부가 어떻게 상쇠와 부쇠를 맡아서 해요. 마을 분들 보는 눈도 있는데요. 그리고 지금까지 잘해 오셨는데 왜 저희한테 그걸 맡기시려고 하세요."

김인철 씨의 아내가 머리를 흔들며 안 된다고 거듭 말하였다.

"마을 분들 눈치 안 보셔도 됩니다. 두 분이 상쇠와 부쇠를 맡는다고 누가 뭐랄 사람 한 사람도 없습니다. 제가 옆에서 거들 테니 맡아 주십시오. 저는 저대로 또 일이 있어서 그럽니다."

내가 간곡하게 두 사람에게 부탁을 하였다. 사실 나는 진즉부터 김인철 씨에게 상쇠를 맡기려고 하였다. 꽹과리를 다루는 솜씨도 좋은데다 아무래도 이런 일은 젊은 사람이 하는 것이 훨씬 나을 것 같았다. 다른 이유로는 아내의 불만이 점점 고조되는 것이 염려되기도 하였다. 또한 향토문화재와 도 문화재로 지정을 받으려면 서류다 뭐다 해서 군과 도를 자주 드나들어야 하였다. 그렇게 되면 시간을 많이 내야 하고 그에 따라 농사일에 소홀할 수밖에 없었다. 마을 일도 좋고 전해 내려오는 소리와 민속놀이를 문화재로 지정 받는 일도 중요하고 좋지마는, 나로서는 아내의 불만을 모른 체 할 수도 없는 일이었고 농사일을 등한시 할 수도 없었다.

우리 면은 해마다 8.15 광복절을 맞이하여 면민 체육대회를 성대하게 개최하였다. 광복을 기념하여 열리는 면민 체육대회는 역사도 오래 되었고 6.25 사변이 일어난 해만 거르고 한 해도 거르지 않고 열리는 면의 최대 행사였다. 이 행사에는 우리 면의 17개 마을의 주민들이 함께 하는 축제 성격의 행사로서 우리 면의 큰 잔치였다. 각 마을을 대표하는 선수들은 물론 주민들까지 이 날은 하루 일을 쉬면서 자기 마을의 출전 선수들을 응원하며 하루를 즐기는 것이었다. 이 날의 주요 경기는 씨름을 비롯하여 축구와 배구, 달리기, 줄다리기, 마을 별 장기자랑으로 이루어졌다. 장기자랑에서 우리 마을은 소리와 풍물을 하기로 하였다.

이 자리에는 군수를 비롯하여 국회의원 각급 기관장, 유지들이 다 모였다. 마을회의에서 광복절에 출전할 선수들을 선발하고 어떤 종목으로 출전할 것인지를 의논하고 장기자랑으로 우리 마을의 소리와 풍물을 선보이기로 결정하였다. 선수로 선정된 출전 선수들은 진즉부터 연습을 시작 하였다.

두레 풍물단은 일주일에 한 번씩 모여 연습을 하였기에 따로 연습을 할 필요는 없었으나 제대로 복색을 갖추어 연습을 하여야 하였다. 또한 당일 우리 두레 풍물단이 길놀이 행사를 하기로 내정이 되어 있었다. 두레 풍물단은 삼색 복장을 갖추어 입고 고깔을 써야 했으며 농기를 앞세우고 행사장인 운동장을 돌며 풍물을 할 예정이다. 이 날은 면민들뿐만 아니라 고향을 떠나 각지로 나가 살던 탈 향민들도 많이 참석하였다. 나는 이날 행사의 상쇠를 미리 김인철 씨에게 부탁을 하여 두었다. 이제부터 내가 전면에 나서지 않고 뒤에서 행사를 돕고 행정적인 일을 하기로 하였기 때문이다.

드디어 8.15 광복절이 돌아왔다. 우리 은포리 마을 주민들은 일찍부터 서둘러 행사가 열리는 은포 초등학교로 가려고 준비를 하였다. 경기에 출전하는 선수들은 진즉 출발을 하였다. 음식을 준비하는 아낙네들도 일찌감치 서둘러 음식 준비를 하였다. 솥과 그릇을 차에다 싣고 음식거리와 과일과 떡, 술, 음료수도 차에 실었다. 두레 풍물패는 출발하기 전 마을 회관 앞에서 마지막 리허설을 하였다. 풍물패들은 삼색 복장을 갖춰 입고 고깔을 썼다. 김인철 씨는 상쇠를 뜻하는 상모를 쓰고 삼베 복색을 입고 꽹과리를 신나게 쳐댔다. 상쇠와 부쇠가 치는 꽹과리와 장구, 북, 재금, 태평소가 한바탕 일사분란하게 어우러졌다. 그 앞에 커다랗게 '농자천하지대본'이라 쓴 기를 앞에 든 덕만 형님이 우쭐우쭐 앞서 나갔다. 그 뒤에는 작은 기를 든 상철이, 덕출 아저씨가 뒤를 따랐다.

행사에서 소리를 하게 되어 있는 송 노인이 김인철 씨와 어울려 꽹과리를 같이 쳤다. 송 노인의 강약을 조절하여 쳐대는 꽹과리 소리가 김인철 씨의 꽹과리와 어우러져 힘을 더했다. 광복절 행사는 성공적으로 끝났다. 우리 마을은 17개 마을 중에

종합 2위를 차지하였다. 부상으로 텔레비전을 받았다. 부상으로 받은 텔레비전은 마을 회관에 놓아둘 것이었다. 마을 장기 자랑에서는 우리 마을의 두레 풍물패가 최우수상을 받았다. 부상으로 금일봉을 받았다. 우리는 금일봉으로 받은 돈에서 일부를 떼어 송 노인에게 사례를 하였고, 나머지 돈으로 악기를 사고 농기를 만드는데 사용하기로 하였다.

광복절 저녁이었다. 송 노인의 집에서 사단이 나고 말았다. 광복절 행사에 참가하기 위하여 집에 온 춘봉이가 사단을 일으키고 만 것이다. 춘봉이는 다시금 송 노인에게 밭을 팔아 사업자금을 대 달라고 떼를 쓴 모양이었다. 그러나 송 노인은 춘봉이의 부탁을 일언지하에 거절한 것이다. 이에 격분한 춘봉이가 송 노인에게 욕을 해대고 집안의 물건을 던지고 때려 부순 것이다. 이에 송 노인은 그 충격으로 쓰러진 것이었다.

송 노인이 쓰러졌다는 소식을 나는 이튿날 듣고 부랴부랴 송 노인의 집을 찾아갔다. 집 안에 들어서자 마당 여기저기 어제 저녁의 흔적들이 남아 있었다. 전화기와 텔레비전이 마당에 던져져 박살이 나 있었고, 옷가지들이 어지럽게 흩어져 있었다. 송 노인의 아내인 남씨는 넋을 놓고 마루에 멀거니 앉아 있었다. 나를 봐도 아는 체를 하지 않고 미동도 하지 않았다.

방문을 열고 안으로 들어갔다. 어둠침침한 방 안에 송 노인이 죽은 듯이 아랫목에 누워 있었다. 사람의 기척을 느꼈음에도 송 노인은 아는지 모르는지 미동도 않고 누워 있었다.

"어르신, 어르신, 제가 왔습니다."

내가 송 노인의 머리맡에 무릎을 꿇고 앉으며 송 노인을 불렀다. 그러나 송 노인은 나의 부름에도 아무 대꾸가 없었다. 눈은 떠 있었으나 동공의 움직임이 없었다. 심상치가 않았다. 나는 얼른 밖으로 나와 남씨 아주머니를 불렀다.

"아주머니, 아주머니, 어르신이 왜 저러고 계십니까? 정신 차리시고 어서 어르신을 병원으로 모시지요. 참, 이를 어쩌면 좋단 말인가?"

나는 탄식을 하면서 밖으로 나와 이장 명철이에게 전화를 걸어 송 노인의 상황을 설명하였다. 그러고는 내가 차로 읍내 병원으로 모시고 갈 테니 뒤처리를 부탁한다는 당부의 말을 하였다.

병원의 진단은 충격이 아닐 수가 없었다. 송 노인은 충격으로 인하여 실어증과 함께 뇌졸중이 동반되었다는 것이다. 어처구니가 없는 일이었다. 어제만 해도 송 노인은 광복절 행사에서 그 유장한 소리를 걸판지게 뽑아 많은 사람들의 박수갈채를 받았다. 또한 두레 풍물패의 상쇠 김인철 씨와 함께 꽹과리를 신명나게 쳐대었던 것이다. 그런데 하루 사이에 저렇게 급전직하 추락을 하고 말았다. 어이가 없었다. 참으로 인생이란 모질기도 하지만 한 치 앞을 내다볼 수가 없는 일이었다. 가족들에게 연락이 되어 큰 아들과 딸들이 병원으로 속속 도착하였다. 마을에서도 이장을 비롯하여 마을 사람 몇이 병원을 찾아왔다.

딸들은 병원에 도착하자마자 송 노인이 말 한 마디 못하고 누워서 눈만 껌벅껌벅 하는 모습을 보고 울음을 터뜨렸다. 큰 아들 춘남이 형님은 그런 동생들을 멀찍이서 침울한 얼굴로 바라보았다. 송 노인의 아내 남씨는 흐르는 눈물을 계속 앞치마로 찍어 내었다. 나와 이장 명철이, 마을 사람들 역시 아무 말도 못하고 안타까운 심정으로 침대에 누워 있는 송 노인을 바라볼 뿐이었다. 사단의 장본인인 춘봉이는 당연히 없었다. 춘봉이는 일을 이 지경으로 만들어 놓고 부산으로 내려가 그 누가 전화를 해도 받지를 않았다.

"아버지, 아버지, 말씀 좀 해 보세요. 그렇게 누어만 있지 말고요. 엄마, 춘봉이 오빠 그 나쁜 놈 내 전에 논 팔아갈 때 알아보았다구요. 오빠, 말 좀 해보세요. 그렇게 꿀 먹은 벙어리처럼 계시지 말고."

작은 딸 은숙이가 송 노인과 오빠, 엄마를 둘러보며 울음 섞인 푸념을 하였다. 그러나 오빠 춘남이는 여동생의 푸념에도 아무런 반응을 보이지 않고 한숨만 쉬었다. 남씨 역시 딸의 말에 아무 대꾸도 못하고 한숨만 연거푸 쉬며 눈물을 짜내었다.

"엄마, 그만 우세요. 그런다고 아버지가 다시 금방 일어나실 것도 아니잖아요. 춘봉 오빠가 이런 패악을 부린 데에는 엄마도 책임이 있단 말이야. 지난번 춘봉 오빠가 논 팔아서 사업자금 대달라고 했을 때 집안 식구들 모두 말렸잖아요. 근데 엄마만 춘봉 오빠를 싸고돌면서 논 팔아서 사업자금 대주자고 그랬잖아. 이게 다 엄마 때문이야."

은숙이 엄마인 남씨에게 화를 내며 원망의 말을 퍼부었다. 그러자 옆에 있던 춘남이 형님이 그런 여동생을 나무랐다.

"이제 와서 그런 말을 하면 무슨 소용이 있어. 엄마도 춘봉이 자식이 사업을 잘할 줄 알았지. 못할 줄 아셨겠냐? 그러잖아도 아버지 일로 심란하신 분에게 함부로 말하지 마라. 그러잖아도 심란하신 분에게."

송 노인의 갑작스런 변고로 말미암아 모든 일에 차질이 생기게 되었다. 당장 송 노인이 소리와 풍물, 민속놀이 지도를 못하게 되었다. 또한 문화재로 지정하려는 일에도 불가피하게 차질이 생길 수밖에 없었다. 우리 마을의 소리와 민속놀이를 완벽하게 재현하는 유일한 전승자가 저런 변고를 당하였으니 일을 추진할 동력을 잃은 셈이었다.

나는 마음이 심란하였다. 그렇다고 누구에게 속내를 이야기할 수도 없었다. 저녁을 먹고 나는 답답한 심사를 달랠 겸 산책을 하기 위해 밖으로 나왔다. 이른 저녁을 먹은 터라 아직 해는 지려면 멀어 황매산 중턱에 걸려 있었다. 나는 황매 저수지가 있는 마을 끝으로 발걸음을 옮겼다. 처서가 지났는데도 더위가 가시질 않았다. 풀숲에서 후끈거리는 기운과 함께 풀 냄새가 물씬물씬 풍겨왔다. 언덕바지 느티나무에서 쓰르라미와 매미가 극성스럽게 울어댔다. 들판의 벼이삭은 거의 다 패었다. 조생종 벼들은 벌써 벼이삭이 줄줄이 맺히기 시작하고 벼 잎의 색깔도 연녹색으로 변해가고 있었다. 만생종은 아직 벼 포기가 푸르고 이삭이 비칠 듯 말 듯 꼿꼿하게 자리 잡고 있었다. 덕만 형님네 밭에 심기어진 수수가 바람결에 이리저리 흔들거렸다. 참새 떼의 습격을 막기 위해 수수 꼭대기에 양파망을 일일이 씌어 놓았다. 보통 일이 아니었다. 유해 조수의 피해가 농가에게 큰 시련을 주고 있었다. 하긴 우리 과수원에도 가끔 고라니와 멧돼지가 내려오고는 하였다. 고라니는 과목 밑동에 떨어진 과일을 주로 주워 먹었으므로 과수원에 큰 피해는 없었다. 그러나 멧돼지란 놈은 나무 밑동을 주둥이로 파헤쳐 과목 뿌리에 피해를 주었다.

둔덕에 올라서니 저만치 저수지가 보였다. 봄 가뭄이 극심했을 때는 바닥을 드러냈었는데, 여름 들어 비가 자주 온 탓에 지금은 저수량이 풍부하였다. 씨알 굵은 참붕어들이 많이 낚인다는 소문이 알려져 타 지역에서 낚시꾼들이 많이 몰려왔다. 그걸 증명하듯이 늦은 이 시간에도 강태공들이 드문드문 한가롭게 낚시를 드리우고 있었다. 예전 내가 어렸을 때 친구들과 이곳까지 고기를 잡으러 왔었고, 헤엄을 치다 헤엄 미숙으로 물에 빠져 허우적대는 것을 덕만 형님이 발견하고 건져내 준 기억이 났

236

다. 지금도 마을사람들은 고기를 잡아 천렵을 하는 장소로 이용하기도 하였고, 얕은 물가에서는 민물새우를 잡아 토하젓을 담갔다. 토하젓은 별미로서 갓 지은 밥에 비벼 먹으면 밥도둑이 따로 없었다.

이런저런 상념에 젖어 저수지를 바라보았다. 저수지의 푸른 물이 약한 바람에 살랑살랑 물결을 일으켰다. 실잠자리 한 쌍이 짝을 지은 채 얕은 물가를 뱅뱅 돌았다. 수초에 알을 낳을 작정인 모양이었다. 저런 미물들도 자기 종족 보존을 위해 애를 쓰는 모습이 경이로워 보였다. 하물며 만물의 영장이라는 인간들은 과연 저 미물만한 존재인가.

송 노인의 사태를 보면서 나는 인간의 일이란 한 치 앞을 내다볼 수 없는 어둠 속의 미로란 생각이 들었다. 송 노인은 그 일 후로 반식물 인간이 되어 병상에서 누워 지냈다. 남씨만 남편 간호 하느라 늘그막에 죽을 맛이었다. 자식들은 그저 문병을 와서 안타까움을 토로하고 가면 그만이었다. 춘봉이는 그 후로도 통 모습을 보이지 않았다. 마을 사람들은 송 노인을 저 지경으로 만든 춘봉을 욕하며 비난하였지만 어찌할 수가 없었다.

나는 저수지의 방죽을 올라 저수지 건너편의 하늘을 쳐다보았다. 하얀 뭉게구름이 떼를 지어 두둥실 떠있었다. 그 모습이 흡사 무리를 이루어 풍물을 치는 사람들로 보였다. 무엇 눈에는 무엇만 보인다더니 내 눈에만 그렇게 보이는 것인가. 아니었다.

뭉게구름은 분명 사람들 형상이었으며 손에는 각종 농악기를 들고 있었다. 그 중 우뚝 위로 선 뭉게구름이 상쇠 역할을 하였던 송 노인이었다. 곧이어 풍물패의 풍물이 왁자그르르 어우러져 들려오는 환청이 들려왔다.

○ 들소리 부분은 경기도 고양시 송포호미걸이 중 일부를 인용하였음을 밝힘.

달빛 아래 천리향(千里香)

그 해 여름 나는 어렵게 남도 여행을 단행하였다. 진즉부터 남도 여행을 하고 싶었으나 사정이 여의치 않았다. 여행이라는 것이 마음만 먹는다고 되는 것이 아니었다. 거기에 따른 시간적 경제적 여유가 있어야 하는 것이 여행이었다. 경제적 여유만 된다면 남도 여행뿐만 아니라 터키를 비롯하여 중앙아시아의 키르기스스탄을 여행하고 싶었다. 특히 키르기스스탄은 꼭 한 번 더 가보고 싶은 나라였다.

5년 전 내가 아는 학교 재단의 이사장으로부터 후원을 받아 키르기스스탄을 여행한 적이 있었다. 짧은 4박 5일간의 여행이었지만 나는 키르기스스탄을 여행하면서 그 나라의 자연 경관에 완전히 빠져 버렸다. 그 때를 떠올리면 지금도 키르기스스탄의 푸른 초원이 눈앞에 넓게 펼쳐져 있는 듯하다. 그리고 바다처럼 넓은 이식쿨 호수의 푸른 물결도 눈앞에 삼삼히 그려진다.

남도 여행 역시 내게는 쉽지 않은 여행이었다. 내 개인적인 가정사야 차치하고서라도 삼십여 년이나 하던 일을 접고 오랫동안 정착을 못하고 이 일 저 일을 하며 살고 있었다. 나는 이십 대 중반부터 오랫동안 을지로에서 출판 인쇄 기획 일을 하였다. 그러나 예상치 못했던 IMF 사태가 발생하였다. 그런데다 인쇄업계에 불어온 컴퓨터의 실용화와 사무 자동화는 내가 하는 일에 치명적인 타격을 주었다. 편집자의 섬세한 감각과 안목과 능력은 컴퓨터로 대체되었다. 그런데다 IMF 사태는 어렵게 명맥을 이어오던 이 사업의 숨통을 끊어 놓았다. 기업들이 줄도산을 하였고 구조 조정을 하였다. 따라서 일감이 뚝 끊겼다.

한참 잘 나갈 때는 기업의 사보 편집과 브로슈어, 팸플릿 등 일감이 밀려 날밤을 세우는 날이 부지기수였다. 직원도 늘리고 사무실도 늘리는 등 호황을 누리기도 하였다. 하지만 이런 호황은 오래가지 못하였다. 어렵게 버티던 나는 모든 것을 정리하였다. 빚잔치를 하고 직원들 월급을 정산해 주었다. 그러다 보니 내게 남은 것은 서울 변두리에 소재한 28평짜리 아파트 한 채만 달랑 있을 뿐이었다. 허탈하였다. 앞으로 뭐를 하며 살아갈지 난감하였다. 몇 달을 방황하며 보냈다. 이런 나에게 아내는 이혼을 요구하였다. 우리 부부에게는 딸이 하나 있었다. 나는 부모의 이혼으로 딸이 받을 상처를 생각하여 아내의 이혼 요구를 거절하였다. 그러나 아내는 막무가내였다. 나중에는 법원에 이혼 신청을 하여 젊은 판사 앞에서 이혼 판결을 받아야 했다. 그렇게 아내하고 헤어졌다.

아파트를 처분하여 아내에게 위자료 조로 반을 주었다. 아내가 먼저 이혼을 원했으므로 위자료를 안 주어도 되었으나 차마 그럴 수는 없었다. 나와 살을 맞대고 이십여 년을 살아 주었던 아내였다. 그에 대한 대가라고 생각하였다. 딸은 내가 맡았다. 나는 어머니의 집으로 거처를 옮겼다. 어머니에게 딸을 맡겼다. 어머니에게 짐을 지어준 꼴이었다. 어찌할 수가 없었다.

당장 생활비를 벌어야 하였다. 딸의 학비도 필요하였다. 그렇다고 내가 할 수 있는 일은 거의 없었다. 몸이 부실하여 막노동을 할 수도 없었다. 아는 기획사를 다니며 알바 일을 하였다. 광고 문구나 사보 관련 글들을 써줬다. 프리랜서였다. 말이 좋아 프리랜서지 백수나 다름이 없었다. 그러나 그런 일들이라도 하지 않으면 안 되었고 일이 주어지면 감지덕지 하였다. 일을 맡으면 책임감 있게 하고 글을 매끄럽게 잘 쓴다는 소문이 업계에 돌아 일이 그치지 않고 이어졌다. 불행 중 다행이었다. 어찌 되었던 일이 이어지자 비로소 마음이 안정이 되었다. 목돈은 아니지만 목구멍에 거미줄은 치지 않을 정도의 수입이 들어왔다.

이렇게 몇 년을 보냈다. 그러다가 여자를 알게 되었다. 명란이라는 여자였다. 그녀는 외국 화장품 회사 한국 지사에서 일했다. 명란을 알게 된 것도 기획사에서였다. 그녀는 회사 화장품 브로슈어 제작을 의뢰하러 왔다. 마침 내가 그 브로슈어의 문구를 수정하고 있었다. 화장품을 소개하는 문구는 간결하여야 했다. 그러면서도 화장품의 특징을 어필하여 소비자의 눈에 확 띄게 하여야 했다. 그리하여 소비자로 하여금 구매로 이어지게 하여야 한다. 그런 문구를 짓는 일이 사실 쉬운 작업은 아니었다. 화장품에 대하여 문외한인 나로서는 무엇보다 제품의 특징을 잘 알아야 하였다. 화장품은 여자들에게 필수품이었다. 따라서 화장품의 종류도 많았고 세계 각국의 화장품들이 국내에 들어와 치열한 경쟁을 벌였다.

화장품을 쓰는 연령대도 낮아졌다. 예전에는 성인 여성들이 주요 고객층이라면 요즘은 중·고등학생들도 주요 고객층이었다. 그만큼 화장품의 쓰임새는 연령대, 성별을 가리지 않았다. 남성들도 스킨, 로션만 바르는 시대를 지나 영양과 보습, 마사지는 물론이고 색조 화장까지 하는 시대였다.

명란은 화장품 회사에 근무하는 사람답지 않게 화장을 화려하게 하지 않고 수수하면서 평범하게 하였다. 나는 화장품 회사에 근무하는 여성들은 누구보다도 화려하게 화장을 하는 줄 알았다. 그런데 명란은 전혀 그러지 않았다. 그 점이 내 눈에 띄었다.

"화장품에 대해서는 누구보다 잘 아시겠네요."

내가 명란과 기획사를 나와 커피숍에서 커피를 마시면서 제일 먼저 꺼낸 말이었다. 내 말에 명란은 엷은 미소를 지으며 대꾸했다.

"의사라고 해서 모든 병을 잘 알던가요? 오히려 의사들이 자기 몸의 병을 모르고 죽는 경우가 허다하죠."

"그.... 그런가요?"

명란의 뜻밖의 말에 나는 말을 더듬었다. 예상 밖의 대답이었기 때문이다.

"저 명란 씨, 명란 씨는 화장품 회사에 근무하시면서도 화장을 잘하지 않으신데 무슨 이유가 있습니까?"

내가 다시 질문을 하였다. 내 질문에 명란은 알 듯 모를 듯한 미소를 지으며,

"그게 궁금하세요? 어떻게 들으실지 모르지만 사실 화장품이란 것이 화학약품을 배합해서 만드는 거잖아요. 그걸 얼굴에 바르는 것이 좋을 리가 없지요. 화장품 회사에 다니는 사람으로서 이런 말을 하는 건 좀 그렇지만....."

명란이 두 번째도 뜻밖의 대답을 하여 나를 당황하게 하였다. 첫 번째 질문에 대한 대답도 당황스러웠지만, 두 번째 질문

에 대한 대답은 더 당황스러웠다. 명란의 말은 화장품에 대한 부정, 다시 말해 화장품은 화학약품으로 제조하여 피부에 바르면 좋지 않다. 따라서 그 사실을 아는 명란은 화장을 하지 않는다라는 말이 되기 때문이다. 뜻밖의 말이었다. 하지만 명란의 솔직한 심정을 말하는 것이기도 하였다. 그밖에도 나는 명란과 이런저런 말들을 하였다. 명란은 화장품에 관련된 지식뿐만 아니라 의외로 인문학에 대한 소양도 풍부하였다.

그날 이후, 우리는 가끔 만나 차를 마시고 밥을 먹는 관계까지 발전하였다. 나중에 알았지만 명란은 이혼을 하고 아들과 단 둘이 살고 있었다.

반세기 가까운 세월을 도시에서 부대끼며 살았다. 밥을 벌어먹고 사는 일이 의외로 힘들었다. 그에 따라 몸과 마음이 지쳐갔다. 삶의 다른 돌파구가 마련되어야 하였다. 명란을 알게 된 것은 분명 내 삶에 활력소가 되었다. 그녀를 만나 차를 마시고 밥을 먹고 영화를 보는 일. 그리고 가끔 섹스를 하는 행동들은 분명 활력소가 되는 것은 분명하였다. 그러나 그런 일들은 인생의 긴 여정에서 지극히 사소한 일상의 한 부분에 불과하였다. 그렇게 인생을 살 수는 없었다. 남은 인생을 무엇을 하며 어떻게 살까 궁리해 보았다. 그러다 생각한 것이 귀농이었다. 그래, 인생 60여 년 가까이를 도시에서 살았으면 이제 내 마지막 인생 2막은 농촌에서 살아야겠구나 하는 생각이 들었다.

나는 귀농 귀촌을 안내하고 교육하는 곳을 알아보았다. 가까운 곳에 전라북도에서 운영하는 귀농 귀촌 교육장이 있었다. 그곳에서 귀농 귀촌에 관련된 정보를 얻을 수 있고 교육을 받을 수 있었다. 교육은 100시간을 받으면 되었다. 100시간 교육을 받으면 귀농 귀촌 시 여러 정책적 지원을 받을 수 있는 자격이 주어졌다. 교육장에서는 전라북도 소재 시군 관계자들이 나와 지역에 맞는 귀농 귀촌 교육을 하였다. 나는 당장 등록하여 교육을 받았다. 일주일에 한 번 내지 두 번의 교육을 하였다. 그때마다 관계 시군 공무원, 농촌지원센터 관계자, 귀농 귀촌하여 자리를 잡은 사람들이 나와서 교육을 하였다. 한 번 교육에 3시간을 하였는데 두 차례 하였다. 그러고 나면 6시간을 인정해 주었다. 예를 들어 전북 장수군에서 나온 관계자들에게 6시간 교육을 받으면 장수 군수 명의의 수료증이 나오는 것이었다.

내가 농촌으로 귀농하려는 이유는 지극히 현실적인 이유였다. 사실 귀농과 귀촌은 엄연히 개념이 달랐다. 귀농은 말 그대로 삶의 터전을 도시에서 농촌으로 옮겨 소득을 얻기 위해 농사를 짓는 것을 말한다. 귀촌은 삶의 터전을 농촌으로 옮기는 것은 맞는데, 소득을 얻기 위해 농사짓는 것을 주목적으로 하지 않는다는 것이다. 대개 은퇴자들이나 연금 생활자 내지는 경제력이 있어서 따로 소득 창출을 하지 않아도 살아가는데 어려움이 없는 사람들을 말하는 것이다.

나 같은 경우는 귀농보다는 귀촌에 가깝다고 할 수 있다. 그
렇다고 내가 경제력이 있어서 귀촌을 하는 것은 아니다. 농촌
은 아무래도 도시보다는 생활비가 덜 들어간다는 현실적인 생
각과 정신적인 여유가 생길 것이라는 기대감이었다. 또 내가
조금만 부지런만 떨면 텃밭 정도는 가꿀 수 있어 채소라도 심
어 먹을 수 있겠고, 닭이라도 서너 마리 길러 부식비를 줄일 수
있겠다는 소박한 생각이었다.

"요즘 귀농 귀촌 교육을 받고 있어."

모처럼 만난 명란에게 내가 말했다. 나는 요즘 일이 빈번하
게 들어오는 터라 명란을 자주 만나지 못하고 있었다. 바쁘기
는 명란도 마찬가지였다. 그녀는 자주 외국 출장을 하였다. 그
녀가 소속되어 있는 화장품 회사가 일본이기에 주로 일본으로
출장을 가지만, 화장품의 본산지라 할 수 있는 유럽 그 중에서
도 프랑스로 자주 갔다. 우리나라의 유명 백화점에는 명란의
회사 화장품 매장이 빠짐없이 입점해 있었다. 명란은 전국의
백화점 매장을 관리하는 직책을 맡고 있었다. 그래서 늘 바빴
던 것이다.

나는 명란의 도움으로 일본 오사카를 다녀온 적이 있었다.
오사카의 관광지인 오사카 성과 도요토미 히데요시의 사당인
풍국신사도 둘러보았다. 그리고 나라시에 있는 동대사도 다녀

왔다. 가깝고도 먼 나라 일본, 그런 일본은 우리와는 순망치한의 관계가 되어야 한다. 그러나 두 나라는 순망치한은커녕 지난 아픈 과거사로 인하여 불편한 이웃이 되었다. 따라서 가까워질 수 없는 나라 일본이었지만, 가까워지지 않으면 안 되는 나라가 일본이기도 하였다.

임진왜란 7년 전쟁의 참화와 조선말 국권 탈취와 식민 통치로 우리에게 이루 말할 수 없는 고통과 치욕을 안겨준 일본이다. 해방 후 6.25 전쟁으로 남과 북이 골육상쟁의 비극을 치루고 있을 때, 일본은 이웃 나라의 전쟁에 전쟁 물자를 보급함으로써 경제 부흥의 전기를 마련하기도 하였다. 속된 표현으로 남의 불행이 자기네에게는 행복이었던 일본이었다.

명란과 나는 오사카의 밤거리를 거닐며 일본 원조 라면을 먹었고 오사카 명물 맥주를 마셨다. 호텔로 돌아와서는 맥주를 마시며 환담을 하였다. 돌아오기 전날 저녁이었다. 짧은 여행 기간이라 오사카 일대만 여행하여 아쉬움이 남기도 한 밤이었다. 사실 나는 일본에 가면 나라 지방의 이곳저곳을 여행하고 싶었다. 나라 지방은 옛 백제의 유적이 많이 남아 있어 마음먹고 둘러보고 싶었던 것이다. 그러나 여건이 되지 않았다. 나중에 기회가 되면 다시 한번 오겠다고 다짐하였다. 이야기 말미에 명란이 나에게 뜻밖의 말을 하였다. 다시 말해 이별 통고를 하였다.

"경수 씨, 이번 여행이 경수 씨와는 마지막 여행이 될 거에요."

나는 뜬금없는 명란의 말에 뒤통수를 맞은 듯 잠깐 멍하였다. 내가 명란의 말에 뭐라고 대꾸를 하기도 전에 명란이 눈을 내리깐 채 다시 말했다.

"이런 관계를 지속할 수는 없어요. 그렇다고 제가 경수 씨와 결혼할 수도 없구요. 이런 말 해서 미안하지만 제게는 아들이 있어요. 저는 전 남편과 헤어지면서 아들에게 약속했어요. 어떤 경우에도 재혼하지 않고 아들과 살겠다고요. 이제 와서 아들과 한 약속을 어길 수는 없어요. 그렇잖아요?"

명란이 말을 끝내고 나를 올려다보았다. 나는 명란의 말에 뭐라고 대꾸할 말이 없었다. 설령 할 말이 있다고 해도 할 수가 없었다. 내가 이 상황에서 무슨 말을 할 수 있겠는가. 명란은 이미 마음을 정하고 내게 하는 말이었다.

한국으로 돌아온 후, 나는 더 이상 명란에게 전화하지 않았다. 명란도 내게 전화하지 않았다. 그렇게 나는 명란과 헤어졌다. 명란에게 서운한 감정은 없었다. 다만 아쉬웠고 안타까웠다. 그러나 이 또한 시간이 지나면 잊혀질 것이고 또 그렇게 살면 되었다. 각자 자기의 삶이 있었으므로 그렇게 살면 되었다. 그러나 명란과 헤어진 후 얼마 동안은 생각이 나면서 그리워지고는 하였다.

100시간 교육을 이수하였다. 나는 귀농 귀촌지로 일찌감치 강진과 해남을 생각하였다. 내가 딱히 강진과 해남에 연고가 있는 것은 아니었다. 굳이 강진과 해남을 생각한 이유라면 이 두 지역은 남쪽이라 겨울 날씨가 온화하고 자연경관이 아름답다는 것, 산과 바다와 들이 있다는 점이었다. 이왕이면 나이 들어서는 겨울 날씨가 따뜻한 곳이 좋을 것이란 생각 때문이었다. 이렇게 말을 하니 오래전 북한에서 탈북한 김만철 씨가 한 말이 생각났다. 따뜻한 남쪽 지방에서 살고 싶다고 한 말. 김만철 씨의 따뜻한 남쪽 지방이란 말은 자유스런 대한민국을 말하는 것이겠지만, 추운 북한 날씨를 생각하여 상대적으로 따뜻한 남쪽도 의미하는 것이리라.

귀농 귀촌을 하려는 사람들 중에는 지역 텃새를 염려하는 사람들이 의외로 많았다. 나는 그런 염려는 전혀 하지 않았다. 어디가나 사람 사는 곳은 비슷하였다. 외국이든 국내든 사람 사는 곳에 사람이 가서 사는 데 어려울 것이 뭐가 있겠는가 하는 생각이었다. 어디 가서 살든 자기하기 나름이 아닌가. 내가 고개 숙이고 그들에게 다가가면 되고 그들과 이웃으로 정붙이고 살면 되는 것이다.

25만 킬로 가까이 탄 고물 승용차를 타고 나는 강진과 해남을 여행하였다. 내가 강진과 해남을 여행지로 택한 이유는 앞서 말하였지만 귀촌지로 생각 하여서다. 또 한편으로는 고산

윤선도와 다산 정약용의 유배지가 있기에 그들의 발자취를 여행하고 싶었다.

강진부터 들렀다. 강진 읍내에 들어서니 가까운 곳에 시인 영랑 김윤식 생가가 있었다. 우리에게 잘 알려진 시 '오매, 단풍 들겠네'라는 시의 김윤식 시인의 생가였다. 초여름 햇살이 환하게 비치는 영랑 생가에는 여행객들이 서너 명씩 무리를 지어 생가 곳곳을 한가롭게 거닐고 있었다. 마침 화단에는 모란이 활짝 피어 있어 영랑 선생이 나를 맞이해 주는 듯하였다. 나는 모란꽃으로 다가가 코를 대고 향기를 맡았다. 깊고 그윽한 모란 향기가 콧속 깊이 들어왔다. 한참을 모란을 보며 향기에 취해 있다가 안채로 발걸음을 옮겼다. 안채의 방 안에는 영랑 선생의 초상화가 있고 그가 앉아서 시를 쓰던 자그마한 탁자가 있었다. 암울한 시절 토속적인 우리말로 영롱한 시를 지었던 시인 영랑 김윤식. 우리 국민 누구나가 가난하고 힘들었던 시절, 그 암울한 시절을 시인은 어떻게 견디어 내었는지 궁금했다. 가난과 고통을 시로 승화하였다고 한다면 그건 너무 도식적이고 판에 박힌 말일 것이다. 시인이기 때문에 더 아프게 느꼈을 시대의 절망과 아픔을 절절히 시로 표현한 영랑 시인의 모습이 모란꽃과 겹쳐졌다. 그래서 그런 것일까. 화단에 눈이 부실 정도로 아름답게 피어 있는 모란이 더 처연하게 내 눈에 들어왔다. 슬픔은 아름다운 것인가.

영랑 생가를 나와 밥 때가 되어 생가 앞에 있는 식당으로 들어갔다. 백반 정식을 시켰다. 잠시 후 나온 반찬을 보고 입이 딱 벌어졌다. 혼자 먹기에 너무 많은 가짓수의 반찬이다. 음식은 전라도라고 하더니 실감이 났다. 마침 배도 고프던 참이라서 나는 주저하지 않고 숟가락을 들었다.

"모지라면 더 시키소 잉."

식당 아주머니가 삐죽 방문을 열고 나에게 말했다. 나는 아주머니의 말에 고개를 숙여 고마움을 표하였다. 밥을 먹고 난 후, 나는 한적한 시골길로 차를 몰았다. 너른 논에 벼들이 파랗게 자라고 있었다. 파란 들판을 보니 눈이 다 시원하였다. 그러면서 다시금 키르기스스탄의 푸른 초원이 생각났다. 초원을 바라보노라면 풀 속에 점점이 노란색을 붓으로 찍어 놓은 듯 노란 꽃들이 피어 있었다. 이름을 알 수 없는 노란 꽃들이었다. 일행들에게 말하여 잠깐 차를 멈추고 노란 꽃들을 보고 싶었다. 그러나 일정대로 움직이는 터라 차마 말을 하지 못하였다. 그냥 눈에다가 담아두고 떠날 수밖에 없었다. 넓고 넓은 초원에는 말들을 방목하여 말들이 한가로이 풀을 뜯고 있었다. 그러나 일부에서만 그럴 뿐 나머지 넓은 초원은 그대로 방치되어 있었다.

나는 그 광경을 바라보며 우리나라의 농촌을 떠올렸다. 비좁은 국토여서 농경지도 적은 나라. 여기처럼 드넓은 푸른 초원은 거의 없다. 우리 농민들이 농업이민으로 와 키르기스스탄의 저 푸른 초원을 개간하여 밀이나 보리를 심는다든가 감자를 심어도 좋겠다는 생각을 하였다. 중국과 일본은 이미 진출하여 벌써 이 나라의 기간산업 대부분에서 두각을 보이고 있었다. 시내에는 일제차들이 활보하고 있었고, 고속도로 등 굵직굵직한 사업은 중국이 도맡아 하고 있었다. 인프라 구축이 시급한 이 나라에 일찌감치 중국과 일본이 진출하여 각 부분을 선점하고 있는 듯 보였다. 그렇다면 우리나라는 무엇을 하고 있는 것일까. 대사관이 있는 것을 보면 외교 관계를 수립하였다는 애긴데, 왜 중국과 일본처럼 인프라 구축 사업에 진출을 하지 못하고 있는 것이지 하는 의문이 들었다. 우리나라의 기술력이라면 중국과 일본에 비겨도 결코 뒤떨어지지 않을 것이다. 특히나 고속도로 부문에서는 우리나라 기술력은 세계가 인정해 주는 기술력이지 않은가. 저 뜨거운 중동 국가의 사막에도 고속도로와 송유관 건설을 한 나라가 대한민국이었다.

아쉽고 안타까운 마음으로 키르기스스탄을 여행하였다. 그러면서 여기서도 또 다른 인연을 맺게 되었다. 그건 우리 민족 동포와의 인연이었다. 소위 말해 고려인 3세 여인이었다. 여인의 이름은 러시아인들의 이름 중에 흔하게 있는 쏘냐였다. 쏘냐는 고려인 3세로서 키르기스스탄의 수도인 비슈케크 시내에서 조금 벗어난 변두리에 살았다. 쏘냐는 내가 묵고 있는 호텔

252

의 지배인이기도 하였다. 처음 나는 쏘냐의 외모를 보고 고려인이라는 생각은 못하고 몽골계 원주민으로 보았다. 호텔에서 우리말을 하도 능숙하게 하기에 내가 쏘냐에게 관심을 가지고 말을 걸었다.

"우리말을 잘하시네요. 혹시 대한민국 사람이신가요?"

내 질문에 쏘냐는 내 질문의 의도를 모르는 듯 눈을 크게 뜨고 나를 쳐다보았다. 나는 재차 그녀에게 질문을 하였다.

"한국말을 잘 하셔서 우리나라 사람인가 해서 말입니다."

"아, 한국 사람이요? 그건 아니구요. 저는 고려인 3세입니다."

"아, 고려인 3세요? 그렇군요. 고려인 3세치고는 우리말을 잘하십니다."

내가 쏘냐에게 우리말을 잘한다고 엄지손가락을 세우며 추켜 주었다.

"우리 할아버지께서 집에서는 러시아 말을 못하게 하셨어요. 그래서 한국말을 잊지 않고 할 수 있어요. 그 덕에 이 호텔에서 일할 수 있게 되었구요."

"그래요? 그럼 이 호텔 사장이 한국 사람입니까?"

"네 그렇습니다. 한국 사람이 비슈케크에 와서 호텔을 지었어요. 그래서 제가 이곳에서 일하고 있답니다."

쏘냐가 웃으며 말했다. 이런 일을 계기로 쏘냐와 키르기스스탄에 있는 동안 친하게 지냈다. 쏘냐는 붙임성이라고 할까 사교성이 좋았다. 이런 성품은 러시아의 정서를 닮아서일 것이다. 키르기스스탄도 분리 독립이 되기 전까지는 러시아 영토의 일부였다. 그러니 당연히 러시아의 영향을 받았고 모든 생활에 러시아 정서가 깔려 있었다. 한국으로 돌아오기 전날 저녁 쏘냐가 나를 자기 집으로 초대하였다.

나는 일정을 마치고 호텔방에서 쏘냐의 전화를 기다렸다. 퇴근을 10여 분 앞두고 쏘냐에게서 전화가 걸려 왔다. 전화를 받은 나는 약간 흥분이 되었다. 머나먼 이국에서 키르기스스탄 여인의 집으로 초대를 받다니. 쏘냐는 우리 동포이긴 하지만 엄밀하게 말하면 키르기스스탄 사람이었다. 설레이는 마음으로 나는 호텔 로비로 내려갔다. 쏘냐는 벌써 호텔 밖에 나와 있었다. 쏘냐의 차는 일제 혼다였다. 시내를 다니다 보니 일제 차가 많긴 많았는데 역시 쏘냐의 차도 일제차였다. 일제차 다음으로 미국산 차가 많았다.

"차가 좋군요."

내가 쏘냐의 차에 올라타며 말했다.

"이 나라에 다니는 차는 거의 일본차예요. 그것도 새 차가 아니고 중고차가 많구요. 새 차 살 돈들이 없으니 중고차를 수입해서 타고 다닙니다. 시내에 다녀 보시면 아시겠지만 매연이 많잖아요. 그게 다 중고차라서 매연이 많이 나와서 그래요."

쏘냐가 운전을 하며 말했다. 시내를 다니다 보면 공해가 심하긴 하였다. 그러나 도시를 조금만 벗어나면 푸른 초원이 펼쳐져 있는 나라이기도 하였다. 이 나라의 경제 수준은 낮았다. 대부분의 러시아 연방 분리 국가들도 이와 다르지 않았다. 실업률도 높고 정치 체제도 사회주의 체제를 벗어나지 못하였다. 러시아로부터 분리 독립은 하였지만 완전한 독립은 요원하여 보였다. 그 첫 번째 이유가 러시아로부터 경제 지원을 받고 있기에 그러하였다. 따라서 경제의 미자립은 경제 예속뿐만 아니라 정치에도 영향을 받을 수밖에 없었다. 그걸 반증이라도 하듯 도시를 다니다보면 생소하게도 레닌 동상이 철거되지 않고 버젓이 서 있는 광경을 목격할 수 있었다.

쏘냐의 집은 시내에서 30분 정도 나가 변두리에 있었다. 이 나라의 가로수는 주로 포플러와 자작나무가 주종을 이루었다. 그리고 특이하게 차가 다니는 도롯가에 무덤들이 조성되어 있었다. 무덤 주위로는 시멘트로 조잡하게 만든 조형물들이 세워져 있었던 것이다. 이슬람의 영향인 듯하였다. 그러나 솔직히 내 눈에 비쳐진 그 광경은 좋게 보이지가 않았다. 차들이 다니고 차 먼지가 일어나는 도로변에 무덤이라니. 참 묘한 기분이었다.

"다 왔어요. 저 집이 우리 집이에요. 초라하다고 흉보지 마세요."

마당 한쪽에 차를 세우며 쏘냐가 수줍게 웃으며 말했다.

"무슨 말을 그리 하십니까? 초대해 주신 것만도 고마운데."

내가 차에서 내리며 말했다. 동네에 집이 띄엄띄엄 있었다. 집 주변으로 포플러와 자작나무가 심겨져 있었다. 집 옆에는 대부분 조그마한 텃밭이 있었다. 텃밭에 고추와 가지 등 채소 따위가 심어져 있었다. 우리나라 시골 마을과 별반 다를 것이 없었다. 사람 사는 곳은 이곳이라고 해서 다를 것이 없었던 것이다. 내가 차에서 내려 주위를 두리번거리자 쏘냐가 나를 채근하였다.

"뭐하세요? 들어오시지 않고요."

쏘냐가 대문을 들어서다말고 나를 향해 말했다.

"아, 네. 들어갑니다."

내가 대답을 하고 서둘러 쏘냐의 뒤를 따라 집 안으로 들어갔다. 집 안으로 들어서자 마당 옆으로 텃밭이 있었다. 쏘냐네 텃밭에도 다른 집과 같이 고추와 가지, 토마토, 상추 등이 심어져 있었다. 집 안팎에 텃밭을 조성하여 채소 따위를 심어 자급자족 하는 것 같았다. 부식비라도 줄이려는 것이리라. 나무 울타리가 둘러 처진 쏘냐의 집은 방이 두 개 그리고 거실 겸 주방이 있었다. 살림도 무척 단출하였다. 집 안에 있는 전자제품으로는 조그만 냉장고와 텔레비전, 선풍기가 있을 뿐이었다.

"잠깐만 기다리세요. 제가 금방 저녁을 하겠습니다."

옷을 갈아입고 나온 쏘냐가 말했다.

"저, 쏘냐 씨. 번거롭게 저녁 하지 말고 밖에 나가서 먹읍시다."

내가 쏘냐에게 말했다.

"아, 아니에요. 저희 집에 오신 손님인데 그럴 수는 없죠. 간단하게 국수말이를 할 테니 손이 많이 안 가요. 잠깐만 기다리세요."

쏘냐가 내 말에 손사래를 치며 주방으로 들어갔다. 쏘냐가 주방으로 들어가고 잠시 후에 사내아이가 내가 있는 곳으로 들어와 인사를 하였다. 쏘냐의 아들이었다. 키가 헌칠하게 크고 잘생긴 아들이었다. 현재 고등학교 2학년인데 졸업하면 산악 가이드가 되겠다고 하였다.

아들은 우리말을 전혀 하지 못하였다. 내가 아는 러시아 말은 인사말밖에 없어 나는 쏘냐의 아들과 악수를 하고 어깨를 두드려 주었다. 그리고 100달러짜리 한 장을 아들 손에 쥐여 주었다. 아들은 허리를 굽혀 인사를 하고 방에서 나갔다.

쏘냐가 저녁을 차렸다고 주방으로 불렀다. 나는 주방으로 나갔다. 식탁 위에는 국수말이가 큰 대접에 수북이 담겨 있었다. 국수 위에 고명이 얹어져 있었는데 오이와 당근, 이름을 알 수 없는 채소 그밖에 달걀과 고기였다.

"여기서는 국수를 자주 먹습니다. 한국에는 어쩐지 모르겠습니다."

쏘냐가 앞치마에 손을 닦으며 수줍게 말했다.

"한국에서도 국수 자주 먹습니다. 그런데 여기 국수는 우리 한국과 차원이 다릅니다. 국수 위에 고명이 많이 올라 있어 한 끼 식사로 충분할 거 같습니다."

내가 국수 위에 수북이 올라 있는 고명을 보고 말했다.

"여기 주식은 빵인데요. 우리는 국수를 자주 해먹습니다. 그런데 우리 아들에게 왜 그렇게 큰돈을 주셨어요. 그러지 않아도 되는데요."

쏘냐가 젓가락을 집어 건네주며 말했다.

"아닙니다. 아들이 나중에 산악 가이드가 되겠다 하니 등산화라도 한 켤레 사서 신으라고 주었습니다."

저녁을 대접받고 쏘냐의 집을 나왔다. 쏘냐가 호텔까지 나를 태워 주었다. 그 이튿날 나는 키르기스스탄을 떠났다. 쏘냐와 후일을 약속하였지만 지키지 못할 약속이었다. 몸이 멀리 떨어져 있으면 마음도 멀어지는 법. 내가 계속 키르기스스탄에 머물렀다면 쏘냐와 계속 만났을 테고 이성으로 그녀를 사랑할 수도 있었을 것이다. 쏘냐는 사랑 받기에 충분한 여자였다. 5년이 지난 지금도 가끔 키르기스스탄의 넓은 초원과 이름 모를 아름다운 꽃들, 쏘냐의 왠지 알 수 없는 우수어린 미소가 그리웠다.

남도 역시도 내게는 그리움의 대상이다. 작년에 이어 나는 다시 해남에 내려왔다. 이번에는 여행이 아니라 답사 목적이었다. 5월이었다. 넓은 밭에 심겨진 보리가 바람에 출렁거렸다. 바람에 출렁거리는 보리밭을 보고 있자니 뭔가 모르게 가슴이 뭉클해졌다. 부드러우면서도 가냘픈 보리, 보리밭에 바람이 불어왔다. 보리가 바람결에 이리저리 흔들렸다. 바람결에 풋풋한 보리향이 풍겨왔다. 보리하면 가난한 시절이 떠오르기도 하였다. 어린 시절 어머니는 보리밥을 해서 대바구니에 담아 부엌 시렁에 올려놓았다. 그러면 배가 고픈 나는 대바구니의 밥을 덜어서 물에 말아 김치와 먹었다. 그때 먹은 보리밥은 허기를 채워주는 밥이기도 하였지만 내 영혼의 허기까지 채워 준 밥이었다.

오래전에 '보리밭에 부는 바람'이라는 영화를 본 적이 있었다. 보리밭을 보니 그 영화 제목이 생각났다. 아일랜드를 지배한 영국인들에 대항하여 독립을 쟁취하려는 아일랜드 젊은이들의 투쟁을 그린 영화였다. 영화의 내용은 영국군들의 탄압에 아일랜드 청년들의 목숨을 건 저항과 투쟁, 독립 투쟁 과정에서 두 형제의 협력과 대립, 그 속에서 서로 총부리를 겨눠야 하고 형에게 죽을 수밖에 없는 비극적 상황이 꽤나 인상적인 영화였다. 영화 제목은 서정적이었지만 영화 내용은 결코 서정적이지 못하고 서로 죽이고 죽는 잔혹한 장면들이 많았다. 당시 그 영화를 보면서 우리 역시 일제에게 식민 지배를 받았던 경험이 있어 아일랜드의 비극적 상황이 남의 일 같지 않아 마음에 울림을 주었던 영화로 기억되었다.

보리밭을 바라보며 감상에 젖어있던 나는 마을을 찾아갔다. 눈에 비춰지는 농촌 풍경은 한가롭고 조용하였다. 사람을 만나려면 마을회관이나 마을 사람들이 모여 있는 정자나무를 찾아가야 하였다. 5월이라 모내기를 해야 할 철이다. 따라서 들판에는 논에 물을 대고 경운기나 콤바인으로 로터리를 치고 있었다. 농번기라 할 수 있었다. 이모작을 하는 논은 보리를 베어내고 모를 심을 것이다. 이런 논은 보리가 충분히 여물어야 했으므로 늦은 6월에나 모를 낼 것이다.

오랜 수령의 느티나무 밑에는 나이 많으신 노인 대여섯이 나와 한가롭게 이야기를 나누고 있었다. 대략 연세가 80이 넘으신 분들이어서 농사일을 하기 어려운 분들이었다. 농촌 고령화로 들에 나가 일하는 사람들도 거의 60대에서 70대가 대부분이었다. 젊은이들이 떠난 농촌은 활기를 잃었다. '농자천하지대본'이란 말도 옛말이었다. 자본주의 산업사회에서 농촌은 정부 정책에서도 항상 뒷전으로 밀려났다. 농촌은 단순히 1차 산업으로 분류하여 정책의 후순위로 밀려나야 하는 산업이 아니었다. 단순히 농촌 경제를 산업으로 분류하여 도외시한다면 이는 근시안적인 정책인 것이다.

농촌산업은 생명산업이라고 할 수 있다. 아무리 4차 산업혁명 시대가 도래할지라도 사람은 먹어야 살 수 있다. 먹어야 산업도 있고 문명과 문화도 있는 것이다. 그런데 농촌 환경은 점점 어려워지고 있다. 현재도 기후변화로 인하여 식량 생산에 큰 영향을 받고 있다. 올 여름도 유례없는 가뭄과 폭염으로 농작물이 타 죽고 가축이 떼로 죽는 사태가 발생하였다. 바다에 양식 중인 물고기가 수온 상승으로 떼죽음을 당하였다. 당장 사람들의 삶에도 폭염으로 인한 피해가 만만치 않았다. 그런데 문제의 심각성은 이런 현상이 해가 갈수록 더 심해질 거란 거다. 이런 상태가 지속된다면 지구의 운명에 대해서도 불안한 예측을 해볼 수밖에 없다.

인간의 탐욕과 이기심이 지구 생태계에 영향을 미쳐 지구 종말에 이르리라는 불행한 일이 안 오길 바랄 뿐이다. 그러나 지금처럼 인간의 무한한 이기심과 탐욕으로 무분별한 개발과 산림훼손, 화석연료의 과다 사용으로 이산화탄소의 발생이 계속 이어진다면 지구 생태계에 어떤 재앙이 올지 아무도 모르는 일이다.

"어르신들, 안녕하십니까?"

내가 차를 느티나무에서 조금 떨어진 공터에 세우고 노인들이 있는 곳으로 가서 인사를 하였다. 낯선 사람이 찾아와서 인사를 하자 노인들이 하던 말을 멈추고 나를 올려다보았다. 그중 얼굴에 검버섯이 여기저기 핀 노인이 나를 보고 물었다.

"누구랑가? 못 보던 얼굴인디....."

노인은 눈이 부신지 손을 들어 손 그늘을 만들며 물었다.

"아 예, 저 어르신들에게 여쭐 말이 있어 잠깐 들렀습니다. 여기 잠깐 앉아도 되겠지요?"

내가 노인에게 양해를 구하고 평상에 엉덩이를 걸쳤다.

"그러시우. 근데 어디 사는 누구시랑가?"

노인들은 낯선 내가 궁금한 모양이었다. 하긴 마을에 낯선 사람의 방문은 드물 터였다.

"네, 길가는 사람인데 마을이 조용하고 좋아서 잠깐 들렀습니다."

"그러우. 노인들만 사는 마을이니 조용할 수밖에 더 있겠소."

한 노인이 무심하게 내 말에 대꾸하였다.

"저 어르신. 마을에 빈집이나 싸게 나온 집은 없습니까?"

"왜 없수. 맨 빈집이오. 저기 보시오. 저 집도 빈집이고 저기 저 집도 빈집이오. 빈집은 왜 찾수?"

노인이 손으로 빈집을 가리키다가 나를 돌아보며 물었다.

"네, 적당한 집이 있으면 이곳으로 내려와서 살려고 합니다."

"허허, 아직 나이도 많지 않으신 거 같은데 도시에서 살지 않고 시골로 내려와 살려 하시우?"

하얀 베옷을 단정하게 차려 입은 노인이 물었다. 다른 노인들도 나에게 시선을 고정하고 있었다. 내 입에서 무슨 말이 나오려나 다들 궁금한 표정들이었다.

"어른신들 앞에서 나이 얘기하기는 좀 뭐하지만, 저도 한 살 한 살 나이가 들수록 시골에 내려와 살아야겠다는 생각이 듭니다. 그래서 도시 생활을 정리하고 시골에 내려와 살려고 합니다."

"허, 그러시오? 한 세상 사는 인생 도시에서 살면 어떻고 시골에서 살면 어떻소만, 시골 생활도 그리 나쁘지만은 않소이다. 조용하고 공기 맑고 경치야 더 말해 무엇 하겠소. 도시보다 쓰임새도 적게 들고 말이오."

하얀 베옷을 입은 노인이 차분한 목소리로 내 말에 응대했다.

"그럼요. 좋고 말고가 있소. 젊은 사람들은 아이 교육이다 뭐다 해서 도시로 떠나불지만 나이 들어서는 시골 생활도 나쁘지만은 않지요 잉."

베옷 입은 노인의 말에 옆에 앉아 있는 노인들도 고개를 끄덕이며 동조하였다.

나는 해남과 강진을 이미 심정적으로 귀촌지로 정하였으므로 이왕 내려온 거 천천히 둘러보기로 하였다. 마을을 떠나 나는 또 다른 마을로 차를 몰았다. 한참을 달리자 가막골 마을이라는 표지판이 보였다. 마을 입구에 들어서니 야트막한 산 아래 집들이 몇 채 한낮의 햇볕 속에 꼬박꼬박 졸고 있었다. 차를 세우고 마을 사이의 좁은 길을 걸었다. 돌담으로 둘러친 고만고만한 집들이 있었다. 그런데 어디에서 말로 형용 못할 향기가 흘러나왔다. 이게 무슨 향기인가 하고 나는 코를 벌름거렸다. 값비싼 인공 향수와는 비교할 수 없는 천연의 향기였다.

나는 고개를 기웃거리며 향기의 진원지를 찾았다. 한참을 두리번거리던 나는 향기의 진원지가 방금 지나온 허름한 돌담 안에서 난다는 것을 알았다. 내가 고개를 빼어 들고 돌담 안을 넘겨다보았다. 그런 나의 시야에 돌담 안 작은 화단에 천리향 한 그루가 활짝 꽃을 피우고 있는 것이 보였다. 향기의 진원지였던 것이다. 이름 그대로 향기가 천리를 간다고 해서 천리향이라고 불리는 꽃이었다. 오묘하고 은은하면서 달콤하기까지 한 향기로 나의 발걸음을 멈추게 한 매혹적인 꽃이었다. 향기가 천리나 간다는 말이 결코 과장이 아니었다.

"게서 뭐 한당가?"

내가 돌담 안 천리향을 보고 있는데 집 뒤에서 노인 한 분이 나왔다. 집 뒤란에서 일을 하다 나왔는지 노인의 손에는 호미가 쥐어져 있었다. 나는 노인을 보고 당황하였다. 엄연히 남의 집 담 안을 넘어다보았으니 내 행동에 충분히 오해의 소지가 있었다.

"아, 네....."

내가 노인의 물음에 대답을 하지 못하고 당황하여 머뭇거렸다.

"우리 집을 찾아 온 것이여?"

노인이 호미를 마당 한 켠에 휙 던져 놓으며 내가 있는 곳으로 다가왔다.

"아, 아닙니다."

"아니라구?"

노인이 굽은 허리를 펴며 말했다.

"네, 저 천리향. 저 천리향 향기에 저도 모르게....."

내가 더듬거리며 말했다.

"천리향이 어떻다구?"

노인은 가는귀가 먹은 모양이었다. 내 말귀를 잘 못 알아들었다.

"네, 천리향 향기가 너무 좋아서 실례 되는 줄 알지만 담 넘어 천리향을 잠시 보고 있었습니다."

"그렁가. 참 젊은 사내가 꽃향기에 가던 길을 멈추고 꽃을 보다니.... 사내가 그러면 된당가. 사내나 여자나 꽃을 너무 좋아하면 신세가 서러운디."

노인이 알 듯 말 듯한 말을 입속으로 우물거렸다. 그러나 나는 노인의 하는 말을 알아들었다. 꽃을 좋아하면 신세가 서러워진다는 말. 노인의 그 말이 이상하게 내 마음에 서럽게 다가

왔다. 나는 마을에서 빈 방을 얻어 하룻밤 자고 가기로 하였다. 이상하게 마을이 마음에 와닿았다. 그래서 하루를 이곳에서 지내기로 마음을 먹은 것이다. 사람은 땅과 자연과도 인연이 있다고 한다. 어느 지역을 갔을 때 자기도 모르게 마음이 편안해지고 평화로워지는 땅이 있다. 그러면 그 땅은 그 사람에게 맞는 땅이다. 그걸 땅의 기운이라고 할 수 있었다. 소위 풍수지리에서 말한 명당이 그런 땅인 것이다.

"저 어르신, 혹시 이곳 어디에서 하룻밤 묵어갈 데가 있을까요?"

내가 조심스럽게 노인에게 물었다.

"묵어갈 디요? 촌구석에 그런 디가 어디 있다요. 정 묵고 싶다면 우리 집에 빈 방이 있은께 묵어가시든가."

노인이 순순히 내 말에 당신네 집 방을 제공하였다. 나는 손쉽게 방을 구하였다. 굳이 내가 하룻밤을 묵어가기로 한 이유가 천리향 향기를 맡기 위해서라면 - 사람들이 이해할 것인가. 아니 그들이 이해를 하고 말고를 떠나 내가 좋으면 되는 것이다.

꽃향기를 맡기 위해 하룻밤을 묵다니. 나를 아는 지인들이 그 사실을 알면 나를 어지간히 할 일이 없는 놈으로 볼 수 있을 것이다. 그러나 나는 남도의 이름 없는 마을 촌노의 집 담장 안에 피어 있는 천리향 향기를 맡기 위해 하룻밤 묵어가기로 결정한 일에 대해 후회하지 않을 것이다.

이윽고 밤이 되었다. 훈풍이 불어왔다. 밤이 깊어지자 상현 달도 떠올랐다. 나는 방문을 열고 천천히 밖으로 나갔다. 그러자 기다렸다는 듯이 천리향 향기가 확 내게 풍겨왔다. 진하면서도 달콤하고 은은하고 매혹적인 향기였다. 나는 천천히 심호흡을 하며 꽃향기를 한껏 들이마셨다.

청산도

청산도를 가기로 한 것은 아내의 기일을 얼마 앞두고서였다. 아내가 세상을 떠난 지도 3년이 되어갔다. 아내는 세상을 떠나기 전, 텔레비전에 방영되는 청산도 기행 프로를 보고 탄성을 지르며 청산도를 가고 싶어 했다. 그러나 아내는 끝내 청산도에 가지 못하였다. 나는 못내 그게 안타까웠고 아내에게 미안했다. 아직도 아내가 텔레비전를 보며 감탄하고 탄성을 지르던 모습이 생생하였다.

"아, 정말 아름다워. 우리나라에도 저렇게 아름다운 곳이 있다니.... 정말 나도 가 보고 싶다."

식탁에 앉아 늦은 저녁을 먹고 있는데 아내가 텔레비전을 보며 감탄하는 말이 내 귀에 들려왔다. 아내의 말에는 그만큼 가

보고 싶다고 하는 간절함이 내포되어 있었다.

"여보, 뭐가 그리 아름답고 가고 싶다는 거야? 뭘 보고 그래?"

나는 밥을 먹다 말고 텔레비전이 있는 거실로 나왔다. 텔레비전에서는 요즘 한창 뜨고 있는 청산도의 슬로길을 비쳐주고 있었다. 돌담장이 있는 고만고만한 집을 비춰주다가 화면은 어느새 야트막한 고갯길 사이 양옆으로 노랗게 핀 유채꽃으로 옮겨갔다. 유채 밭 아래로는 넓고 푸른 바다가 펼쳐져 있었다. 그야말로 한 폭의 아름다운 수채화가 눈앞에 그려져 있었다. 아내가 감탄할 만한 풍경이었다.

"여보, 몸만 건강해. 내가 당장 당신 데리고 청산도엘 갈 테니까."

내가 아내에게 호기롭게 말했다. 그러자 아내는 내 말에 아이처럼 좋아하며 평소의 아내답지 않게 호들갑을 떨었다.

"정말? 여보, 나 정말 청산도에 갈 수 있지? 당신이 나 데리고 갈 거지?"

아내가 나를 보고 거듭 묻고 물었다. 그렇게 묻는 아내의 표정은 상기되어 들떠 있었다.

"그럼. 가지. 당신하고 꼭 갈 거야. 그러니까 청산도에 갈 수 있도록 당신 아픈 거나 빨리 나으란 말이야. 알았어?"

내가 아내에게 다짐을 두듯 말했다. 내 말에 아내가 희미하게 웃었다. 그러나 그 희미한 웃음은 종내 오래 가지 못하였다. 고통이 찾아오는지 아내가 눈살을 찌푸렸다.

"여보, 아파?"

내가 가슴이 덜컹하여 조심스럽게 아내에게 물었다. 아내가 머리를 저었다.

"아, 아니에요.... 괜 괜찮아요."

아내가 힘없이 말했다. 말은 그리 하였지만 나는 아내의 고통을 알고 있었다. 아내의 몸 속에 퍼져있는 암은 예고 없이 아내에게 신호를 하였다. 그 신호는 고통이었다. 오랜 기간 아내는 암과 투병 중이었다. 암은 아내에게 은밀하게 찾아왔다. 아내는 병원에서 암이라는 진단을 받았을 때 그 사실을 받아들이지 않았다. 나 역시 받아들이지 않았다. 아니 받아들이지 않은 것이 아니라, 아내가 암이 발병하였다는 것을 믿고 싶지 않았다. 아내는 누구보다 건강했고 열심히 일했다. 미련하리만치 자신을 돌보지 않고 일에만 매진했다. 결국 그 일에 대한 매진이 아내의 병을 더 키웠다.

아내를 만난 건 요양원에서였다. 파주에 소재한 청심요양원이라는 곳이었다. 이 요양원은 치매와 뇌졸중, 노환으로 거동이 불편한 노인들이 장기 입원하여 치료와 요양을 하는 곳이었다. 나는 당시 회사의 봉사 동아리의 멤버로 한 달에 한 번 아내가 근무하던 요양원으로 봉사를 나갔다. 봉사를 나가서 노인들의 말벗도 되어 주고 목욕도 시켜드리고 그밖에 프로그램을 진행 하였다. 나는 멤버들과 프로그램을 같이 하면서 기타를 치며 노래를 불러주는 봉사를 주로 하였다. 동아리 멤버들이 내 특기를 살려 기타 연주와 노래를 부르라고 권유하였기 때문이다. 또한 요양원 측에서도 그렇게 해주기를 바랐다. 그래서 나는 내 주특기인 기타 연주와 함께 노래를 불렀던 것이다.

나는 대학 시절 클래식 기타반 동아리에 가입하여 4년간 학내외에서 연주 활동을 하였다. 그래서 기타라면 어느 정도 남보기에 부끄럽지 않을 만큼의 연주 실력을 갖추고 있었다. 대학 졸업반 때에는 신문사 중앙홀에서 개인 연주회까지 한 경험이 있었다.

기타는 간단한 악기지만 어느 장소에서나 연주가 가능한 악기였다. 그리고 어느 장르의 노래든 그 노래에 맞춰 반주를 할 수 있었다. 따라서 무료한 일상을 보내는 노인들에게 기타 연주와 노래는 특별한 프로그램이기도 하였다. 노인들에게 들려주는 곡은 어려운 곡이 아니었다. 대중적으로 많이 알려져 있고 좋아하는 곡이었다. 대표적으로 타레가의 알함브라 궁전의 추억이나 예페스 편곡의 로망스라는 곡이었다. 클래식 연주는 이 두 곡만 하였다. 노인들은 클래식 기타곡보다는 옛날 노래를 기타로 연주하거나 부르는 것을 더 좋아하였다. 그래서 나는 흘러간 노래 중에서 선곡하여 기타를 치며 노래를 불렀다.

내가 기타를 치며 부르는 노래는 주로 3~40년대와 50년대에 활동하였던 가수들의 노래였다. 이 당시는 일제강점기와 6.25 전란 시기여서 시대의 아픔과 감성을 노래한 곡들이 대부분이었다. 대표적으로 연주하고 부른 노래는 고복수의 타향살이나 사막의 한, 이난영의 목포의 눈물과 남인수의 애수의 소야곡, 현인의 굳세어라 금순아, 금사향의 홍콩 아가씨 등이었다. 이 노래들은 빼놓지 않고 불렀다. 노인들은 이런 노래들을 부르면 좋아라할 뿐만 아니라 박수를 치며 따라 부르기도 하였다.

내가 기타를 연주하며 바이브레이션까지 넣어가면서 노래를 부르면 노인들은 추억에 젖어드는 듯 지그시 눈을 감고 들었다. 그 중에 어느 분은 눈가에 눈물이 맺히는 분도 계셨다. 그 시대를 살았던 노인들이라 당시의 어려움과 가난, 정서를 공감하기 때문이었다.

"어쩜 그렇게 노래를 멋들어지게 잘 부르세요. 어르신들이 선생님의 노래에 흠뻑 빠지셨어요. 노래도 노래지만 기타 연주 역시 정말 멋졌어요."

내가 기타 연주와 노래를 마치고 자리로 돌아오자 담당 사회복지사가 나에게 칭찬의 말을 하였다. 요양원에 와서 두 번째 보는 사회복지사였다. 첫날 우리가 이곳에 왔을 때 그녀는 우리 멤버들에게 요양원을 소개하고 봉사할 일들을 안내해 주었다. 그러니까 외부에서 봉사를 오는 봉사팀 담당 사회복지사였다.

"별말씀을 다 하십니다. 부끄럽습니다."

나는 그녀의 칭찬의 말이 여간 쑥스럽지가 않았다. 담당 사회복지사의 이름은 박경란이었다. 그녀는 우리 봉사팀이 오면 언제나 친절하게 우리를 맞이하여 안내하곤 하였다. 또한 내가 기타 연주와 노래를 부를 시간이 돌아오면 내 편의를 세심하게 돌봐주었다.

예를 들어 기타 연주를 편하게 하려면 한쪽 발을 딛을 수 있는 발판이 있어야 하였다. 그런데 그걸 알고 두 번째 봉사하러 간 날 작은 발판까지 준비해 주는 센스를 보여주었다. 나중에 안 사실이었지만 박경란 씨는 음악을 좋아하였고, 특히 클래식 기타 연주곡을 좋아한다고 하였다. 그래서 자기도 배워볼까 했는데 그럴 기회가 없었다고 하였다.

그 후 그녀와 인연이 되려고 하였는지 나는 박경란 씨를 요양원이 아닌 인사동에서 우연찮게 만나게 되었다. 나는 그때 선배의 작품 전시회가 인사동에 있는 화랑에서 개최되어 그곳을 찾아 갔었다. 전시회를 보고 나와 나는 차나 한잔 마시고 가야겠다고 생각하고 정원이 있는 찻집을 들렀다. 서울 시내에 정원이 딸린 찻집은 드물었으나 내가 찾은 찻집은 정원이 있었다. 이 찻집은 인사동에서도 유명한 집이었다. 이 집은 단순히 차만 파는 찻집이 아니라 전시실도 마련되어 있어 봄, 가을은 물론 연중 수시로 전시회가 열리기도 하였다. 원래 이 집은 찻집을 할 목적으로 지은 집이 아니었다. 조선 말 권세가 있는 사람의 저택이었다. 따라서 한옥으로 지어져 운치와 고풍스런 멋을 지닌 집이었다. 그런 집을 개조하여 전시실과 찻집으로 용도변경을 한 것이었다. 현재 이 집은 인사동의 명소로 자리 잡아 많은 사람들이 즐겨 찾았다.

박경란 씨를 만난 때는 가을이었다. 정원에는 감나무와 모과나무, 대추나무, 목련, 소나무, 세죽이 심겨져 있어 오밀조밀한 운치가 있었다. 특히 모과나무는 밑둥치가 어른 두 사람이 팔을 둘러도 모자랄 만큼 굵었다. 연수가 150여 년은 될 듯하였다. 그야말로 이 집안의 흥망성쇠를 지켜본 나무임에 틀림없는 살아 있는 생명체인 셈이었다. 감나무는 그 정도는 아니었으나 어림잡아도 50에서 60년의 수령은 되어 보이는 감나무였다.

계절은 가을이라 감나무에 감이 주렁주렁 열려 주황색을 띠며 익어가고 있었다. 그 광경이 퍽이나 인상적이었다. 나는 밖에 놓여진 탁자에 앉아 오미자 차를 마시며 감나무를 올려다보고 있었다. 서울 중심가에 감나무라니 생소하였지만 가을의 운치를 느끼기에는 감나무만한 것이 없었다. 가을 햇살이 따가웠다. 그러나 여름 햇살처럼 뜨겁지는 않았고 감나무 그늘 밑이라 시원하였다. 밖에 놓여진 탁자에는 나뿐만 아니라 여러 사람들이 가을 햇살을 즐기며 차를 마시며 담소를 나누고 있었다. 손님 중에는 외국인도 더러 보였다. 그들은 짙은 선글라스

를 쓰고 차를 마시며 연신 즐거운 웃음을 터뜨려가며 이야기에
열중하였다.

"어머, 김 선생님 아니세요? 안녕하셨어요?"

여자 셋이 찻집으로 들어오다가 그 중 한 여자가 나를 보고
반갑게 인사를 하며 내가 있는 테이블로 걸어왔다.

"어, 박경란 씨. 아니세요? 여긴 어쩐 일이십니까?"

나는 햇빛에 눈이 부셔 손 그늘을 만들며 박경란 씨를 돌아
보았다. 그러자 박경란 씨가 활짝 웃으며 내 쪽으로 다가와 다
시 한번 인사를 하였다. 뜻밖의 장소에서 박경란 씨를 만나니
반갑기도 하면서 한편으로 당황스럽기도 하였다. 동행하여 들
어오던 두 사람이 그런 나를 호기심 어린 눈길로 바라보았다.

"김 선생님이야 말로 여긴 어쩐 일이세요? 저는 친구들하고
모처럼 만나 점심 먹고 차 마시러 들어오는 중이에요."

"아, 그러세요. 그럼 친구 분들 하고 차 하시죠. 저는 그만 일
어날까 합니다."

내가 의자에서 몸을 일으키며 말했다. 그러자 박경란 씨가
그런 나를 황급하게 제지하며 말했다.

"저, 죄송하지만 잠시만 기다려 주시겠어요. 친구들과 금방
차 한 잔 마시고 나올게요."

박경란 씨가 나에게 양해를 구하고 친구들과 안으로 들어갔다.

사람과의 인연이란 우연히 시작되는 경우이지만 지내놓고 보면 그건 우연이 아니라 필연인 경우가 대부분이었다. 사실 우연과 필연을 굳이 구분할 필요도 없을 것이다. 그렇게 해서 박경란 씨와 인연이 되어 결혼까지 하게 되었다.

　이제 와서 생각해 보니 아내와의 길지 않은 5년간의 결혼 생활이 내게는 축복이었으며 또한 고통이었다. 내가 축복이라고 하는 것은 결혼 생활 내내 아내는 진심으로 나를 사랑하였고 그래서 내게 많은 것을 양보하였다. 어려운 직장 생활을 하면서 자기를 양보한다는 것이 말처럼 쉬운 일만은 아니었다. 그러나 아내는 많은 부분에서 나에게 양보를 하여 나를 편하게 해주었다. 나는 그 점에서 아내에게 고맙고 한편으로 미안하였다. 또한 고통이라고 하는 것은 그런 아내가 내게 그리움만 남겨놓고 떠났다는 것이다. 아내의 웃음이, 아내의 몸짓이, 아내의 말이, 아내의 체취, 아내의 모든 것이 내게 그리움의 대상이 되어버렸다.

　아내는 자신이 암이라는 판정을 받고서도 직장 생활을 그만두지 못하였다. 판정을 받은 즉시 직장을 그만 두고 수술을 받고 치료를 하였더라면 완치는 못했을망정 저리 일찍 떠나지는 않았을 것이라는 생각이 들었다. 그러나 아내는 직장을 그만두지 못하였다. 아니, 그만둘 수가 없었다. 당시 나는 실직 상태에 있었다. 한 가정의 가장이 실직을 당하여 놀고 있으니 아내는 병들어도 직장을 그만둘 수가 없었던 것이다.

아내는 아픈 몸을 이끌고 직장엘 다녔다. 천성이 부지런하고 남에게 아쉬운 소리 못하는 아내는 직장에서도 아픈 내색을 하지 않고 힘든 업무를 수행하였다. 그렇게 일 하였지만 정작 받는 월급은 박봉이었다. 따라서 우리의 생활은 어려웠다. 아내뿐만 아니라 복지시설에 근무하는 대부분의 직원들의 월급은 박하였다. 따라서 복지 수혜를 받는 대상자들만 형편이 어려운 것이 아니라, 복지시설에서 근무하는 직원들 역시 복지 수혜를 받아야 할 정도로 어려운 생활을 영위하였다. 역설적이지만 현실이 그러하였다. 따라서 우스운 말로 복지시설의 직원들은 차상위 계층이라는 말을 서로 간에 자조적으로 말하고 있었다. 그런 박봉을 받고 몸속에 병을 지닌 채 직장에 다녀야만 하는 아내였기에 내 가슴은 더욱 무너졌다. 못나고 무능한 남자를 만나 아내는 더 오래 살 수 있었음에도 불구하고 일찍 세상을 하직하였다는 죄책감이 내 가슴에 낙인처럼 찍혀 있었기 때문이다. 그래서 나는 괴로웠다.

아내는 수술을 하자마자 내게 퇴원을 종용하였다. 수술을 하였을 때에는 이미 회생이 불가능하리만큼 아내의 병세는 악화되어 있었다. 따라서 더 이상의 치료 방법이 없었다. 병원에서 하는 치료라야 항암치료였는데 독한 약으로 인하여 아내는 고통스러워했다. 아내의 머리카락은 듬성듬성 빠져 아예 밀어버렸고, 몸은 대꼬챙이처럼 말라 40킬로도 안 나갔다. 아내가 건강했을 때는 키 172센티미터에 몸무게가 65킬로가 나갔었다. 아내는 음식은 물론이거니와 물도 잘 마시지 못하였다. 음식을 먹으면 토하였고 물은 목으로 삼키지를 못하였다. 그래서 콧구멍으로 관을 통해 묽은 영양식을 흘려 넣어 주었고, 링거를 팔에 꽂고 지냈다. 링거를 하도 맞아 팔은 항상 푸르딩딩하게 멍이 들어 있었다. 거기에다 핏줄까지 약하여 링거 바늘을 꽂을라 치면 간호사가 핏줄을 찾으려고 애를 먹었다.

"여보, 여보, 부탁이야. 나 저 링거 좀 안 맞게 해줘. 너무 아파, 아파."

링거를 꽂을 때마다 아내가 눈물을 흘리며 링거를 안 맞겠다고 나를 붙잡고 애원하였다.

"여보, 내 소원 좀 들어줘. 나 퇴원시켜 집으로 가게 해 줘. 나 죽어도 집에서 죽고 싶어. 여보, 부탁이야. 제발 내 소원 좀 들어줘."

아내가 내 손을 잡고 눈물이 그렁그렁한 눈으로 애원을 하면 내 가슴이 고통으로 먹먹하였다. 그러면 나는 아내의 손을 꼭 부여잡고 말했다.

"알았어. 알았어. 당신 원하는 대로 해줄게. 걱정 말고 눈 좀 붙여. 응, 어서."

나는 아내를 안심시키려 손가락을 걸며 약속을 하였다. 아내와의 약속도 약속이었지만 아내를 더 이상 입원시키고 있을 수가 없었다. 병원의 치료에 한계가 있었기도 하였고 현실적인 문제로 병원비 부담이 어깨를 짓눌렀다. 물론 병원에 입원해 있어야 만이 갑자기 돌변 사태가 일어났을 때 즉시 응급처치를 할 수가 있었다. 그 외에는 굳이 병원에 있을 이유가 없었다. 다행히도 병원 사회복지실의 배려로 입원비 감면 혜택을 받았다. 그렇다고는 해도 병원비 부담은 내 어깨를 무겁게 짓눌렀다.

낮에는 아내 곁에서 간병을 하였다. 아내를 씻기고 먹이고 대소변을 받아내었다. 그나마 다행히 밤에는 병원 사회복지사의 소개로 간호 봉사자의 도움을 받아 내가 아내 곁에서 간호를 하지 않아도 되었다. 대신 나는 밤에는 대리운전을 하였다. 한 푼이라도 벌어야 하는 절박한 사정이 대리운전이라도 하게끔 나를 거리로 내몰았다. 그러나 운전을 하면서도 내 뇌리에는 아내가 떠나지를 않았다. 그래서 사고도 날 뻔하였고 엉뚱한 곳으로 차를 몰아 승객에게 욕을 바가지로 먹기도 하였다. 욕을 바가지로 먹는 것은 나은 경우였고 그건 또 얼마든지 참을 수가 있었다. 어떤 승객은 아예 대리운전비를 주지 않았다. 정말 세상이 야박하고 그때마다 내 눈에서는 피눈물이 쏟아졌다.

"여보, 여보, 미안해. 정말 당신에게 미안해."

취객에게 부당한 대우를 받고 대리운전비를 떼이면 이상하게도 나는 아내에게 미안한 생각이 들었다. 그리고 아내 생각에 눈물이 걷잡을 수 없을 정도로 흘러내렸다. 그래도 나는 다시 한번 이를 악물고 대리운전을 이용하려는 손님을 찾아 거리를 내달렸다.

아내를 퇴원시켰다. 햇빛도 들지 않는 연립주택으로 아내를 옮기자 나는 또 다시 아내에게 죄스럽고 미안했다. 따스하고 밝은 햇살이 드는 집이었으면 아내가 얼마나 좋아할 것인가 하는 생각 때문이었다. 아내는 어두운 곳보다 밝은 곳을 좋아하였다. 꽃이 피는 화초와 식물을 좋아하는 아내는 작은 화분들을 사다가 베란다에서 키웠다. 그런데 아내가 정성스럽게 가꾸는 데도 번번이 화초와 식물들은 죽었다. 나중에 화초와 식물이 죽는 이유가 햇빛을 받지 못하기 때문이라는 사실을 알고 아내는 한탄을 하였다.

"여보, 우리도 햇빛이 잘 드는 집에서 살았으면 좋겠다. 그런 집에서 내가 좋아하는 꽃도 키우고 식물도 키웠으면 얼마나 좋을까."

아내가 시들시들 죽어가는 꽃 화분과 식물 화분을 보며 안타까운 심정으로 말했다. 아내의 그 말은 나의 가슴을 헤집었다. 내가 무능하여 아내가 그렇게 바라는 햇빛이 잘 드는 집에서 못살게 해주고 있다는 생각이 들었기 때문이다. 그래서 그런지 나는 매번 아내 앞에 서면 죄스럽고 미안한 마음으로 주눅이 들었다. 아내는 나의 그런 마음을 잘 알았다. 그래서 내가 주눅

들지 않도록 일부러 밝게 웃으며 말했다.

"이 다음에 우리 햇빛이 잘 드는 집으로 이사 가요. 그래서 내가 좋아하는 꽃과 식물을 마음껏 심고 가꾸게요."

아내는 암이 발병한 지 6개월 만에 세상을 떠났다. 그때가 4월이었다. 아내가 세상을 떠난 4월은 천지사방에 벚꽃이 흐드러지게 피어 세상은 환희에 차 있었고 사람들은 꽃구경으로 설레는 날을 보내고 있었다. 아내가 떠난 병상 머리맡에도 내가 사다 꽂아 놓은 프리지어가 활짝 피어 무심하게 병상을 지키고 있었다. 잠이 든 듯 숨을 거둔 아내는 엷은 미소를 짓고 있었다. 아내는 숨지기 전 나에게 말했다. 마지막 말이었으니 유언이라고도 할 수 있었다.

"여보.... 여보.... 미안해요. 당신에게..... 잘해 주지도 못하고.... 나 먼저 가서 미안해요. 당신..... 나 없어도.... 행복하게.... 살아야 해요. 내.... 몫까지 말이에요. 그리고.... 부탁이.... 있어요. 내.... 마지막 .....부탁이니 꼭.....들어주세요."

아내가 가쁜 숨을 몰아쉬었다. 나는 아내의 손을 꼭 붙잡고 아내의 눈을 응시했다. 아내가 다시 입을 달싹였다. 그러나 그것마저도 힘이 드는 모양이었다. 입만 달싹일 뿐 그 다음 말이 나오지가 않았다.

"여보, 알았어. 힘이 드니까 그만해. 내가 당신 뜻대로 다 할

게.”

내가 아내의 귀에 대고 속삭였다.

“고.... 고마워요. 여보, 나 나를 화장해서 산에.... 산에 뿌려
줘요.”

아내가 말하고 숨을 깊이 쉬었다. 그리고 눈을 감았다. 아내
가 숨을 거둔 것이었다. 나는 아내의 유언대로 시신을 화장하
였다. 아내의 뜻에 따라 유해를 고향 뒷산의 산벚나무 아래에
일부만 뿌렸다. 다 뿌리려 하였으나 장모님이 극구 반대를 하
였다. 유골을 납골당에 안치하자고 우기셨다. 그래서 일부 유
골은 장모님의 뜻에 따라 납골당에 안치하였다.

아내의 유골을 뿌리러 간 날, 고향의 뒷산은 산벚꽃이 흐드
러지게 피어 온 산을 하얗게 구름처럼 뒤덮고 있었다. 내 눈앞
에 펼쳐진 그 광경이 아름답게 보이지가 않았다. 아름답다기
보다는 눈물이 나도록 처연하였다. 그러면서 나도 모르게 울음
이 터져 나왔다. 사실 나는 아내의 죽음을 보고도 눈물을 흘리
지 않았다. 투병 중일 때는 그렇게 눈물이 자주 나오더니 정작
아내가 숨을 거두자 눈물이 나오지 않았던 것이다. 장모와 처
제는 아내의 시신을 부여잡고 대성통곡을 하였다. 울음이 안
나오던 내가 울음이 나온 건 유골을 산벚나무 아래에 뿌렸을
때였다. 흐드러지게 핀 산벚꽃을 보자 눈물이 걷잡을 수 없이
흘러나왔다. 나는 산벚나무 둥치를 부여잡고 오랫동안 통곡하

였다.

아내의 부재는 세상의 끝이나 다름이 없었다. 또한 사랑하는 사람을 잃는다는 것은 내 존재의 가치를 잃는 거와 다름이 없었다. 모든 일이 부질없었다. 사는 것 자체가 부질없었고 귀찮았다. 의욕조차 상실되어 아무 것도 할 수가 없었다. 씻는 것도 부질없었고 몇 날 며칠을 면도도 하지 않아 수염이 덥수룩하였다. 눈은 충혈 되고 불면증에 시달렸다. 근 일주일간은 밥도 먹지 않았다. 먹는 것 자체가 싫었고 살려고 먹는 행위 자체가 혐오스러웠다. 열흘 가까이 술과 물만 마셨다. 그래도 죽지 않았다. 아무도 나를 찾는 사람도 없었다. 그런 어느 날, 처제가 찾아왔다. 문을 열고 나간 내 몰골을 본 처제가 놀라서 벌린 입을 다물지 못하였다.

"형부, 형부, 형부 꼴이 이게 뭐예요? 형부, 형부가 이런다고 죽은 언니가 살아 돌아오지 않아요. 제발 정신 차리세요. 그리고 이제 언니는 잊으세요. 형부가 그런다고 죽은 언니가 살아 돌아오지 않는단 말이에요. 제발 정신 차리세요. 살아 있는 사람은 살아야 하잖아요. 형부, 그만 슬퍼하시고 힘을 내서 새롭게 살도록 하세요. 나중에 또 좋은 사람 만나면 재혼도 하시고요. 언니도 그걸 바랄 거예요."

처제가 눈물을 보이며 나에게 간곡하게 말했다.

세월이 약이란 말이 있듯이 시간이 지나자 서서히 슬픔에서

회복될 수 있었다. 그렇다고 아내가 그립고 보고 싶지 않은 것은 아니었다. 아내는 눈을 뜨나 감으나 그립고 보고 싶었다. 처제 말마따나 산 사람은 살아야 했다. 언제까지 슬픔과 실의에 빠져 폐인처럼 살 수는 없었다.

나는 일단 거처를 옮겼다. 비록 햇빛이 들지 않는 집이었지만 아내와의 이런저런 추억이 담겨 있는 집이었다. 그런 집에서 이사를 하려니 서운하였다. 하지만 분위기를 바꿔야 하였다. 경제 상태가 말이 아니기도 하였다. 집을 처분하더라도 빚 청산하고 남은 돈으로 서울에 거처를 마련하기는 어려웠다. 그래서 서울을 떠나 지방으로 이사를 하였다. 지방이라고 하지만 서울과 지근거리에 있는 경기도였다.

나는 우선 작은 원룸을 구하였다. 그리고 지인들의 도움을 받아 기타 교습소를 열었다. 내가 당장 할 수 있는 일은 기타 교습이었다. 보증금 오백만 원에 월 임대료 삼십만 원 하는 교습소였다. 기타 교습소는 특별히 돈 들여 인테리어를 할 필요도 없었다. 의자와 탁자 몇 개, 화이트보드 등 가장 기본적인 것만 갖추면 되었다.

교습소를 열자 나는 의욕이 솟구쳤다. 지인들의 기대를 져버려도 안 되었다. 대학 기타 동아리반 선후배들이 십시일반으로 마련해준 보증금이었다. 낡고 허름한 건물의 좁은 교습소였지만 나는 정성껏 청소를 하고 페인트를 사서 손수 벽에 칠을 하였다. 의자와 탁자 역시 중고 가구점에서 저렴하게 구입하였다. 문제는 연습용 기타 구입이었다. 기타 구입은 목돈이 들어갔다. 그러나 기타 구입도 예전 내가 대학 때 단골로 다니던 종로 세운상가 악기점 사장님께서 내 처지를 아시고 중고 기타를 아주 저렴하게 주었다. 그래서 기타 문제도 해결이 되었다. 이제 교습생만 모집하면 되었다. 나는 전단지를 제작하여 신문에 끼어 넣도록 보급소에 의뢰 하였다. 직접 전단지를 들고 아파트 단지를 다니며 붙이기도 하였다.

첫 달 열다섯 명의 교습생이 모집되었다. 나는 성인반과 학생반으로 나누어 사람을 모집 했다. 교습생 한 사람 한 사람에게 정성을 다하여 교습을 하였다. 코드 잡는 법부터 해서 AM. DM. E7으로 해서 기타의 가장 기본이 되는 법부터 차근차근 교습하였다. 교습생의 기타 튜닝과 셋팅도 해주고 세밀한 부분까지 일일이 신경을 써주었다.

삼 개월이 지나고부터는 기타도 종류대로 갖추었다. 통기타, 클래식기타, 어쿠베이션기타, 재즈기타, 일렉기타 등을 갖추어 놓고 교습생들에게 각 기타별로 연주해 가며 소리를 들려주고 특징을 설명하였다. 기타 교습을 잘하고 기타 연주 솜씨가 뛰어나다는 소문이 교습생들의 입을 통하여 전하여졌다. 그러자 교습생들이 몰려들었다. 대상도 여러 계층이 왔다. 그래서 대상별로 분류를 하여 교습을 하여야 했다. 초보자, 학생반, 직장반, 청년반, 중장년반, 경험자와 남녀를 구분하여 교습을 하였다. 대상이 많아지자 혼자 하기가 벅찼다. 그리하여 강사 두 명을 구하였다.

교습생이 늘다보니 교습 공간이 비좁았다. 그래서 좀 더 넓은 곳으로 이전을 하였다. 과외로 할 일도 생겼다. 교습생을 중심으로 동호인이 결성되어 기타 연주 봉사도 자기들끼리 하기도 하였다. 나는 그들의 뜻이 가상하여 내 나름대로 성의를 보였다. 봉사를 가게 되면 그들에게 금일봉을 주어 봉사기관에 음료수라도 사가게 하였다. 이런 것들이 서로 상부상조 하는 것이라는 생각이 들었다. 그러나 호사다마라는 말이 있듯 뜻하지 않은 문제가 발생하였다. 강사로 들인 친구 중 한 친구가 교습생들을 빼내어 나가서는 내가 운영하는 교습소 건너편에 자기 교습소를 차렸다. 그러면서 나에 대한 비난과 험담을 일삼았다. 나는 그에게나 누구에게도 비난을 받거나 험담을 들을 짓을 하지 않았다. 그런데도 애먼 나를 향한 비난과 험담을 퍼부었고 사실을 모르는 사람들은 그와 동조하여 나를 씹어댔다.

이로 인한 여파는 바로 직격탄이 되어 돌아왔다. 점점 교습생 수가 줄어들었다. 내가 떳떳하니 곧 나의 진실을 알겠거니 하고 묵묵히 내 일만 하였다. 그러나 거짓은 진실보다 한 수 위였다. 한 번 나에 대한 비난과 험담이 돌자 그 여파는 오래 지속되었다. 나는 급기야 기타 교습소를 접고 말았다. 더 이상 교습소를 운영할 수 없을 정도로 나에 대한 영업 방해가 이어졌고 비난과 험담 역시 도를 더하였다. 순진한 사람 한 사람쯤 죽이는 것은 일도 아니었다. 아쉬움이 많았지만 교습소 문을 닫아야만 하였다. 그 대신 알음알음으로 개인 레슨과 방문 레슨을 하였다. 한쪽 문이 닫히면 한쪽 문이 열리는 것이 인생인가 보았다. 개인 레슨과 방문 레슨을 하는 것은 예전 교습소 하는 것보다 수입 면에서는 적었지만 마음만은 편하였다. 나는 당분간 이 일을 계속하기로 마음먹었다.

아내의 기일이 다가오고 있었다. 나는 아내의 기일을 잊지 않고 있었다. 아내의 기일이 돌아오면 나는 아내의 유골 일부를 안치한 납골당을 찾았다. 납골당은 아내의 직장이 있었던 파주 용미리에 있었다. 용미리는 공동묘지를 비롯하여 수목장과 납골당이 자리 잡고 있는 곳이었다. 내가 살고 있는 곳에서도 가까워 나는 기일이 아니더라도 아내가 보고 싶으면 수시로 납골당을 찾았다. 따지고 보면 장모님의 억지가 있었기에 그나마 아내를 추억하고 그리워하고 추모할 수 있는 공간이 내게 있는 셈이었다. 그런 면에서 당시 장모님이 억지를 부려 유해 일부를 납골당에 안치한 것이 얼마나 고마운 일인지 모르겠다.

나는 아내를 화장하고 아내의 유골 중에서 작은 뼛조각을 한 조각 간직하고 있었다. 화장한 유골을 분쇄하는 인부에게 특별히 부탁하여 어렵사리 구한 뼛조각이었다. 내가 인부에게 아내의 뼛조각을 부탁하자 인부는 규정에 어긋나는 일이라며 단호하게 거절하였다. 나는 그런 인부에게 사정사정하고 담뱃값이라도 하라면서 지폐 몇 장을 주머니에 찔러주고 간신히 한 조각을 얻어냈던 것이다.

나의 이런 행동은 규정과 상식에 위배되는 비난받을 행태일 수도 있었다. 그러나 나는 그런 무리를 해서라도 아내의 흔적을 지니고 싶었다. 또한 그렇게 하는 것이 아내에 대한 최소한의 도리라는 생각이 들었다. 나는 날마다 잠들기 전이면 아내의 뼛조각을 들여다보았다. 회색빛의 딱딱한 작은 뼛조각에 불과하였지만 그건 분명 아내 몸의 일부였다. 뼛조각을 들여다보고 있으면 아내와의 추억이 선명하게 떠올랐다. 아내의 나를 향한 말과 웃음, 몸짓 그리고 아내의 형상까지 모두가 나에게 생생하게 새롭게 보여졌던 것이다.

텔레비전 뉴스에서 지방의 꽃소식이 전해졌다. 산수유와 매화가 구례와 하동에서 피기 시작하여 점점 북상을 하고 있다는 소식이었다. 그러면서 제주도의 노랗게 핀 유채꽃도 보여주었다. 상춘객들이 대거 몰려와 꽃을 감상하며 즐거워하는 모습도 비춰주었다. 유채꽃을 보자 나는 문득 아내가 살아생전 그렇게 가보고 싶어 했던 청산도가 생각났다. 제주도에 유채꽃이 피었다면 청산도에도 유채꽃이 피고 있을 것이었다.

나는 청산도엘 가기로 작정하였다. 청산도 가는 길을 인터넷으로 찾아보았다. 서해안 고속도로로 해서 목포와 강진을 지나 해남에서 완도까지 가는 길이 안내되어 나왔다. 마지막으로 완도에서 다시 청산도까지 가는 배를 타야하는 먼 길이었다. 일박으로는 어려운 일정이었다. 나는 이박 삼일 일정을 잡고 청산도를 갈 준비를 하였다. 간단한 세면도구와 옷가지를 챙기고 기타 한 벌을 챙겼다. 빼놓지 않고 아내의 뼛조각을 챙겨 가방에 깊숙이 넣어두었다.

　주말에는 상춘객들로 도로가 붐빌 것이었다. 그래서 나는 주중을 이용하기로 하였다. 월요일이었다. 나는 일찌감치 서둘러 25만 킬로 가까이 탄 아반떼 승용차를 몰고 원룸을 나섰다. 월요일이라 시내는 출근하는 차량들로 붐볐다. 강변북로는 평상시에도 항상 막히는 도로였다. 나는 외곽순환 고속도로를 이용할 생각으로 신도시를 벗어나자마자 우회전하여 경인고속도로 방향으로 차를 몰았다. 부천에서 인천 방향까지는 제 속도를 낼 수가 없었다. 평택을 벗어나 드디어 서해안 고속도로에 진입하였다. 그러자 차량의 운행이 뜸해지기 시작하였다. 나는 속도를 높였다. 거의 다섯 시간여를 쉬지 않고 달리자 목포가 나오고 강진 방향으로 해서 땅끝 마을 해남에 도착하였다. 완도는 지척에 있었다.

　배표를 끊어 배에 올랐다. 잔잔한 푸른 바다를 가르고 배가 청산도 방향으로 나아갔다. 평일인데도 청산도행 배에는 승객들이 많았다. 울긋불긋한 색상의 아웃도어를 입은 승객들이 왁자지껄 소란하였다. 나는 뱃전에 나와 먼 하늘과 푸른 바다를 바라보았다. 맑은 하늘 위로 한가로이 갈매기들이 날갯짓을 하며 날아갔다. 섬과 가까운 바다에는 김 양식장인지 미역 양식장인지 양식장에 소용되는 발들이 바다 위에 설치되어 있었다. 한 오십여 분을 물결 위를 달리던 배가 드디어 청산도의 도청항에 도착하였다.

나는 승객들 틈에 끼어 배에서 내렸다. 백팩과 기타를 어깨에 메고 혼자 내린 나는 잠시 어디로 가야할 지 망설였다. 사람들이 그런 나를 호기심 어린 눈으로 흘깃거리며 자기 갈 길로 가기 시작하였다. 관광객들은 다들 동행이 있었다. 단체로 온 관광객들도 있었고 친구끼리 온 사람, 열 서너 명씩 동호인들이 모여 왔거나 연인이 온 경우들이 대부분이었다. 나처럼 혼자 온 사람은 거의 찾아볼 수가 없었다.

시간을 보니 점심시간이 훨씬 지나 있었다. 나는 아침 일찍 출발하느라 아침도 먹지 않았기에 배가 고팠다. 점심 식사를 할 곳이 있나 둘레둘레 찾아보았으나 작은 섬이라 그런지 변변한 식당이 눈에 띄지 않았다. 배가 닿은 도청항 바로 앞에 작은 어판장이 보였다. 나는 일단 그곳으로 들어가 보기로 하였다. 어판장은 관광객들이 고기를 고르면 회로 떠주는 곳이었다. 점심시간이 지났는데도 어판장은 관광객들로 붐볐다. 이곳저곳 상을 펴놓은 곳에서 회를 안주로 술을 마시는 사람들로 소란스러웠다. 큰 플라스틱 통에는 싱싱한 물고기들과 해삼, 멍게 따위들이 잔뜩 담겨 있었다.

"방금 요 앞바다에서 잡아왔습니다. 이놈 회 떠 드릴까요?"

나를 보고 젊은 주인이 뜰채로 고기 한 마리를 잡아서 들어 보였다. 젊은 주인 옆에는 그의 아내가 생선의 등을 갈라 회를 뜨고 있었다. 생선은 회를 뜨는데도 눈을 껌벅거리고 살아 있었다. 그걸 보자 회를 먹고 싶은 생각이 전혀 나지 않았다.

"저 말씀 좀 묻겠습니다. 여기 점심 먹을 만한 식당이 어디에 있습니까?"

내 물음에 젊은 주인이 뜨악한 표정을 지으며 말했다.

"여기 오셨으면 회를 드셔야지 밥을 드시려고요?"

"아, 예. 저 혼자 와서 말입니다."

식당을 찾아 간단하게 늦은 점심을 마치고 나는 유채밭이 있는 곳으로 가기 위해 식당을 나왔다. 마침 관광객을 실어 나르는 셔틀 버스가 있었다. 버스는 사람들로 만원이었다. 간신히 차에 탈 수 있었다. 한 이십여 분을 고갯길로 해서 좁은 길을 가던 버스가 사람들을 내려주었다.

"어머, 유채꽃이다!"

사람들이 버스에서 내리자마자 밖에 펼쳐진 노란 유채꽃을 보며 탄성을 질렀다. 버스가 멈춘 바로 아래 유채밭이 넓게 펼쳐져 있었다. 텔레비전에서 보던 바로 그 유채밭이었다. 노랗게 핀 유채밭에는 벌써 많은 관광객들이 이곳저곳에서 사진을 찍으며 삼삼오오 몰려다니고 있었다.

나도 그들과 섞여 잠시 유채밭 사이로 난 길을 걸으며 유채꽃을 감상하였다. 유채꽃은 어릴 적 밭에서 본 배추장다리꽃과 흡사하였다. 산비탈 작은 밭에 노랗게 무리지어 피어 있는 배추장다리꽃과 보랏빛의 무장다리꽃은 정말 아득한 그리움을 불러일으키는 꽃이었다.

유채꽃을 보고 있으려니 내 유년의 시절에 보았던 유채꽃과 같은 배추장다리꽃의 추억이 떠올랐다. 또래들과 장다리꽃대를 꺾어 먹던 기억도 새록새록 떠올랐다. 처음 텔레비전에서 유채꽃을 보았을 때 나는 배추장다리꽃이 아닌가 착각을 하였었다. 그만큼 유채꽃과 배추장다리꽃은 흡사하였다.

나는 유채밭을 둘러보다가 사람들이 뜸한 곳을 찾아 발걸음을 옮겼다. 마침내 유채밭이 거의 끝나가는 밭 가장자리에 들어섰다. 밭이 끝나는 밭둑으로 야트막한 산이 있고 그 밑으로는 바다가 이어져 있었다. 내가 찾아간 곳은 외진 곳이라 사람들의 발길이 거의 없었다.

밭둑에도 노랗게 핀 꽃다지와 하얀 냉이꽃, 쑥이 더부룩이 올라와 있었다. 발을 옮기자 싱그러운 풀냄새가 코끝에 와닿았다. 나는 걸음을 멈추고 백팩을 벗어 아내의 뼛조각을 꺼냈다. 휴지에 둘둘 감싼 뼛조각을 찾은 나는 휴지를 벗기고 손바닥에 뼛조각을 올려놓았다.

"여보, 여보, 당신이 살아생전 그렇게 가 보고 싶어 했던 청산도의 유채밭이야. 봐, 보란 말이야. 유채꽃이 노랗게 피었어. 정말 아름답지? 당신이 살아있을 때 당신하고 같이 와봤어야 하는데 이제 와서 당신에게 너무 미안해. 여보, 미안해. 미안해...."

나는 독백을 하듯 손바닥에 놓여 있는 아내의 뼛조각과 넓은 유채밭을 보며 중얼거렸다. 그리고 한참을 그 자리에 서서 유채밭을 향해 손바닥을 벌리고 팔을 뻗고 있었다. 얼마쯤 시간이 지나자 팔이 아파 더 이상 팔을 뻗고 있을 수가 없었다. 나는 밭 가운데로 유채꽃을 손으로 거둬내며 성큼성큼 걸어 들어갔다. 얼마쯤 들어간 나는 걸음을 멈추고 손으로 밭을 파기 시작하였다. 그러고는 아내의 뼛조각을 그곳에 묻고 정성껏 흙을 덮었다.

밭둑으로 나온 나는 어깨에 둘러매었던 기타를 내려 케이스를 벗겼다. 줄을 고르고 연주를 하기 시작하였다. 첫 번째 연주곡은 아내가 좋아하던 로망스였다. 두 번째 곡은 모차르트의 마술피리 주제에 의한 변주곡을, 연이어 아멜리아의 유언을 연주하였다. 내가 한참 기타 연주에 몰두하고 있을 때였다. 나도 모르는 사이 웬 낯선 여자가 내 기타 연주에 귀를 기울이고 있었다. 기타 연주를 하느라 나는 그녀가 언제 내 주변 가까이에 왔는지도 몰랐다. 나는 연주를 멈추었다. 그러고는 여자가 있는 쪽을 바라보았다. 아내였다. 죽은 아내가 유채꽃 속에서 내가 연주하는 기타곡을 듣고 있었다. 내가 깜짝 놀라 아내를 불렀다.

"여보, 여보, 당신이 여긴 웬일이야?"

내가 손을 뻗어 아내를 향해 말했다. 그러자 아내가 당황해 하며 어쩔 줄을 몰라 했다.

"여보, 나야 나. 당신 남편 김기태. 당신을 내가 얼마나 보고 싶어 했는지 알아? 그런데 여기에서 당신을 보다니. 이게 꿈은 아니지?"

내가 아내에게 다가가며 말했다. 그러자 아내가 다가오는 나에게 당황해 하며 말했다.

"저 죄송한데요. 뭔가 착각하신 거 같아요. 저는 다만....."

낯선 여자가 어쩔 줄을 모르고 쩔쩔매었다. 그제서야 나는 상대방 여자를 바로 볼 수가 있었다. 아내가 아니었다. 모르는 여자였다. 이럴 수가 있나. 나는 정신을 차리려 머리를 흔들었다. 그리고 심호흡을 하였다.

"죄송합니다. 선생님께서 기타 연주를 하시기에 잠시 서서 감상을 하였습니다. 실례였다면 죄송합니다."

여자가 거듭 고개를 숙이며 죄송하다고 하였다. 나는 여자 보기가 무안했다. 모르는 여자를 보고 아내로 착각하다니. 내 정신이 아니었다. 왜 이런 착시 현상이 일어났을까. 죽은 아내가 내 앞에 나타날 리가 없었다. 그런데 한 번도 본 적이 없는 여자를 아내로 착각하다니 뭔가 도깨비에 홀린 기분이었다.

"기타 연주 정말 잘 들었습니다. 아름다운 유채꽃이 핀 밭에서 아름다운 선율의 기타 연주를 들을 줄은 몰랐습니다. 정말 고맙습니다."

여자가 얼굴을 붉히며 고맙다는 말을 하였다. 나는 여자의 고맙다는 인사에 부끄러운 모습을 보인 것 같아 내가 되레 무안하였다.

"별 말씀을 다 하십니다. 어쨌든 실례 했습니다. 제가 착각을 하여 사람을 잘못 본 것 같습니다. 죄송합니다. 그럼....."

내가 인사를 하고 기타를 어깨에 둘러메고 돌아섰다. 그러자 여자가 조심스럽게 말했다.

"저 실례가 되지 않는다면 시간 좀 내 주시겠어요. 저도 혼자 여행을 왔거든요."

여자가 내게 뭐라고 말하였다. 그러나 나는 그 말을 제대로 알아듣지 못하였다. 나는 유채밭을 나와 바다 쪽으로 발걸음을 옮기었다.

내 사랑, 니체

    니체는 '신은 죽었다'라는 말을 하여 지금까지도 기독교인들의 원성을 듣고 있다. 니체 사후 150여 년이 지났건만, 21세기인 오늘날에도 이런 원성을 듣는다는 것은 니체에게는 한없이 억울하고 불행한 일이 아닐 수가 없다. 그러나 이는 크게 그의 말의 의도를 오해하고 잘못 해석하고 제대로 이해하지 못한 데서 오는 오류에 불과한 일이다.

    대부분의 사람들은 니체가 무신론자이기에 신은 죽었다라고 말한다. 그러나 그건 결코 사실이 아니다. 니체는 유신론자였으며 그의 부친은 목사였다. 따라서 그에 대하여 제대로 알지 못한 채 한 단면만 보고 니체가 무신론자라 못 박아서는 안 되는 것이다. 또한 그의 사상과 철학 어디에도 신에 대한 부정의 말은 없다. 그러므로 그가 말한 신은 죽었다라는 말의 뜻을 다시 새겨보아야 한다. 신은 죽었다라는 말을 할 수 있다는 건 니체가 신의 존재를 인정하였기에 할 수 있는 말이다. 생각해 보라. 신이 부재하다면 신은 죽었다라는 말을 할 까닭도 없는 것이 아닌가. 따라서 니체는 신의 부재를 말한 것이 아니라, 그 시대 모든 가치 기준이었던 신에 대해 죽음을 선고한 것이라고 봐야 맞는 해석이다. 그리고 니체는 신의 부재를 대신하여 새로운 개념으로서의 초인 사상을 설파한 것이다. 이런 해석과 이해가 니체의 피를 토하는 절망의 부르짖음에 대한 진심 어린 철학적 이해라고 볼 수 있다.

니체의 사상과 철학은 난해하고 어렵다. 그리하여 그의 사상과 철학을 일반인들이 이해하기에는 한계가 있을 수밖에 없다. 그러나 한 가지 분명한 건 니체는 신에 대한 역할을 너무 기대했던 것 같다. 그러나 니체의 기대와 달리 늘 신은 침묵하였고, 신을 믿고 의지한다는 사람들은 신을 이용하였다. 이에 대한 반감과 절망이 니체로 하여금 '신은 죽었다' 하고 절규하지 않았는가 하는 게 나의 생각이다. 그러므로 니체의 정신세계와 철학을 제대로 알지 못하고 단순히 '신은 죽었다'라는 말 하나만 가지고 니체는 무신론자고 정신병자라 매도한다면 그것처럼 우매한 판단은 없다. 따라서 니체는 그 당시에나 지금이나 억울하며 억울하기 때문에 무덤에서마저도 제대로 영면하지 못하고 있을 것이다.

니체의 '신은 죽었다'라는 말 한 마디는 당시 유럽 세계에 엄청난 충격을 주었다. 니체가 생존해 있던 시대는 어느 시대보다 기독교에 대한 영향력이 절대적이던 시대였다. 그런 서구 기독교의 전통의 가치를 니체는 '신은 죽었다'라는 말 한 마디로 송두리째 깨부수어버린 것이다. 그런 니체에게 서구 사람들은 경악하였고, 서구 기독교계가 경천동지한 것이다.

21세기를 사는 나는 감히 말하겠다. 신은 죽지 않았다. 살지도 않았다. 따라서 신 따위는 없다. 기독교에서 말하는 신, 다시 말해 예수는 역사적 인물일 뿐이지 신은 아니다. 예수 사후 그를 따르는 제자들과 일부 사람들이 예수를 신격화하고 그에 따른 픽션을 성서라는 이름으로 기록한 것일 뿐이다. 물론 당시의 예수는 일반 사람들과는 분명 달랐을 것이다.

로마가 지배하던 유대 땅에서 예수라는 인물은 핍박받는 유대인들에게 희망의 메시지를 전했을 것이고 예수의 인품과 인격은 빛났을 것이다. 물론 희생적이고 헌신적인 봉사도 있었을 것이다. 그런 그를 유대인들은 존경했을 것이고 우러러봤을 것이다.

또한 예수는 로마의 지배 하에서 절망스런 삶을 살아가고 있던 유대인들에게 메시아로 인식되었을 수도 있었다. 예수는 그에 걸맞게 민중들에게 소소한 기적적인 징표도 보였을 것이다.

이런 일련의 사건들은 상식적으로 얼마든지 이해가 되는 부분이다. 따라서 예수가 하는 설교와 소소한 기적적인 사건들, 기적을 베풀고 병든 자를 치료해 주는 예수는 민중들에게 메시아로 추앙받았을 수가 있었던 것이다. 당시 유대인들은 로마의 지배 아래에서 핍박받고 고난당하고 있었던 터라, 누구보다 그들을 구원해줄 메시아의 출현을 간절히 바랐다. 그리고 간절히 바라고 원하던 메시아가 바로 예수이기를 희망했다.

이처럼 민중들은 예수를 구원의 대상으로 그를 신격화하였다. 그러나 반대로 바리새인과 사두개인, 종교 지도자들은 예수의 출현과 그에게 환호하는 민중들을 철저히 무시하고 외면하고 배척하였다. 왜냐하면 그들은 지금까지 로마의 비호 아래 누려온 기득권을 어느 날 나타난 예수에 의해 빼앗길 것이 두려웠기 때문이다. 그리하여 그들은 우매한 민중들을 선동하고 로마 총독을 부채질하여 종내는 예수를 잡아 죽이고야 마는 것이다.

예수 시대나 21세기인 현재나 기득권 세력들은 자기들의 이익과 권한에 대항하고 반대하는 세력들을 철저하게 말살하려는 것이 그들의 생리이다. 따라서 예수는 기득권 세력의 권위에 대항하는 자로 인식되어 그들에 의하여 십자가에 못 박혔다. 그러자 제자들과 민중들은 예수가 기득권 세력(여기서의 기득권자들은 사두개인과 바리새인, 종교지도자뿐만 아니라 로마인도 포함된다)들을 물리치고 해방된 세상을 가져다 줄 희망이 차단되어 예수의 죽음에 절망하였다.

니체가 말하는 신은 전지전능하고 인간의 생사화복을 주관하고 인간을 죄에서 구원하는 유일신으로서의 신이었는지 모르겠다. 인간 윤리와 도덕, 가치관이 신과 부합하는 합일화된 인간과 사회 말이다. 그러나 그런 시대는 존재하지 않았고 그런 인간도 없었거니와 사회 또한 그런 사회가 아니었다. 니체의 신은 초월적 존재로서의 신, 기존의 가치관을 뒤엎는 신으로서의 존재감을 나타내었어야 했다. 그러나 그런 신은 존재하지 않았고 철저하게 니체의 기대감을 저버리고 침묵하였다. 이에 니체는 신에 대해 절망하였다. 그리고 종내에는 처절하게 단말마적으로 신은 죽었다라고 외쳤다. 이에 대해 당시의 사람들은 니체의 절망의 외침을 미친 행위라고 보았다. 다시 말하거니와 니체가 외친 말의 속내를 들여다보자. 신은 살아 있었으나 인간의 필요에 의해 인간이 신을 죽였다는 말도 되는 것이다. 그때나 지금이나 인간들은 신을 믿는다고 하지만 실제로는 신보다는 재물을 더 사랑하였고, 그래서 필요에 의해 신을 죽였을 수도 있고 살릴 수도 있었다는 얘기다. 이런 일은 현재라고 예외일 수 없다.

전 세계적으로 한국처럼 교회와 교인들이 많은 나라도 드물 것이다. 전국을 다녀 봐도 교회가 없는 곳이 없다. 농촌은 물론

이고 깊고 깊은 오지인 산골짜기에도 교회는 있다. 좀 비하해서 말하면 구멍가게보다 더 많은 것이 교회이다. 그런데 이런 많은 교회를 바라보는 나의 시선은 안타깝게도 반가운 것이 아니라 눈살이 찌푸려진다. 물론 이렇게 보는 나의 관점에는 내 개인 성향과 신앙관에서 비롯되어지는 것이겠다. 그러나 한편으로는 교회가 교회의 역할을 제대로 하지 못하고, 교인들이 교인답지 못하다는 다분히 자의적인 해석이 원인일 것이다. 감히 니체와 나를 비교할 수는 없다. 그러나 현재 니체가 생존해 있다면 오늘날의 교회를 어떻게 바라보았을까? 더 나아가 우리 사회의 혼탁하고 가치관이 상실되고 온갖 부정과 비리, 각종 죄악으로 암흑과 같은 이 시대를 철학자로서 어떤 진단을 했을까 자못 궁금하다.

오늘날의 한국 교회는 교인 수 늘리기에 혈안이 되어 있다. 출석 교인 관리도 지 부모 관리(?)보다 더 세밀하고 치밀하다. 주일만 되면 대형버스를 운행하여 지역 곳곳을 종횡무진 다니며 쌍끌이 배가 그물질 하여 물고기를 싹 잡아들이 듯이 교인을 교회로 실어 나른다. 물론 이런 일련의 일들은 좋게 보면 교인들에 대한 배려라고 말할 수 있다. 하지만 더 깊은 속내는 따로 있다. 좀 지나친 비약이고 논리지만 교인 한 사람 한 사람을 교인으로 보지 않고 그 교인이 교회에 다니면서 내는 헌금(돈)으로 보기 때문이 아닌가 하는 생각이 든다. 교인 한 사람이 교회에 다니면서 내는 각종 헌금액을 따져보면 충분히 가능한 생각이다. 그렇기 때문에 관리 소홀로 교인이 다른 교회로 빠져나가면 안 되는 것이다. 그러다 보니 관리가 필요하다.

교회의 목회자들은 강당에서 천민자본주의를 비판하고 그 폐해를 설교 석상에서 교인들에게 설교를 해야 한다. 그러나 그런 설교는커녕 교회가 앞장서 아이러니하게도 천민자본주의의 전철을 밟아가고 있다. 참으로 안타깝고 통탄할 일이며, 예수가 이 세상에 재림을 한다면 오늘날의 교회를 보고 뭐라고 하실지 궁금하다.

때문에 시대적으로 기독교와 사회를 예리하게 분석하고 비판할 철학자가 필요한 때가 되었다. 그러나 정작 니체 같은 철학자는 오늘날 존재하지 않는다. 유럽 문명의 종말과 '초인'의 대두를 설파한 니체처럼 기독교 윤리와 합리주의 철학과 같은 기존 가치를 깨는 새로운 인간상과 교회 상, 신앙인 상을 제시해 줄 니체 같은 선지자가 출현하여야 하는데 출현할 수가 없다. 불행하게도 니체 같은 철학자가 나올 수 있는 토양이 현재는 못 되기 때문이다. 따라서 그런 철학자의 출현을 바라는 것은 요원하기만 하다. 오늘날의 초인(超人)도 니체가 내세우는 초인과 다를 바가 없을 것이다. 니체의 초인은 형이상학적 가치에 반대하며 새로운 가치를 창조하는 능력을 가진 자로서의 초인이었다. 이런 초인은 기존의 가치를 과감하게 배격한다. 따라서 현재 살아있는 신이라면 무능력한 현실을 살아가는 대중들에게 물질주의와 허무주의를 배격하고 극복하게 하여야 한다. 그러나 오늘날의 신은 그럴 능력을 상실하였다. 따라서 니체가 부르짖는 초인이 오늘날에도 등장하여야 하지만 초인이 등장할 수가 없다. 그래서 안타깝게도 니체의 초인은 오늘날 있을 수가 없다. 따라서 초인을 동경하고 고대하는 사람이 있다면 절망할 것이다. 따라서 나는 절망한다.

나는 크리스천이다. 이 말은 정말 모순이 아닐 수가 없다. 나는 분명 앞에서 예수는 전지전능하고 인간이 죄를 지어도 회개하면 용서해주고 영혼을 구원해 주는 신이 아니라 역사적 인물이라고 하였다. 그런데 크리스천이라니. 이런 모순적인 태도가 어디 있는가. 그러나 모순이라고 매도하지 마시라. 나 역시 니체처럼 죄악 된 세상을 심판하고 양심적이고 진실 되고 가난한 인간을 구원하는 예수를 갈망하기에 그런 오기를 부린 것뿐이다.

내가 교회라는 곳을 처음 접해 본 것은 여섯 살 때였다. 이웃 마을에 있는 교회였다. 교회는 오래 되었고 시골 교회였으므로 작고 쇠락하였다. 교회에는 젊은 전도사 부부가 살았다. 전도사 부부는 교인 수가 몇 되지 않은 교회였지만 헌신적으로 목회를 하였다.

어느 봄날이었던 걸로 기억한다. 교회에서 유치원을 개원하였다. 인근 마을 아이들에게 유치원 교육을 시키려는 의도였다. 당시에는 유치원이 거의 없었다. 더군다나 시골에는 읍내에 나가도 유치원이 없는 시대였다. 유치원을 개원하려면 아이들이 있어야 했다. 그래서 사모와 교인 몇몇이 마을마다 다니며 아이들을 모집하였다. 마을 아이들을 찾아다니며 교회에 나와 한글도 배우고 율동과 노래도 배우라고 권유하였다. 그러면서 아이들에게 라면땅 한 봉씩을 나눠주었다. 그런 일행들 중에 내가 살고 있는 마을의 과수원 집 누나가 있었다. 정인이 누나였다. 정인이 누나네는 우리 마을에서 가장 부농이었다. 논도 많았고 배 과수원과 복숭아 과수원, 포도 과수원도 있었다.

우리 부모님은 그 집에 자주 일을 하러 다녔다. 농사일을 해주고 품삯을 받았다. 따라서 그 집안일이라면 부모님은 두 손 벗고 나섰다. 또한 그 집 식구들에게는 누구에게나 깍듯이 대하였다. 나 역시 어린 나이였지만 이상하게도 그 집 식구들만 보면 주눅이 들었다. 어린 나이였음에도 불구하고 눈치는 있었다. 그래서 부모님이 그 집의 일을 해주고 먹고 사는구나 하는 생각이 나를 주눅 들게 한 것이다.

포도 과수원은 바로 우리 집 앞에 있었다. 포도가 익어가는 8월과 9월 사이에는 포도가 익어가는 달콤한 냄새로 내 마음이 설레기도 하였다. 바람이 불어오는 밤이면 포도의 단 냄새가 유독이 더 났다. 그 달콤하고 향기로운 포도의 단 냄새는 어린 내 마음을 흔들어 놓기에 충분하였다. 그러나 나는 단 한 번도 과수원에 들어가 포도를 따먹어 본 적이 없었다. 비록 따먹지는 못하지만 포도의 단 냄새를 맡을 적마다 솔직히 무진 먹고 싶었다.

가끔 파치가 나서 팔 수 없는 배와 복숭아, 포도를 어머니께서 얻어 오신 적이 있었다. 그때나 그렇게 먹고 싶어 하던 과일 맛을 볼 수가 있었다. 그러지 않으면 언감생심 사서 먹을 생각은 하지 못하였다. 돈이 없었기 때문이다. 가끔 마을 아이들이 서리를 하러 다녔다. 하지만 나는 그 축에 끼지 않았다. 서리를 하러 가서 성공한 예도 거의 없었다. 과수원에는 송아지만 한 개가 지키고 있었다. 과수원에 사람이 얼씬 거리기만 해도 개는 사납게 짖어대었다. 그런 과수원집의 정인이 누나가 마을 아이들에게 생글생글 웃으며 말했다.

"애들아, 너희들 유치원 다니지 않을래? 유치원에 오면 노래도 배우고 율동도 배울 수 있단다. 한글도 배울 수 있어. 또 크리스마스에는 선물도 주고 동극도 할 수 있어. 아주 재미있으니까 다음 주 월요일부터 나와. 알았지? 약속 할래?"

그러면서 정인이 누나가 새끼손가락을 걸어 약속을 하자며 손을 내밀었다. 아이들은 쭈뼛거리며 뒤로 슬슬 물러섰다. 그러나 나는 누나가 내민 손가락에 내 새끼손가락을 척 걸었다. 그러자 누나가 나를 향해 눈을 찡긋하며 말했다.

"좋아. 명철이 정말 착하다. 이 누나랑 약속 했으니까 다음 주 월요일 10시까지 교회로 꼭 와야 해. 알았지? 너희들도 같이 와."

정인이 누나가 손가락을 걸고 약속을 하지 않은 아이들에게도 말했다. 그렇게 교회와의 내 생애 처음 인연이 시작되었다. 그러나 유치원은 3개월을 넘기지 못하였다. 어떤 이유로 유치원 운영을 못하게 되었는지는 모른다. 유치원 교사로 봉사하던 정인이 누나도 얼마 있다가 결혼을 하고 마을을 떠났다. 처음 교회와 맺은 인연은 그것으로 끝나나 보다 했다. 그러나 몇 년 후 다시 그 교회와 인연을 맺었다. 사람들은 이런 걸 두고 하나님의 뜻이라고 해석을 하고 의미를 두는 것인지 모르겠다. 어찌 됐든 나는 다시 그 교회와 다시 인연을 맺게 되었다. 그러나 그때는 교회와의 인연을 하나님의 뜻과 연관 시키지 않았다. 당시의 나의 상황이 교회와 인연을 맺을 수밖에 없는 상황이었기에 교회를 다녔을 뿐이었다.

내가 초등학교를 다닐 당시에는 초등학교를 졸업하고 가정환경으로 인하여 중학교에 진학하지 못하는 아이들이 꽤 있었다. 나 역시 중학교에 진학을 하지 못하였다. 집안이 어려워 중학교에 진학하지 못한 것이다. 위로 누나 둘 역시 초등학교만 졸업하고 공장에 취직을 하였다. 그때는 중학교에 진학하지 못하는 아이들은 거의 공장에 다녔다. 공장에 다니지 않는 아이들은 농사일을 하였다. 우리 집은 농토가 없어 농사일을 하고 싶어도 할 수가 없었다. 그래서 어린 나이였지만 나 역시 공장에 취직을 하였다.

마침 마을 형 중에 몇이 읍내에 있는 공장에 다니고 있었다. 그런 형들 중에 복남이 형이 있었다. 엄마가 복남이 형을 찾아가 나의 취직을 부탁하였다. 엄마의 부탁을 받은 복남이 형이 나를 공장에 소개하였다. 나는 공장에 취직을 하였다. 공장이라고 하였지만 공장이라고 하기에는 너무 적고 허술하였다. 공장은 창고를 개조한 건물이었다. 벽은 시멘트블록이었고 지붕은 슬레이트였다. 그거라도 온전했으면 좋으련만 여기저기 깨져서 비라도 오면 비가 술술 새었고, 겨울에는 엄청 춥고 여름에는 무진 더웠다.

공장에서 만드는 제품은 라디오에 사용하는 배터리였다. 그당시만 해도 지금과 같은 건전지가 아니라 부피도 크고 무게도 나가는 배터리를 사용하였다. 당시는 배터리를 뺏떼리라고 불렀다. 일본식 발음이었다. 공장에서 내가 하는 일은 납땜을 한 작은 알루미늄 통을 세척하는 일이었다. 납땜하면서 흘러나온 용액을 닦는 일이었다. 세척은 물로만 하는 것이 아니었다. 물로만 닦으면 용액이 닦기지 않았다. 그래서 물에 염산을 타서 세척을 하였다. 염산은 화학약품으로 독극물이었다. 그런 염산을 탄 물에 고무장갑도 끼지 않고 맨손으로 세척을 하였다. 당시에는 염산이 뭔지 그게 얼마나 해로운지도 몰랐다. 고무장갑도 지금처럼 흔할 때가 아니었다. 염산물에 알루미늄 통을 세척하고 나면 오랫동안 손이 미끌거렸다. 마치 비누를 묻히고 손을 안 닦은 그런 느낌이었다. 그러면서 손이 부르트고 갈라지면서 가려웠다. 그 일을 근 1년 동안 하였다. 그러면서 받은 월급이 당시 1,500원인가 하였는데, 그나마도 두 달치 월급을 받지 못하였다. 사장이란 자가 월급을 주지 않고 이 핑계 저 핑계 대더니 종국에는 떼어먹고 말았다.

공장을 다니면서도 중학교 다니는 또래들을 보면 그게 그렇게 부러울 수가 없었다. 교복을 입고 교모를 쓴 애들을 보면 나도 모르게 열등감으로 주눅이 들었다. 길을 가다가 아이들이 떠들면서 내 앞으로 걸어오면 나는 슬그머니 아이들을 피하였다. 가던 길을 피해 다른 길로 돌아갔던 것이다.

공장에 다니면서도 열등감과 자괴감에 빠져 나는 항상 의기소침하고 우울해 있었다. 그러고 있을 때였다. 어느 날 저녁, 같은 마을에 사는 명님이 누나가 우리 집을 찾아왔다. 우리 집에 온 명님이 누나는 엄마와 나에게 말하였다.

"아주머니, 내곡리에 있는 내곡 교회에서 중학교에 못 들어간 아이들을 위해 중학교 과정을 공부시켜요. 명철이도 그곳에 보내서 공부 시키세요."

명님이 누나의 말에 내 귀가 확 띄었다. 엄마도 그 말을 듣고 명님이 누나 곁으로 무릎걸음으로 다가가며 물었다.

"아니, 그게 정말이우? 중학교 과정을 공부 시킨다구?"

"네, 교회 전도사님이 중학교 못 다니는 애들을 위해 공민학교를 열었어요. 지금 공부할 아이들을 모집하고 있어요. 그러니까 명철이도 그곳에 보내세요. 명철아, 너 공부하고 싶지?"

명님이 누나가 나를 돌아보며 물었다. 나는 명님이 누나의 물음에 기다렸다는 듯이 망설이지 않고 고개를 끄덕이며 대답했다.

"네, 공부하고 싶어요."

"그런데 공부시켜 주는 것은 좋지만 돈을 내야 하는 것 아니우?"

내 말이 끝나자마자 엄마가 걱정스런 표정을 지으며 명님이 누나에게 물었다. 엄마는 무엇보다 돈을 내고 공부를 해야 하는지 그게 가장 걱정이 되는 모양이었다. 돈을 내고 공부를 하라고 하면 보내기가 어렵다는 뜻이었다.

"아주머니, 그건 걱정하지 마세요. 돈은 받지 않아요. 오히려 책도 거저주고 교복도 거저 주어요. 그러니 돈 걱정은 하지마세요."

명님이 누나가 엄마를 안심시키듯 말하였다.

"그러우? 정말 그렇다면 우리 명철이를 보내야겠수. 그렇잖아도 명철이 중학교에 보내지 못하는 것이 한스러웠는데 말이

우."

엄마가 안도의 한숨을 쉬며 말하였다. 명님이 누나의 소개와 권유에 의하여 나는 교회와 다시 인연을 맺게 되었다. 교회에 서는 중학교에 진학하지 못한 아이들에게 중학 과정을 가르쳤 다. 당시 교회의 야학에는 인근 마을에서 모인 아이들이 50여 명이나 되었다. 당시 교재는 강의록이라는 것을 사용하였다. 수업은 오후 다섯 시에 시작하여 열 시쯤에 끝났다. 공부하러 온 사람 중에는 스무 살이 넘은 누나와 형들도 여러 명 있었다. 나는 이곳에서 중학 과정을 배우면서 공부에 눈이 뜨여 검정고 시를 거쳐 대학까지 다닐 수가 있었다.

내 어린 시절의 교회는 고마움과 좋은 추억으로 남아있다. 그러나 현재 내 눈에 비쳐지는 교회는 내 어린 시절의 고마움 과 추억으로 기억하는 교회하고는 전혀 연관이 안 되었다. 어 찌된 영문인지 알 수가 없다. 요즘 교회 중에는 신도 수가 몇 천 혹은 몇만 명이 모여 예배를 보는 메머드급 교회도 전국에 걸쳐 여럿이 있다. 그에 따른 주일 헌금액도 수천 수억 원은 될 것이다. 이들 헌금액을 연간으로 치면 수억 수십 억 원은 족히 될 터이니 헌금 동원력에 있어서 이런 메머드급 교회는 웬만한 기업은 저리 가라였다.

교인들은 이러저러한 명목으로 헌금을 한다. 또한 교회는 교인들에게 각종 명목의 명칭을 붙여 헌금을 권유한다. 헌금을 권유할 뿐만 아니라 물질을 땅에 쌓아 두지 말고 하나님의 하늘 곳간에 쌓아두라고 설교한다. 그러면서 헌금을 드리면 하나님이 몇 배로 채워주신다고 교인들에게 설교한다. 이렇게 해서 교회에 많은 재물이 쌓이는데, 문제는 그 재물을 용도에 맞게 적절하게 사용하는 가가 또 의문이다. 돈이 있는 곳에 돈과 관련하여 문제와 부작용도 생기기 마련이다. 교회의 사명과 덕목은 이웃에 대한 사랑과 헌신이다. 사랑과 헌신은 말로만 하는 것이 아니다. 이웃이 소외되고 가난하여 곤궁에 처하여 있다면 교회는 그들을 위하여 베풀어야 하는 것이다. 헌금의 쓰임은 가난한 자를 구제하고 소외받고 고통당하는 이웃에게 사랑을 베푸는 것에 사용되어야 하는 것이다.

세속적인 속담이지만 중이 고기 맛을 알면 절에 빈대가 남아나지 않는다는 말이 있다. 이 속담은 달리 말하면 스님이 세속적인 쾌락을 알게 되면 수행정진 하지 못하고 세속에 빠진다는 것을 비유적으로 나타낸 말이다. 그런데 이런 속담이 절의 스님들에게만 해당되는 것인가. 교회의 목사들이라고 해서 이 속담의 범주에서 벗어날 수가 없다. 목사들은 고기 맛은 진즉에 알았을 테고 돈맛을 알게 되면 신도들의 헌금은 자기 주머니돈 쓰듯이 쓰게 된다. 일부 목사들 중에는 비싼 외제차를 타고 다니며 부를 과시하고 교회는 자식에게 세습시키고 신도들이 헌금한 돈으로 호화호식 하는 목사들이 얼마든지 있다. 또한 교회에서는 교인들에게 왕처럼 떠받듬을 받고, 담임목사는 부교역자들이나 교회 임직원들에게 황제처럼 군림한다. 그러면서 부목사나 전도사들에게 갖은 궂은일을 다 시키면서 최저임금에도 못 미치는 쥐꼬리만큼의 월급을 주고 있다. 그러면서 말 끝마다 사랑을 부르짖는다. 목회자들의 이런 이중적인 행태를 보면 과연 저런 목사들은 하나님에게 무슨 낯짝으로 기도를 드릴까 궁금하다.

오늘날 이런 목사들의 행태를 니체가 보았다면 어떤 반응을 보였을까. 또한 니체 당시보다 더 타락하고 부패한 이 천민자본주의의 사회와 교회에 대해 니체는 어떤 반응을 보였을지도 자못 궁금하다. 니체는 차치하고 예수가 살아서 존재하는 신이라면 오늘날의 교회와 목회자들의 행태에 대하여 어떤 눈으로 바라보고 그에 따른 심판을 내릴 지 궁금하기만 하다.

나에게는 신학대학을 졸업하고 목사가 된 친구들이 몇 명 있다. 그런데 친구들은 국내에서 목회를 하지 않고 대부분 외국에 나가 선교사로 활동을 하고 있다. 어떤 친구는 영국에서 목회 활동을 하고 있고, 요르단과 필리핀, 중국, 몽골에서 선교사역을 하는 친구도 있다. 친구들은 현지에서 헌신적이고 희생적인 선교 사역을 하고 있다. 특히 중국에서 선교사역을 하고 있는 친구는 언제 강제 추방을 당할지 모르는 불안한 여건에서 사역을 하고 있다. 친구들이 국내에서 목회를 하지 않고 굳이 해외로 나가 선교를 하는 이유가 궁금하였다. 나중에서야 해외로 나가 선교를 할 수밖에 없었던 이유에 대해 알고 고개를 끄덕인 적이 있다.

국내에서 목회를 하려면 좋든 싫든 교단에 속하여야 한다. 그래야 교단에서 인정을 해준다는 것이다. 교단에 속하지 않고 단독 목회를 하기는 사실상 불가능하다고 하였다. 그런데 문제는 이 교단이라는 조직이 파벌과 정치적이라서 여러 문제를 야기하고 있다는 것이다. 얼마 전에 중국에서 목회를 하다 귀국한 친구를 만나 이야기를 나눈 적이 있었다. 친구는 일반대학을 나와 회사 생활을 하다가 신학대학에 들어가 목사가 된 친구였다. 나는 그 친구가 대학에 다닐 때도 신앙생활을 하긴 하였으나 다니던 회사를 그만두고 신학을 하여 목사가 될 줄은 몰랐다. 그 친구는 신학대학원을 졸업하고 목사 안수를 받은 후 중국으로 목회 활동을 위해 떠났다. 중국에 간 친구는 청도에 자리 잡고 목회 활동을 하였다. 중국은 정치적으로는 사회주의 국가이므로 어느 종교든 포교 활동이 자유롭지 못한 나라였다. 때문에 친구는 현지인이 아닌 중국에 진출한 우리나라 기업체 직원들과 가족, 유학생들을 상대로 목회를 하였다. 그런데도 중국 공안들의 감시와 제재가 있더라고 하며 목회하기가 힘들다고 토로를 하였다. 그래서 내가 그 친구에게 말했다.

"야, 이 친구야. 그런 거 모르고 중국으로 진출했냐? 사회주의 국가에서는 종교는 인민의 아편이라는 인식이 뿌리깊이 박혀 있단 말이야. 그런 나라에서 목회를 하려는 것은 순교를 각오해야 할 정도로 비장한 결단이 있어야 하는 거야."

내 말에 친구가 허탈한 웃음을 웃으며 다음과 같이 말했다.

"야, 농담이라도 그런 말 하지 마라. 내가 목사기는 하지만 손양원 목사님이나 주기철 목사님같이 순교는 하지 못한다. 내가 아직까지 그 정도로 신심이 깊지 못해. 인마."

"그러니까 중국에서 힘들게 목회하지 말고 한국으로 나와. 네가 나이가 있으니 남의 교회 가서 담임목사 따까리 짓하는 것은 힘들 테니 네가 교회를 하나 차려라. 그게 속은 편할 것이다."

"야, 너 몰라서 그런 말 하는데 요즘 교회 개척하기가 얼마나 힘든 줄 아냐? 돈도 돈이지만 요즘 사람들 작은 교회 안 다닌다. 더군다나 개척교회는 더더욱 안 다녀. 다들 큰 교회, 안정된 교회를 다닌단 말이야. 개척교회 다니면 이것저것 헌금 부담이 되는데 누가 개척교회 다니려고 하겠냐? 교회도 빈익빈 부익부야. 자본의 논리가 교회라고 외면하는 줄 아냐. 오히려 더 치열해."

친구가 내 말에 열을 내며 반박을 하였다. 그건 친구 말이 옳았다. 요즘 교인들은 작은 교회 더군다나 개척교회는 더더욱 안 다녔다. 작은 교회나 개척교회는 목사 눈치를 봐야하고 자기 사생활이 노출되고 이것저것 이 모양 저 모양의 헌금을 내어야 한다. 그러나 큰 교회를 다니면 신분을 노출 안 해도 되고 예배만 보고와도 누가 뭐라는 사람이 없었다. 교회를 빠져도 참견 하는 사람이 없다. 그러니 얼마나 편한가. 헌금도 자기가 내고 싶으면 내고 내기 싫으면 안 내도 되었다. 작은 교회나 개척교회는 그게 안 되는 것이다. 이래저래 불편하다. 그래서 자연히 큰 교회로 교인들이 몰리는 것이다.

반면에 대형교회들은 탐욕이 하늘을 뚫을 정도다. 앞에서도 언급을 하였지만 대형버스를 몇 대씩 운행하여 먼 거리에 사는 교인들을 쌍끌이 배가 고기를 싹 쓸어 그물에 가둬 잡듯이 몰아서 교회로 데리고 온다. 예배가 끝나면 구역별로 다시 데려다 준다. 먼 거리에 사는 교인들은 가까운 교회에 가서 신앙생활을 하라고 권면하면 좋으련만, 그런 의식 있고 양식 있는 목회자들은 드물었다. 교회를 세습화 하고 권력화 하는 목회자들, 권력과 금력을 유지하기 위해 교인들을 교회라는 틀에 가둬 두려는 목회자들이 대형교회의 목회자들이다. 물론 일반 교인들에게도 문제는 있다. 교인들은 신앙도 좋지만 진실을 추구하고 교회와 목회자의 문제점을 비판하여야 한다. 맹목적인 신앙과 맹목적으로 목회자들에게 순종하는 것은 올바른 교인들의 자세가 아닌 것이다.

대형교회는 또 이곳저곳에 자기의 세를 넓히듯 지 교회를 설립한다. 그런데 지 교회를 설립하면 그 교회에 시무하는 목사가 대표가 되어야 하지만 그렇지가 않았다. 교회의 모든 현판이나 벽면, 현수막에 지 교회 목사 이름이 아닌 본 교회 목사이름을 새겨 넣는다. 이런 행위는 이 교회도 내 교회다라는 것을 대내외에 선포하는 것에 다름이 아니다. 이쯤 되면 이건 교회가 아니라 일종의 사업체인 것이다. 본 교회 담임목사는 그룹의 회장쯤 되는 것이고 말이다. 이처럼 교회는 양적인 팽창에 혈안이 되어 교회를 크게 신축하고 지 교회를 여기저기에 설립한다. 과연 이런 행태들이 신앙적이고 하나님이 보시기에 합당한 가는 모르겠다. 진리의 하나님, 정의의 하나님, 가난하고 소외받는 자들을 외면하지 않는 하나님이라면 결코 작금의 이런 교회 형태들에 대해 통탄을 금치 못할 것이다.

나는 현재 집과 가까운 교회를 다니고 있다. 내 신앙이야 날라리 신앙이기에 교회에 대하여 목회자들에 대하여 비난을 할 자격이 없다. 교회를 다니고는 있지만 하나님이 존재한다는 믿음으로 교회를 다니는 것이 아니다. 타성적으로 어렸을 적에 다녔던 교회에 대한 추억 때문에 다닌다는 것이 솔직한 나의 고백이다. 그 외에도 굳이 내가 교회를 떠나지 못하는 이유를 대라면 하나님이 존재하기를 바라는 절대적 기대감을 버리지 못하기 때문이라고 말할 수 있다. 그렇다고 내가 감히 니체처럼 초인을 바라는 심정이냐면 그건 결코 아니다. 니체는 절대적 신앙의 주체로서의 신을 갈망하는 것이 너무 열렬하여 초인 사상을 부르짖었다. 나는 그런 니체의 심정을 충분히 이해한다. 시대의 절망과 자의식의 절망에서 부르짖는 신이었지만 대답 없는 신을 향한 니체의 갈망은 정신이 돌 정도로 간절했던 것이다. 그런데 니체의 갈망에 신은 잔인하게도 응답하지 않았다. 그래서 니체는 절망하였다. 종내는 '신은 죽었다'라고 부르짖었던 것이다. 나는 그 어떤 말로도 표현할 수 없는 니체의 처절한 심정을 공감할 수 있다. 어떤 신앙인보다 더 진실한 신앙인이었던 인간 니체의 면모를 생각한다. 그리하여 니체가 죽은 지 150여 년이 지난 지금이지만 그를 추모한다.

　인간은 어느 누구나 할 것 없이 불안한 존재다. 불안한 존재일 뿐만 아니라 불완전한 존재이기도 하다. 그래서 절대자로서의 신, 전지전능한 무한한 능력을 소유한 신을 찾는다. 인간의 불안과 불완전을 해소해주고 보완해 주는 신, 지치고 병든 영혼을 위로하고 구원하여 주는 신, 영생을 주는 신이 있다면 얼마나 든든할 것인가. 나 역시도 그런 신의 속성을 보고 교회를 다니고 있다. 또한 세상의 온갖 부정과 비리, 부조리의 소용돌이에서 나의 도덕적 가치 기준의 척도를 신앙생활에서 찾고자 함이다. 만약 내가 신앙생활을 하지 않았다면 내 빈약한 도덕적 가치 기준은 이미 벌써 무너졌을 것이다. 그리하여 거리끼지 않고 이탈된 삶을 살았을 것이다. 그런 이유 아닌 이유에서 내가 교회를 다닌다고 한다면 사람들은 나를 보고 말할 것이다. 교회를 다니긴 하지만 사이비 교인, 날라리 교인이라고 말이다. 그렇게 말해도 나는 전혀 개의치 않는다. 인간으로서 최소한의 품위를 지키고 도덕적이고 양심적인 삶을 살아가는데 신앙이 도움이 된다면 나는 그걸로 만족할 것이다.

　양심에 화인 맞은 자들은 아무리 오래 교회를 다녀도 인격이 변하지 않는다. 그야말로 제 버릇 개 못준다고 여전히 못된 짓을 하고 다닌다. 입에서 나오는 것은 숨 쉬는 것 말고는 거짓말이요, 거침없이 남에게 사기치고 도둑질하고 탐욕스런 생활을 영위한다. 교회를 다니면 뭔가 달라져야 하는데 전혀 달라지는 것이 없다. 교회 다니는 사람이나 안 다니는 사람이나 별반 다를 것이 없다. 교인들은 무엇보다 인격이 변화하여야 한다. 인격이 변하지 않으면 아무리 오래 교회를 다니고 신앙생활을 하여도 비교인들에게 본이 되지 않는다. 온갖 더럽고 추접한 짓은 다 하면서 주일만 되면 성경을 끼고 교회에 나가 하나님께 기도한다고 하나님이 그런 기도를 들어줄 것이라고 생각하는가. 천만의 말씀, 만만의 콩떡이다. 그런 교인의 기도를 하나님은 결코 들어주지 않을 것이다. 그런데 문제는 이런 교인들은 누구보다 자신이 하나님을 잘 믿고 신앙생활을 잘한다고 착각한다. 또한 이런 교인들의 특징은 교회에 가서는 누구보다도 목사에게 절대적이다. 목사 말이라면 팥으로 메주를 쑨다고 해도 믿는다. 목사 말이라면 꺼뻑 죽는다. 무조건 순종하고 따른다. 목사들은 이런 교인들을 믿음이 좋다고 추켜세우고 교회의 온갖 직분을 다주고 신뢰한다.

교회에 대하여 너무 부정적인 말만 한 것 같아 미안한 생각이 든다. 이 또한 내 믿음이 부족하고 신앙생활을 제대로 하지 못하기 때문이다. 그야말로 '똥 묻은 개가 재 묻은 개 나무란다'라는 속담에 내가 해당되는 말일 것이다. 그러나 고백하건데 나는 신앙생활을 제대로 하고 싶다. 하나님이 실재 존재하며 이 세상을 주관하기를 간절히 바란다. 이 땅 위에 하나님의 정의와 공의가 바로 서고 악을 물리치고 선이 바로 서는 세상이 되기를 간절히 바란다. 내 기도를 들어주어 나를 들어 써 하나님의 도구로 하나님의 종으로서의 삶을 살기를 원한다. 별 볼 일 없는 무의미한 삶이 아니라 무언가 의미 있는 삶을 살아가고 싶은 것이다. 그러려면 내 능력으로는 그러한 삶을 살아갈 수가 없다. 하나님께서 내게 능력 주시어 그러한 삶을 살고 싶은 것이다. 그러나 안타깝게도 그런 하나님은 존재하지 않는다는 부정적인 생각이 드니 그게 괴로운 것이다.

오늘날 니체가 실재해 있다면 니체에게 묻고 싶다. 신에 대한 부재가 아니라 신의 능력 상실에 대하여 어떤 생각을 하십니까 하고 말이다. 또한 오늘날 사회 전반에 팽배해 있는 천민자본주의와 물질주의, 개인의 허무주의를 어떻게 볼 것이며 그에 대한 해답을 어떻게 내놓을 지 묻고 싶다. 니체는 형이상학적 가치가 아닌 인간 윤리와 도덕, 가치관이 신과 부합되는 합일화 된 인간과 사회를 원한 것만은 분명해 보인다. 이런 요구와 기대는 니체가 아니라도 누구나 바라는 것이다. 그러나 니체가 바라는 이런 가치의 사회는 현실적으로 어렵다. 그래서 살아서 역사하는 신이라면 무능력한 현실을 살아가는 대중들에게 물질주의와 개인에게 팽배해 있는 허무주의를 배격하고 극복할 수 있게 해주어야한다. 이런 역할이 신의 역할이라고 한다면 너무 자의적인 요구이고 기대일까.

안타깝게도 니체도 그렇지만 나 역시도 신은 그럴 능력을 상실하였기에 절망한다. 아니, 엄밀하게 말하면 니체는 신의 존재를 인정하는 편에서 절망하였지만, 나는 니체와 달리 신의 존재를 인정하지 않는다는 점에서 절망한다. 앞에서도 잠깐 언급 하였지만 기독교에서 말하는 신, 예수그리스도는 역사적 인물로서 존재하였다. 그러므로 신이 아니라는 점을 나는 강조한다. 역사적으로 볼 때 예수를 신봉하는 자들도 있었고 예수를 정치적으로 이용하려는 자들도 있었다. 그리고 종교 기득권자들이 자기들의 이익에 부합하게 신을 조작하고 자기들 이념의 틀에 끼어 맞추었다. 그러면서 이들은 교묘하게 예수라는 인물을 신격화하여 철저하게 자기 이익에 이용하였다. 이로 인한 역사적 인류적 폐해는 이루 말할 수가 없었던 것 또한 사실이다.

모든 전쟁은 종교 문제가 발단이 되었다. 자국 이기주의와 이데올로기가 전쟁의 원인이라고 말하지만, 전쟁의 근본 밑바닥에는 종교 문제가 도사리고 있다. 결국 종교 이해관계가 전쟁을 일으켜 인류에 재앙을 끼친 것이라고 할 수 있다. 2차 세계대전 시 수많은 유대인들이 나치에 의하여 희생된 사례를 우리는 알고 있다. 그밖에 오늘날에도 지구촌 곳곳에서 발발하고 있는 작고 큰 분쟁과 전쟁 역시도 알고 보면 종교와 관련이 있다. 중동의 팔레스타인과 이스라엘의 분쟁 역시 알고 보면 종교 문제가 그 밑바탕에 깔려 있는 것이다.

이처럼 종교는 인류애와 사랑의 실천으로서의 인간 구원과 사회 구원이 아니라 파괴와 살육, 분쟁과 전쟁, 극단적 교회 이기주의의 도그마에 빠져버린 것이다. 이런 아이러니한 비극이 역사상 어디에 있을 것인가. 그러니 당대의 철학자이며 양심적이고 정의롭고 도덕적인 니체인들 이런 현상을 보고 얼마나 혼돈에 빠졌을 것인가. 그리하여 종내 니체는 크리스천들에게 두고두고 비난의 원인이 되는 '신은 죽었다'라는 말을 절망적으로 내뱉은 것이다.

니체는 이 말 한마디로 사후 150여 년이 지난 현재까지 지하에서 편안히 눈 감지 못하고 있다. 교회가 교인들이란 자들이 지금도 '신은 죽었다'라고 했다하여 니체를 정신병자, 미친놈이라고 욕을 하고 매도하고 있기 때문이다. 그 어느 누구보다 신을 갈망하고 신의 역할을 고대 하던 니체였다. 그러나 니체의 그런 갈망과 기대에도 신은 계속 침묵하였다. 행동하지 않는 신, 침묵하는 신은 죽었다고 할 수 있는 것이다. 나는 갈망한다. 오늘날처럼 신의 역할이 필요한 때 신은 행동하여야 한다. 절망으로 잠 못 이루고 기도하는 교인들의 기도를 들어주어야 한다. 죽어서 천국 간다는 뜬구름 같은 말로 교인들을 현혹하고, 헌금을 하늘 곳간에 쌓아두어야지 지상에 쌓아두면 안 된다는 말로 교인들을 호도하는 교회, 가난과 소외로 고통당하는 이웃에게 몰인정하고, 불의에 눈 감고 사회정의에 대하여 카이사의 것은 카이사에게 라고 하며 해괴망측한 논리로 비켜가는 성직자들, 총체적 모순에 빠진 교회가 개혁되지 않는 한 기독교의 미래는 없을 뿐만 아니라 심판받아야 한다.

따라서 나는 오늘도 누구보다 신이 존재하기를 갈망한다. 지금이라도 신의 존재가 확실하다는 믿음이 내게 일어나기를 바란다. 그리하여 다시 한번 신 앞에 신앙고백을 하고 신을 나의 구세주로 받아들이길 원한다. 그래서 절망을 딛고 새로운 환희의 세계로 나아가기를 간절히 기도한다.

어려운 시대를 살아가고 있다. 희망을 가지려야 희망을 가질 수 없는 시대이다.

이 암울한 시대를 살아가는 사람들에게 과연 희망을 가지라고 말할 수 있을 것인가. 희망이 없고 암울한 시대에 문학이란 무엇이고 글을 쓰는 행위는 무엇인가?

봄은 찾아왔건만 정녕 우리 모두에게 봄은 찾아온 것인가? 자연의 위대함은 때가 되면 싹이 나고 꽃이 피는 것이다. 이 숭고한 자연의 순리 앞에 인간은 너무나 나약하다. 그런데도 인간은 자연 앞에 오만하고 흉물스럽다. 자연을 파괴하고 자연을 인간의 잇속을 차리려는 대상으로 이용하려 든다. 자연 앞에 겸손하지 않는 인간들은 어느 대상에게든 오만하다.

이번에 출간하는 작품집은 소설집으로는 두 번째이다. 동화를 쓰는 작가로서 외도를 하는 것 같아 책을 내면서도 송구스럽다. 동화는 어린이를 대상으로 하는 문학이다. 따라서 어린이의 눈높이에서 어린이의 정서와 순수성을 가져야 쓸 수 있다.

그런 면에서 나는 때가 많이 묻었다. 동화를 쓸 자격을 점점 상실해가고 있다. 그래서 소설을 쓴다고 한다면 이 또한 소설에 대한 모독이 아닐 수 없다. 소설은 대상이 성인이다. 필자 역시 성인이므로 그만큼 글의 시점에 대한 부담이 적다. 동화는 동화로서 어린이들에게 이야기 할 소재가 있다. 반면에 소설은 소설이란 장르로 인간 삶의 다양한 부분을 이야기할 수 있다. 동화와 달리 외연의 확장이 가능하다. 다만 내 역량이 그에 못 미치는 것을 한탄할 뿐이다.

기형도 시인의 '빈집'이란 시를 보면 '사랑을 잃고 나는 쓰네'라는 시 구절이 있다. 나는 이 말을 패러디하여 '신을 잃고 나는 쓰네'라고 하고 싶다.

내게 신은 허무한 세상, 절망의 세상에서 하나의 피난처였고 희망을 두고 살아갈 의지처 였다. 그러나 니체가 말한 것처럼 '신은 죽었다' 오늘날 신은 존재하지 않는다. 니체의 절규가 나에게 들려온다. 니체의 신만 죽은 것이 아니라, 나의 신도 죽었다.

작가로서의 절망은 글을 못 쓴다는 것이다. 따라서 작가는 어떤 상황에서든 글을 써야 한다. 이것이 작가의 존재의미이다. 작가는 시대를 진단하고 시대의 아픔에 동참하고 절망의 땅 위에 한 송이 꽃을 피워야 한다. 작가의 소명인 이런 사실을 망각한다면 작가라고 할 수 없을 것이다.

필자는 작품에서 다양한 소재를 다루었다. 여러 소재 중에 많은 빈도수로 등장하는 소재는 '그리움'이다. '그리움'을 다양한 형태로 표현하였다. 부모에 대한 그리움, 사랑하는 사람에 대한 그리움, 자연에 대한 그리움이 그것이다. 나의 그리움은 근원적이다. 달리 말하면 실존적 그리움이라고 할 수 있다.

어렸을 적부터 나는 뭔가 모를 그리움에 눈물짓던 기억이 있다. 저녁노을을 보고 그 장엄한 노을빛에 감동하였고, 들과 산에 피어있는 들꽃과 산꽃에 감동하였다. 그리고 먼 훗날 감동은 그리움이 되었다. 그러나 안타깝게도 정작 감동을 받아야 할 사람에게서는 감동을 받지 못하고 절망만 하였다. 그래서 사람에 대한 그리움은 없다. 누가 나에게 그리움으로 다가온다면 나는 감동할 것이다.

따라서 나에게는 부채 의식이 있다. 내가 사람에게서 감동을 못 받았다면 타인 역시 나에게서 감동을 못 받았다고 할 수 있다. 그런 부채 의식을 필자는 작품으로 갚으려 한다.

이 졸작이 다만 몇 사람에게라도 공감을 주고 감동을 준다면 조금이나마 부채를 탕감할 수 있으리라 자위해 본다.

2019.
높빛 한뫼에서, 김 종 일

클린 세탁소

초판 1쇄 발행일 2019년 7월 15일

지은이 김종일
펴낸이 박영희
편집 박은지
디자인 최민형
마케팅 김유미
인쇄·제본 태광인쇄
펴낸곳 도서출판 어문학사
　　　서울특별시 도봉구 해등로 357 나너울카운티 1층
　　　대표전화: 02-998-0094/편집부1: 02-998-2267, 편집부2: 02-998-2269
　　　홈페이지: www.amhbook.com
　　　트위터: @with_amhbook
　　　페이스북: www.facebook.com/amhbook
　　　블로그: 네이버 http://blog.naver.com/amhbook
　　　　　　다음 http://blog.daum.net/amhbook
　　　e-mail: am@amhbook.com
　　　등록: 2004년 7월 26일 제2009-2호.

ISBN 978-89-6184-927-2 03810
정가 15,000원

이 도서의 국립중앙도서관 출판예정도서목록(CIP)은 e-CIP홈페이지(http://www.nl.go.kr/ecip)와 국가자료공동목록시스템(http://www.nl.go.kr/kolisnet)에서 이용하실 수 있습니다.
(CIP제어번호: CIP2019024468)